Artífices del azar

Yoav Blum

ARTÍFICES DEL AZAR

Traducción del hebreo de
Roser Lluch i Oms

AdN Alianza de Novelas

Título original: מצרפי המקרים *The Coincidence Makers*

EL LIBRO DE ESTHER 1 :22

«A cada pueblo conforme a su lenguaje»

Esta novela ha sido publicada con el apoyo del Instituto para la Traducción de la Literatura Hebrea de Israel y la Embajada de Israel en España.

Diseño de colección: Estudio Pep Carrió

Copyright © 2011 by Yoav Blum
Edición original en hebreo publicada por Keter Publishing en Israel en 2011.
Edición original en inglés publicada en 2015.
St. Martin's Press edition published in 2018.
© de la traducción: Roser Luch i Oms, 2018
© AdN Alianza de Novelas (Alianza Editorial, S. A.)
Madrid, 2018
Calle Juan Ignacio Luca de Tena, 15
28027 Madrid
www.AdNovelas.com

ISBN: 978-84-9181-077-3
Depósito legal: M. 2.798-2018
Printed in Spain

El azar no existe. Dios no juega a los dados.
Albert Einstein

Einstein, deja de decirle a Dios qué hacer con sus dados.
Niels Bohr

Extracto de
INTRODUCCIÓN A LA CONSTRUCCIÓN DE CASUALIDADES, Parte I

Mirad la línea del tiempo.

Por supuesto, solo es una ilusión. El tiempo es espacio, no una línea.

Pero para nuestros propósitos, mirad la línea del tiempo.

Observadla. Advertid que, en ella, cada acontecimiento es tanto causa como efecto. Tratad de localizar su punto de partida.

No lo habréis conseguido, por supuesto.

Cada ahora tiene un antes.

Este parece ser el problema primordial, a pesar de no ser el más evidente, con el que nos toparemos como artífices del azar.

Por lo tanto, antes de estudiar la teoría y la práctica, antes de las fórmulas y estadísticas, antes de empezar a construir casualidades, comencemos con el ejercicio más simple.

Volved a mirar la línea del tiempo.

Encontrad el punto justo, poned encima el dedo y simplemente decidid que *este es el comienzo*.

1

También aquí, como siempre, la sincronización lo era todo.

Cinco horas antes de ponerse a pintar la pared sur de su apartamento, cosa que había hecho ya doscientas cincuenta veces, Dan estaba sentado en la pequeña cafetería tratando de tomarse el café con deliberada lentitud.

Tenía el cuerpo un poco inclinado hacia atrás, apoyado en una posición que supuestamente debía reflejar una calma engendrada por muchos años de autodisciplina, y sostenía suavemente entre los dedos la tacita de café, como si fuera una caracola preciosa. Con el rabillo del ojo seguía el avance del segundero en el gran reloj colgado por encima de la caja. Como siempre, en los últimos minutos antes de la cuenta atrás, volvió a descubrir la frustrante sensación de tener conciencia de su respiración y de los latidos de su corazón, que de vez en cuando vencían al tic-tac de los segundos formales.

La cafetería estaba medio llena.

Paseó la mirada entre las personas y mentalmente volvió a ver las telarañas que atravesaban el aire, los hilos delgados e invisibles que las conectaban.

Frente a él, al otro extremo, una joven de cara redonda apoyaba la cabeza en el cristal de la ventana, dejando que la música producida por los alquimistas del *marketing*, especializados en el romanticismo de adolescentes ingenuas, le inundara las ideas a través de los finos cables de los auriculares. Los ojos cerrados, las facciones relajadas: todo indicaba una especie de serenidad. Dan no sabía lo suficiente de ella para determinar si aquello era serenidad. En ese momento la joven no formaba parte de la ecuación. No debía formar parte de ella, sino ser solamente su zumbido.

En la mesa de enfrente, una pareja intentaba tímidamente, en una primera o segunda cita, abrirse camino en lo que tal vez era una conversación amistosa, o una entrevista de trabajo para el puesto de pareja, o una tranquila guerra de agudezas, camuflada con sonrisas y miradas, desviadas de vez en cuando para evitar la mutua contemplación que pudiera crear una falsa sensación de intimidad. De hecho, la pareja era una especie de prototipo de relación demasiado apresurada, de las que giran nerviosas sobre sí mismas y proliferan sin que importe hasta qué punto el mundo intente evitarlas.

Un poco más allá, en la esquina, un estudiante estaba todavía ocupado en borrar de su pecho el rostro de un viejo amor, ante una mesa repleta de papeles cubiertos con una caligrafía densa, mirando el tazón de chocolate, inmerso en una ensoñación sueño disfrazada de concentración académica. Dan ya conocía su nombre, su historial clínico, su historia emocional, sus reflexiones, sueños y pequeños miedos. Todo lo tenía archivado, en alguna parte... Todo lo que supuestamente debía saber para adivinar las posibilidades y tratar de ordenarlas según las complejas estadísticas de causas y efectos.

Finalmente, dos camareras esbeltas, de mirada cansada, pero que de algún modo seguían sonriendo, mantenían una intensa conversación en voz baja junto a la puerta cerrada de la cocina. Una dirigía la conversación. La otra escuchaba, asentía de vez en cuando y daba señales de vida, como indica el protocolo predeterminado del *te escucho,* pero parecía estar pensando en otras cosas.

También su historia le era conocida. O por lo menos así lo esperaba.

Dejó la taza de café y comenzó la cuenta atrás mental.

Faltaban diecisiete minutos para las cuatro de la tarde, según el reloj de encima de la caja.

Sabía que el reloj de cada uno de los presentes marcaría una hora algo distinta. Medio minuto antes o después daba igual, en realidad.

La verdad es que las personas no se distinguen unas de otras solamente por el lugar. También se manejan en tiempos distintos, en cierta medida se mueven dentro de una burbuja temporal que les es propia. Parte de la cuestión de este trabajo, como había dicho el General, era lograr que los tiempos se encontraran sin que pareciera artificial.

Dan no tenía reloj. Se había dado cuenta de que no lo utilizaba. Era tan consciente del tiempo que no lo necesitaba.

Siempre le había gustado esa sensación cálida, que le invadía casi hasta los huesos, durante el último minuto de la cuenta atrás antes de una misión. La sensación de estar a punto de tocar con un dedo la Tierra, o el cielo, y desplazarlos un poco. El conocimiento absolutamente personal de estar desviando de su órbita regular y conocida cosas que un segundo antes se movían en una dirección completamente distinta, y de ver cómo se creaba algo nuevo. Como un artista que pinta paisajes enormes y complejos, pero sin pincel ni pintura, simplemente haciendo girar precisa y delicadamente un gran caleidoscopio.

«Si yo no existiera —había pensado más de una vez—, tendrían que inventarme. Deberían hacerlo.»

Miles de millones de movimientos de dedo como ese se dan a diario, se comunican, se anulan, se acomodan en una danza tragicómica de futuros posibles, y ninguno de ellos conmueve a sus propietarios. Y él, con una simple decisión, ve el cambio que está a punto de producirse, y entonces lo ejecuta. Con elegancia, con calma, de forma tan confidencial que, aunque se descubra, nadie podrá creer lo que tiene detrás. Y aun así, antes siempre se estremece un poco.

«Ante todo —les había dicho el General—, sois agentes secretos. Solo que los otros son, en primer lugar, agentes, y después, también secretos, pero vosotros sois ante todo secretos y, en cierta medida, también agentes.»

Dan respiró profundamente y todo empezó a suceder.

La joven de la mesa de enfrente se movió un poco mientras una canción terminaba y empezaba otra. Acomodó la cabeza en el cristal de la ventana, abrió los ojos y miró hacia fuera.

El estudiante sacudió la cabeza.

La pareja que conversaba se puso a reír un poco incómoda, como si en el mundo no hubiera otras risitas.

El segundero ya había dado un cuarto de vuelta.

Dan exhaló un poco de aire.

Se sacó la cartera del bolsillo.

Justo a tiempo, una orden corta y tajante separó a las dos camareras y mandó a una a la cocina.

Dejó un billete sobre la mesa.

El estudiante empezó a recoger sus papeles, todavía lento y pensativo.

El segundero llegó a la mitad del recorrido.

Dan dejó la taza, aún medio llena, exactamente a dos centímetros del borde de la mesa, encima del billete. Cuando la manecilla del reloj alcanzó los cuarenta y dos segundos, se levantó y saludó con la mano a la camarera que se había quedado fuera de la cocina, con un ademán que denotaba a la vez agradecimiento y despedida.

Ella le devolvió el saludo y se dirigió a la mesa.

Cuando la manecilla pasó por el punto en el que completaba las tres cuartas partes de la vuelta, Dan salió a la calle soleada y desapareció de la vista de los clientes de la cafetería.

Una, dos y...

* * *

El simpático estudiante de la esquina empezó a prepararse para salir.

La mesa era de Yuli, pero evidentemente tendría que ocuparse de ella. No le importaba. A ella le gustaban los estudiantes. Y los chicos simpáticos. A decir verdad, ser estudiante y ser simpático es una combinación ganadora.

Shirley movió un poco la cabeza.

¡No! ¡Hay que frenar estos pensamientos inmediatamente! Ya basta con eso de *simpáticos*, *encantadores* o cualquier otro adjetivo que sientas la necesidad de arrojar.

Lo has intentado, has estado allí, lo has examinado, lo has comprobado, te has elevado y te has estrellado. Y ahora has aprendido. Basta, se acabó. Se-a-ca-bó.

El chico de los ojos tristes levantó la mano mostrándole el billete que dejaba sobre la mesa.

Ella ya lo conocía, si es que a su visita semanal y silenciosa se la podía llamar *conocer*. Seguro que se ha tomado todo el café, así lo hacía siempre, dejando la borra abajo, como si esperara a una adivina que no vendría, y el billete delicadamente doblado debajo de la taza.

El chico salió de la cafetería, y a ella le pareció detectar cierta tensión en sus pasos. Se acercó a la mesa teniendo mucho cuidado de no mirar al estudiante.

Al fin y al cabo, era humana. Y desde entonces solamente había pasado un año. Claro que todavía sentía la necesidad de algún tipo de afecto. No había conseguido acostumbrarse a que el estar sola de ahora equivale al estar en compañía de antes. A que hay que ser fuerte. Auténtica, una loba solitaria y hermosa en la nieve, o una leoparda en el desierto, o algo así. Años y años de películas de chicas, de empalagosas canciones pop y de libros de una sola dimensión habían logrado erigir en su mente un sólido sistema de reductos de ilusiones románticas.

Pero irá bien.

Todo irá bien.

Tiende la mano, un poco perdida en sus pensamientos.

Oye un ligero ruido tras ella y vuelve la cabeza. Es la chica con los auriculares, tarareando ensimismada.

Aun antes de darse la vuelta otra vez, comprende que ha cometido un error.

Su cerebro capta los acontecimientos, los predice, los sincroniza con la precisión de un reloj atómico, pero siempre con un retraso de una milésima de segundo.

Su mano mueve un poco la taza en lugar de asirla.

La taza, que esta vez está muy cerca del borde por alguna razón, pierde el equilibrio.

Extiende la otra mano para impedir la caída, da un traspié, la taza se hace añicos en el suelo y ella, frustrada, lanza un grito agudo.

El estudiante —un joven, un chico nada interesante— levanta la cabeza hacia el grito, mueve la mano en dirección equivocada y derrama inadvertidamente el chocolate sobre los papeles.

Y Bruno sale de la cocina.

Shit!

* * *

«A veces os veréis obligados a ser un poco puñeteros —solía decir el General—. Eso pasa. Es necesario. Yo mismo he disfrutado siéndolo. Pero no hace falta ser unos pequeños sádicos para comprenderlo. El principio es bastante sencillo.»

Dan camina por la calle, cuenta los pasos hasta que pueda permitirse mirar desde lejos hacia atrás. La taza ya debería haberse caído. Echará un vistazo, solo una furtiva miradita, para asegurarse de que todo va bien, para confirmarlo. No es nada infantil, sino sana curiosidad. Nadie se dará cuenta, no en vano está al otro lado de la calle. Puede hacerlo.

Y luego irá a sabotear la tubería.

* * *

Shirley ve al estudiante maldecir y estirar el brazo en un intento de rescatar los apuntes escritos en apretada caligrafía.

Se inclina rápidamente, empieza a recoger los pedazos con las manos y se da de cabeza contra la mesa. *Shit* número dos.

Intenta recoger los grandes sin cortarse. Los zapatos se le han cubierto de pequeñas motas de café, como manchas de una jirafa vacilante, que se absorben rápidamente y acaban formando parte de la textura del zapato.

¿Las manchas de café se van al lavarlas? ¿Se podrán lavar esos zapatos?

Maldice en silencio al mundo entero. Es la tercera vez que le pasa. Bruno había dejado muy claro lo que sucedería si había una tercera.

—Déjalo —oye un murmullo.

Bruno se agacha a su lado, rojo de ira.

—Lo siento —dice ella—. De verdad. No… no ha sido a propósito. Justo me he girado, medio segundo de distracción. En serio.

—Es la tercera vez —masculla Bruno entre dientes. No le gusta gritar delante de los clientes—. La primera vez lo dejé pasar. La segunda, te lo advertí.

—Lo siento, Bruno.

La fulmina con la mirada.

¡Oh! *Big mistake.*

No le gusta en absoluto que lo llamen por su nombre. Ella no suele cometer estos errores. ¿Qué le pasa hoy?

—Déjalo —dice esto en voz baja, acentuando cada sílaba—. Devuelve el uniforme, toma tu parte de las propinas de hoy y lárgate. Ya no trabajas aquí.

Antes de que consiga decir nada, él se levanta y vuelve a la cocina.

* * *

Ahora Dan ya está corriendo.

Le tiene que dar tiempo a hacer algunas cosas. Es imposible prepararlo todo de antemano. Hay cosas que deben hacerse a última hora, o al menos comprobar que ocurren como es debido en su momento.

Todavía no había llegado al nivel en el que simplemente podía dejar que las tazas se cayeran y sentarse a ver cómo un acontecimiento seguía a otro. Todavía tiene que dar él mismo un ligero empujón a los acontecimientos en tiempo real.

* * *

Tendría que volver a fotocopiar la mayor parte del material.

La otra camarera, no la que está recogiendo los trozos del suelo y parece a punto de llorar, se acerca a él con un gran rollo de papel de cocina y le ayuda a enjugar lo que las páginas aún no han absorbido. Limpian la mesa en silencio y rápidamente. Él deja la mayor parte de los papeles.

—Puedes tirarlos —le dice—. Volveré a fotocopiarlos.

—Vaya follón —dice ella, frunciendo los labios con expresión de condolencias.

—Tráeme ya la cuenta, creo que me voy.

Ella asiente y se da la vuelta, él percibe una pizca de su perfume. Una alarma leve y antigua resuena callada en su cabeza. El perfume de Sharon.

Lo que le faltaba.

Parpadea y sigue metiendo en la cartera los papeles secos. Luego, cuando la mesa ya reluce, la camarera le da la cuenta.

Ni siquiera siente que deja de respirar cuando ella se acerca para no cometer el error de olerla.

Ella se aleja, él levanta la mirada de la cuenta y ve a la otra camarera, la que había hecho caer la taza, saliendo de la cafetería vestida con ropa de calle.

* * *

Dan se sentó en la parada del autobús y abrió la libretita.

Estaba en un lugar donde supuestamente ella no podía verlo, pero por si acaso, fingía estar interesado en la libreta.

La abrió en una de las primeras casualidades que había construido. La misión era hacer que cierto empleado de una fábrica de zapatos perdiera el empleo. El tipo era un compositor genial que nunca había sabido que lo era. En la primera etapa, Dan tenía que arreglárselas para que lo despidieran, y en la segunda, exponerlo a la música de tal manera que le hiciera intentar componer algo.

Una tarea bastante compleja para un artífice del azar principiante, pero menos estimulante que otras misiones con las que soñaba.

En aquel entonces, Dan era bastante pretencioso. Había intentado hacer algo que sobrepasaba en mucho sus habilidades de planificación. Releyendo las notas en la libreta, recordó que se había utilizado una cabra particularmente irritable, vacunas contra la gripe y un apagón que paralizó toda la fábrica.

Falló, por supuesto. Despidieron a otro porque él no había calculado correctamente el horario de llegada de los empleados. Eso ocurrió en una época en la que solo se fijaba en el individuo en lugar de contemplar todo el contexto, sin hacer caso de lo que el General había intentado explicarles. No había prestado suficiente atención a los atascos de los jueves por la mañana en el barrio donde vivía su compositor, y otro había estado allí en el lugar y la hora que había programado.

De hecho, el procedimiento que había intentado ejecutar estaba trazado delante de él, en cuatro páginas de la libreta. ¡Cuatro páginas! Maldito sea, ¿quién se había creído que era?

Fue otro el que arregló el despido al cabo de cinco meses. Y también le devolvió al despedido de Dan el puesto que había quedado vacante. Dan no tenía ni idea de quién lo había hecho. Suponía que el coste de su error era que algunas partituras nunca se escribirían.

No todos sus errores se habían reparado de la misma forma. No siempre hay una segunda oportunidad.

Desde el otro lado de la calle vio que la camarera que había hecho caer la taza llegaba a la parada del autobús.

* * *

El mundo entero parece girar en torno al golpeteo rítmico de sus pasos en la acera en este momento. El sonido de su brazo al rozar la ropa, el contacto de la etiqueta en la parte de atrás de la blusa.

Cuando está nerviosa se fija en detalles poco importantes. No hace mucho que lo ha descubierto.

Es extraño, pero el despido rápido y brusco no es lo que ahora la preocupa, sino la sensación de que no fuera como lo había imaginado. ¿Todo cambia así, sin más, en un segundo? La vida no debería tratarte así. Se supone que va anunciándote lentamente las noticias, sean buenas o malas. No arroja esas piedras en tu estanque y señala los círculos que perturban la tranquilidad del agua con una sonrisa maliciosa. ¿Por qué tiene la sensación de que lo que ha ocurrido equivale a una colisión frontal con un conocido lejano, justo a la vuelta a la esquina?

Había llovido y, a pesar del sol cálido y brillante que ahora inunda la calle, el aire huele a nuevo y un riachuelo marrón fluye por los bordes de la calle hacia la alcantarilla. Justo en el lugar que permite al autobús insolente que pasa por su lado salpicarla y volver a mojarle los zapatos. Otro de esos días.

Simplemente tiene que pasarlo sin lesiones corporales graves, o algo parecido. El día siguiente será más razonable. Tendrá tiempo de evaluar los daños, de examinar meticulosamente sus reductos básicos y de tomar una decisión racional sobre qué camino debe seguir. Y hacia dónde.

Se reprocha su vena dramática. Total, ha sido solo un despido. No es una experiencia determinante para contar a los nietos o al psicólogo. En resumen, un día jodido. Ya has conocido días así. Sois buenos amigos. Nada de dramas, por favor.

Levanta la mano. El autobús puede tardar una hora. Mejor hacer autostop, tomar una larga ducha y meterse en la cama hasta mañana. Ya veremos. Veremos si hay trabajo en alguna parte, qué hacer con el alquiler del próximo mes, cuáles son las instrucciones para lavar los zapatos.

* * *

Dan observa preocupado. Ella no parece suficientemente desanimada. Esperaba un nivel de fastidio medio-alto.

En el fondo, que no esté tan desanimada es bastante bueno. Se mantendrá abierta a otras ideas.

Por otra parte, una ligera frustración sazonada con una pizca de tristeza podría hacerle buscar a alguien en quien apoyarse.

O simplemente empujarla a apartarse de la gente.

«Debería haber cerrado ese ángulo, idiota de mí. Calcular de antemano y con precisión el potencial de fastidio. Es preciso reducir los riesgos de error en todo lo concerniente a la elección. Es la primera lección del curso. De acuerdo, no exactamente la primera. Tal vez más cerca de la quinta.

»¿O era la décima? Ya no lo recuerdo bien.

»En cualquier caso, no parece lo bastante fastidiada.»

＊ ＊ ＊

—¿Qué pasa allí? —pregunta él.

—¿Qué? —dice uno que va por la acera y se detiene.

—¿Qué pasa allí? —vuelve a preguntar—. ¿Por qué nadie se mueve?

—Ha reventado una tubería —dice el hombre—. Han cerrado esa calle.

—Ah, ya veo, gracias.

Dará una vuelta. Si gira aquí a la derecha y luego a la izquierda, debería circular por la calle paralela y llegar a... No, esa es de sentido contrario. Tal vez podría girar dos veces a la derecha y luego a la izquierda por aquella calle de sentido único. O puede que no sea de sentido único, sino una calle sin salida. Sharon siempre se reía de él.

—¿Cómo?, ¿cómo pudiste terminar el curso de oficiales si ni siquiera consigues orientarte dentro de la ciudad?

—En la ciudad es diferente.

—Debería ser aún más fácil.

—En el curso no te tenía al lado. Me desconcentras por completo.

Ella solía sonreír de aquel modo tan suyo, con la cabeza un poco gacha. La sonrisa de la Mona Lisa en *offside*.

—No, no, en serio —decía él—. Mapas, calles, planos, puntos cardinales. Todo se me enreda. Por lo que a mí concierne, en este momento hay solo dos lugares: a tu lado y no a tu lado. Así que, ¿cómo se supone que voy a recordar el camino al cine, eh? Dímelo tú.

Ella se inclinaba un poco y le susurraba al oído: «A la izquierda, al final a la derecha, y en la rotonda, recto, comandante».

Así que los apuntes se han perdido, qué más da. No va a permitir que eso le estropee el día. Cualquier día. Ningún día.

Llegará a casa, arrojará todos los papeles podridos al rincón más oscuro, bajará y sacará del videoclub alguna comedia, la más estúpida que encuentre, alguna de chicos en universidades americanas, o de británicos neuróticos, o de chicas españolas que hablan muy muy rápido, se sentará con una cerveza y cacahuetes, y disfrutará sin sentimiento de culpa.

O tal vez vaya a la playa, es otra posibilidad.

En todo caso, esta noche la cerveza es importante. Se ofendería si la dejaran de lado. Uno no debe meterse con las cervezas, esto lo aprendió por las malas.

Echa la cabeza atrás y ruge. Cada vez que se ve obligado a posponer una tarea relacionada con los estudios, se pone de muy buen humor. Se siente lleno de vida. Le encanta esta zona. Su zona feliz y agradable, la que logra ver en la vida algo que va más allá de lo que hay que hacer, algo que debe fluir a través de él.

«Un día seré maestro zen —piensa—. Meteré a gente en coches y dejaré que se desgañiten a puro rugido.»

Pero hasta entonces, nos conformaremos con ser amables. Ayudar a una anciana, recoger a un autostopista, comprar una flor y dársela a cualquier chica que pase por la calle.

Vuelve a rugir.

* * *

Las personas reaccionan ante las cosas de distintas maneras. Las personas también tienen debilidades distintas. Él descubrió las de su joven en alguna parte a lo largo de la investigación.

Ninguna de esas debilidades preocupaba a Dan en particular, salvo la dificultad de orientarse por las calles de la ciudad.

Así que le organizó un documental militar la tarde anterior. Le encantaba introducir cambios en la parrilla de transmisiones para influir en el pensamiento de la gente. Es relativamente fácil, y tiene el aroma agradable de una apuesta. Ya no se atrevía a arriesgarse con una apuesta mayor.

Pero ayer, después de ver el documental, tuvo la sensación de que, cuando su estudiante se preguntara por dónde ir ahora, muy posiblemente le viniera en mente algo parecido a *izquierda, derecha, izquierda*.

En cualquier caso, las otras calles no estarían abiertas.

* * *

Ha pasado demasiado tiempo, piensa ella. Tiene que hacer autostop. O subir a un autobús. Lo que llegue antes. Levanta la mano perezosamente, tratando de calcular las posibilidades de encontrar un nuevo trabajo esa misma semana.

Llega a la conclusión de que no hay ninguna, y justo entonces un pequeño coche azul se detiene a su lado y se abre la ventanilla.

Sin prestar mucha atención, informa en pocas palabras adónde quiere ir y sube al coche. Un segundo después de cerrar la puerta, se percata de que quien está sentado a su lado es el estudiante de la cafetería.

Él mete la marcha, le sonríe de soslayo y arranca.

Y ahora, cuando ya están circulando, aunque la tierra quisiera, no podría tragársela.

* * *

Es encantadora, y callada. Según él, una combinación demoledora.

«Parece que no puedes abstenerte de imaginar que tienes una relación con cualquier criatura del sexo femenino que aparece en tu camino —se reprocha—. Sigue con tu vida, querido.

»Pero, en realidad, si vamos a la playa con una cerveza...»

* * *

En favor del estudiante, hay que decir que justamente había hecho un auténtico esfuerzo.

Ella contó los segundos mentalmente, casi un minuto entero, hasta que él dejó de resistirse y empezó a hablar.

—Espero que no te haya gritado demasiado, ¿eh? —dice sonriendo.

—No, no es de los que gritan. Cuando está nervioso, simplemente habla de una manera muy enfática.

—¿Enfática?

—Acentuando cada palabra. Como. Arena. En. El. Ojo.

—¿Hasta qué punto ha estado enfático esta vez?

—Me ha despedido. —Ella se encoge de hombros.

Medio mirando, medio preocupado:

—¿Qué me dices?

—Lo que te digo. —Nunca había sido tan contundente. «Esa ha sido, querido, la última palabra de la conversación, —piensa—. Espero que lo hayas comprendido.»

Ella tiene un lado así.

Un lado al que le gusta ser cruel en medio de conversaciones corteses, romper la secuencia habitual de preguntas y respuestas obvias, decir la palabra o la frase inapropiada que hará que todos se callen, se sientan molestos, se muevan incómodos y piensen: «Vale, parece que *de verdad* no quiere hablar».

«No me hables de mi trabajo. No me digas nada. Conduce y basta. Estoy aquí por casualidad. Limítate a conducir.»

—Yo, mmm…, lamento oírlo.

—Yo lamento lo de tus papeles. Vi que todo se te derramaba encima de los apuntes.

—Tonterías. Volveré a fotocopiarlos. —Es su turno de encogerse de hombros.

—Vale.

—Son tonterías, en serio.

—Entiendo. Vale. Pues entonces no lo lamento —se sonríe.

—Mmm… Sí. Soy Ron.

—Shirley.

—Tengo una prima que se llama Shirley.

«Y a mí qué me importa…»

—¿De veras? Qué curioso…

—Sí.

* * *

Dan volvía a contar respiraciones. Es supuestamente más eficaz que contar segundos, lo sabe, pero es problemático cuando el ritmo de tu respiración es irregular.

Sacó el móvil de la cartera y esperó un poco.

Y otro poco.

A esta conversación se la podría llamar *póliza de seguro*, ¿no?

Marcó el número.

* * *

—Te dejaré en la esquina anterior, ¿de acuerdo? Si entro por aquí, se convierte en una calle de sentido único. Mmm…, me parece.

—Está bien. Ningún problema. —Ella se permitió esbozar una sonrisa.

—Vives cerca de la playa, ¿no?

—Sí, bastante. —Avanzamos un paso.

—¿Vas a la playa a menudo?

—A veces. No mucho. —Retrocedemos dos pasos.

—Yo suelo ir de vez en cuando, me despeja mucho la cabeza.

—Es que a mí no. El ruido de las olas me desconcentra.

—No tienes que concentrarte para despejar la cabeza.

—Si tú lo dices…

Ella sonrió. Una sonrisa buena. Es decir, las sonrisas son siempre buenas, ¿no?

—Puede que vaya esta tarde. ¿Te apetece venir?

—Verás…

—De verdad, no es nada especial. Yo llevaré cerveza, si quieres puedes llevar algo para picar. Nos sentaremos y hablaremos. Lo digo en serio.

—No lo creo.

—Por lo general, esperaría hasta que se desarrolle una conversación, por supuesto. Te cautivaría con todo tipo de agudezas banales. De verdad, no soy de esos tipos que se apresuran, pero, sencillamente, estamos llegando y...

—No estoy en esa onda.

—¿Qué onda?

—La de las relaciones.

—¿Para nada?

—Para nada.

—¿Es una especie de abstinencia?

—Más bien una especie de huelga.

—¿Por qué?

—Es complicado.

—¿Cuánto tiempo llevas en huelga?

—No creo que valga la pena... ¿Qué es ese ruido?

—Creo que viene de tu bolso.

—¡Uy! Es mi móvil, *shit*. —Busca, busca, busca—. ¿Hola?

—Hola.

—¿Sí?

—¿Eres Miranda?

—No. —Nota que la ceja se le arquea sin querer, está nerviosa.

—¿Hola?

—No, no, no soy Miranda.

—¿Miranda?

—Aquí no hay ninguna Miranda. Se ha equivocado. ¿Hola?

—¿Hola?

—¡Equivocado! ¡Equivocado! —grita.

Cierra el móvil y lo tira en el bolso, que está en el suelo, a sus pies.

—¡Uf! ¡Qué día de locos!

* * *

Dan volvió a guardar el móvil en el bolsillo.

Ya está, ahora solo le queda esperar e irse a casa.

Y pintar la pared.

* * *

—Bien. Me parece que hemos llegado.

—Excelente. Gracias.

—¿Así que no te veré más allí?

—No, me han despedido.

—¿No hay ninguna posibilidad de que rompas la huelga?

—No.

—Estoy mentalmente sano. Del todo. Me han examinado destacados especialistas.

—Estoy segura.

Una última sonrisa, las cejas levantadas.

—¿Ni siquiera una apuesta de uno a mil? ¿Ni me dejarás un número de teléfono?

Debería haber renunciado hace rato.

—No, gracias.

«Me largo.»

* * *

En la pared había un diagrama gigantesco y detallado de la última misión, con un círculo dentro del cual ponía *Shirley,* otro donde ponía *Ron,* e innumerables líneas que salían de ellos.

A un lado había largas listas de rasgos de carácter, aspiraciones y deseos.

Y muchísimos círculos unidos entre sí con líneas azules (tareas por ejecutar), rojas (riesgos), punteadas (cosas que podrían suceder) y negras (conexiones que deben tenerse en cuenta). Dentro de cada círculo, con letras pequeñas y vacilantes, ponía *Bruno, Yuli, tubería de agua* o *autobús 65,* y unas decenas más de elementos que aparentemente no tenían ninguna relación, como *Entrenamiento de reclutas y sueños: el documental, David, técnico de la compañía de TV por cable,* o *Monique, esposa de David.* En el ángulo inferior izquierdo estaba el área de cálculo. Cuánto café haría falta para que la caída de la taza fuera suficientemente espectacular, cuánto perfume debería quedar en el frasco de Yuli, cuántos metros cúbicos de agua fluyen por hora en la tubería, la profundidad deseada de los charcos con los que se topan los autobuses, las canciones que a las niñas les gusta tararear.

También había una lista de técnicos de aire acondicionado, de temas de conversación relacionados con los pelícanos, de códigos de entrada de al menos nueve bancos, de ingredientes de cervezas irlandesas, de programas de televisión en tres países, de cómo se dice *¡buena suerte!* en distintos idiomas, de husos horarios, de conexiones asociativas que pueden crearse entre Perú y la leche de cabra, de centenares de detalles en letras minúsculas de distintos colores, de líneas tendidas en todas direcciones para todas las posibilidades, subposibilidades, contextos, pensamientos y combinaciones capaces de conducir a un determinado punto.

Sí, definitivamente, hacía tiempo que no trabajaba con la libreta.

* * *

—Hola.
—Hola.
—Eres Ron, ¿no?
—Sí.

—Parece que mi móvil se quedó en tu coche.

—Sí, estaba en el suelo.

—Creo que se me cayó cuando quería meterlo en el bolso.

—Seguro. Resulta que, después de todo, sí me dejaste tu teléfono.

—En efecto.

Una mitad de mutismo, un cuarto de silencio y una décima parte de tensa espera.

—Mmm... ¿Podrías traérmelo a casa?

—Claro que sí.

—¡Genial!

—Tengo una idea mejor.

—¿Sí?

—Estoy en la playa. ¿Por qué no vienes a buscarlo?

—Mmm... Vale.

—¡Genial!

—Tardaré unos 15 minutos.

—No tengo prisa.

—Pues hasta luego.

—Y... ¿Shirley?

—¿Dime?

—Tengo bebida, así que, si puedes, trae algo para picar.

Ángulos calculados con precisión para el lanzamiento de un teléfono en un momento de rabia, grietas finas y largas en diques de soledad, rugidos que siguen resonando en un coche durante varios minutos después de ser emitidos, al final todo va a converger en un solo punto.

—De acuerdo.

* * *

Noche. Mar. Otro chico y otra chica que se sientan a conversar. Nada especial. Sonrisitas que la oscuridad protege discretamente. Periódicos extendidos por el suelo y otra capa de pintura que se añade a la pared que ya ha visto el mundo por todos lados.

A la pantalla electrónica titulada «Llegada de amores», en algún lugar de un aeropuerto inexistente, se ha añadido una nueva línea.

Debajo de la columna «Observaciones» se iluminan las palabras «Construcción de casualidades de segundo nivel».

Y ha pasado otro día.

2

Al día siguiente, cuando Dan despertó, todavía se podía notar en el aire el ligero olor a pintura, a pesar de haber dejado el balcón abierto toda la noche para que se ventilara.

Se dio una palmadita imaginaria en el hombro. Despertar naturalmente es otra buena señal. Empiezas a ser un profesional.

Lo bastante profesional como para poder dormirte tras una misión exitosa. Lo bastante profesional como para saber que, después de hacer lo tuyo, no te quedas demasiado tiempo en la escena ni compruebas lo que ha pasado con el cliente. Lo bastante profesional como para no permanecer toda la noche con los ojos abiertos solo para pescar el momento en que el sobre se deslice por debajo de la puerta.

No es que haya conseguido captar ese momento alguna vez de verdad.

A fin de cuentas, siempre se dormía. A veces solo unos minutos, pero era suficiente. Inmediatamente después, descubría que alguien había venido y deslizado un sobre marrón por debajo de la puerta de entrada.

Recordó que una vez estaba acostado esperando el sobre del día siguiente, el cuerpo inundado de adrenalina tras una construcción muy lograda, con la que había evitado que una mujer fuera infiel a su amado. El piso estaba a oscuras, pero había dejado el recibidor en penumbra y colocado la cama en un ángulo que le permitiera ver el sobre cuando llegara. Recordó haber mirado el reloj a las 4:59. Un parpadeo fatigado y se quedó dormido unos minutos. Cuando abrió los ojos eran las 5:03 y el gran sobre marrón estaba en el recuadro de luz, mofándose de él.

Saltó de la cama, se cayó y se torció el tobillo, pero a pesar de ello corrió hacia la puerta y la abrió de par en par. Echó un vistazo en todas direcciones. La escalera estaba vacía. Escuchó. No se oían pasos. Rápidamente tomó la decisión y, dejando la puerta abierta, se precipitó por la escalera sobre su pie dolorido, cojeando y saltando los escalones de dos en dos, agarrándose fuerte a la barandilla y esforzándose por no gritar de dolor con cada pisada, hasta que llegó a la calle y se puso a mirar a izquierda y derecha como un loco.

Estaba desierta, los virginales rayos del sol habían empezado a calentar el aire frío de la noche.

Dan se quedó de pie, temblando un poco; su mente soñolienta respondía atónita ante la rápida transición de un descanso largo y adormilado a una carrera frenética y dolorosa para meterse en la fría mañana. Unos ligeros estremecimientos en los hombros le transmitieron un mensaje inequívoco de su cuerpo: «Dime, ¿te has vuelto loco?».

Se dio la vuelta y volvió a subir a su casa. Antes de llegar arriba había decidido que, en el fondo, no le importaba para nada quién hubiera metido el sobre bajo la puerta.

Era un profesional, ¿no?

Lo demás no debe importarle. Debe ejecutar la tarea y hacerlo de forma que las casualidades de las que es responsable se produzcan de la manera más limpia y natural posible. Eso es todo.

Se incorpora en la cama despacio, saboreando los minutos durante los cuales todavía no tenía una nueva misión.

Dentro de poco se levantará, irá arrastrando los pies del dormitorio a la sala, y verá el sobre con la próxima misión junto a la puerta. Dentro de casa. La primera página contendrá una descripción general. Promover encuentros amorosos es una misión que se repite mucho últimamente. Puede que esta vez ordenen algo distinto.

Las misiones podían ser cambios en la concepción del mundo, reunificación de familias, conciliación de enemigos, inspiración de obras de arte, una nueva percepción, un revolucionario descubrimiento científico si tiene suerte, vete tú a saber. La primera página contendría descripciones tales como quién está involucrado, algunos antecedentes generales, las personas más cercanas del primer círculo y los recordatorios habituales sobre el cumplimiento de los horarios.

Encontraría unos folletos con información sobre los participantes. Nombres, lugares, influencias, estadísticas sobre la toma de decisiones en situaciones diversas, creencias conscientes e inconscientes. En otro folleto se describiría la construcción recomendable y las repercusiones que deben evitarse. Hace poco tuvo que provocar el encuentro de dos futuros amantes, pero las instrucciones dejaban bien claro que la chica no debía coincidir con ningún familiar del chico antes de encontrarse con él, y que estaba prohibido que el alcohol, en la forma que fuera, estuviera involucrado en el proceso.

Algunos meses antes, las instrucciones indicaban que no se hiciera uso de situaciones clínicas de urgencia con el fin de promover la construcción de la casualidad, cuyo objetivo era despertar en el cliente una nueva percepción respecto de la muerte. Esto había complicado un poco el asunto.

En las últimas páginas, las instrucciones detallarían qué tareas de amplio alcance podrían llevarse a cabo a corto plazo. La explosión del día anterior en la tubería del agua era una de ellas. De hecho, las instrucciones casi obligaban a realizarla, porque estaba programada para facilitar una serie de casualidades más complejas (de nivel cuatro, aparentemente) que debían ocurrir en paralelo. Posiblemente, Dan hubiera podido cumplir la misión sin la tubería. Hay mil maneras de bloquear una calle. Estas tareas a gran escala siempre habían sido algo problemáticas. Es difícil predecir el alcance de sus repercusiones si las instrucciones no las definen explícitamente. Tal vez fuera posible, pero para este propósito sería necesario trazar diagramas en las paredes de todo un edificio de diez plantas. Dan todavía no había llegado a ese nivel. Para ello se requería un poco más de tiempo.

Y, por supuesto, estaba el formulario habitual de renuncia, que nadie se tomaba en serio. «Por la presente declaro que, en plena posesión de mis facultades mentales, he decidido renunciar al servicio activo...», bla, bla, bla.

Entró en la sala: el sobre estaba allí.

Se permitió no hacerle caso por el momento y se fue al baño, aún con cara de somnoliento.

Esta noche había vuelto a tener el mismo sueño. Cada vez en un lugar diferente, pero el contenido siempre era el mismo. Imágenes borrosas en las que él está en medio de un bosque, en el centro de un campo de fútbol, dentro de la enorme caja fuerte de un banco o encima de una nube suave...

Esta noche estaba en un desierto. Kilómetros y kilómetros de suelo duro y agrietado se extendían ante él, líneas rotas sedientas en una interminable superficie marrón-amarillenta. Movía los ojos sin parar, pero solo veía sequedad hasta la línea del horizonte, y el sol le abrasaba la coronilla.

También en este sueño, como siempre, sabía que ella estaba detrás de él. Espalda contra espalda. Notaba su presencia. Solo podía ser ella.

Intentó darse la vuelta, apartar la mirada del paisaje estéril y volverse para mirarla. Pero como siempre, el cuerpo no le obedecía. Notó una suave brisa en la nuca, intentó pronunciar su nombre y se despertó.

Cada pocos días, como un amigo fastidioso que no entiende las insinuaciones, el sueño llegaba, siempre con una ligera variación. Ya empezaba a aburrirse.

¿Cuándo tendría sueños normales?

Mientras se cepillaba los dientes, dejó que el suave olor de la pintura y la sensación de escozor de una nueva misión lo despertaran. Siempre le había gustado retrasar un poco la apertura del sobre. Al cabo de una hora, con todos los asuntos de la mañana en orden y completamente despierto y lúcido, se sentó en el sofá, puso la taza de café sobre la mesa y, con un ligero cosquilleo en los dedos, lo abrió.

Era especialmente liviano y delgado. Se preguntó por qué sería, y entonces descubrió que dentro solo había un pedazo de papel. Hora, lugar y una frase: «¿Te importaría que te diera una patada en la cabeza?».

Extracto de
MÉTODOS TÉCNICOS EN LA
CONSTRUCCIÓN DE CASUALIDADES,
Parte A

En el entorno de los historiadores de la construcción de casualidades, impera la opinión generalizada de que la *mención de frases hechas* es uno de los tres métodos más antiguos que, aparentemente, se desarrolló aun antes del diseño oficial de métodos clásicos de Jacques Bruffard.

La mención de frases hechas se considera una de las técnicas menos costosas y más simples, y un ejercicio seguro para principiantes y aprendices de artífices del azar. En consecuencia, se practicará la MFH ya durante el primer mes del curso. Sin embargo, dada la complejidad del tema, como lo demuestran los trabajos de Florence Bunshatt, es costumbre que los instructores establezcan de antemano las frases hechas y lugares comunes, y que los aprendices practiquen principalmente los aspectos técnicos de la mención, como la intensidad, la dicción, las pausas y el espaciamiento o ubicación con respecto al objeto.

A lo largo de las próximas semanas se les asignarán distintas frases que deberán practicar a fondo y soltarlas en el lugar y la hora que haya fijado el instructor.

Existen tres métodos aceptados de MFH, y los tres se practicarán durante el curso. Primero en el aula y luego en el seno de la población. Las prácticas se harán en lugares llenos de gente, como en la cola de centros sanitarios, cines y bancos, donde haya un público numeroso, en espectáculos o restaurantes abarrotados de gente. El aprendiz practicará la llegada a un lugar determinado al alcance del oído del objeto en cuestión y la sincronización correcta de la frase. Por lo general, el objetivo de la mención de frases (de cualquier tipo) es implantarlas allí donde las vías normales de pensamiento del objeto no llegan, y a través de ellas suscitar nuevos procesos intelectuales. Que quede claro que hay que decirle la frase a otra persona de manera tal que el objeto la oiga como si fuera por casualidad.

MFH Clásica: En la MFH Clásica (MFHC) se utilizan frases hechas de alta frecuencia. «Si tienes fe, lo lograrás», «La verdad se encuentra en tu interior» y «No se llora por la leche derramada» son buenos ejemplos. Actualmente se utiliza la MFH Clásica principalmente en las prácticas porque son pocas las personas sobre las que influyen este tipo de frases. Los estudios han demostrado que la mayor parte del público ya está inmunizado contra ellas.

MFH Posmoderna: La MFHPM generalmente intenta adoptar el método de las frases hechas contradictorias. «No tiene ninguna posibilidad ese pendejo» fue la primera MFHPM que probó con éxito en un jinete, en una carrera de caballos, el fundador del método, Michel Clatière. Los dichos inversos suelen provocar una reacción contraria muy fuerte en un objeto que no está totalmente desanimado. La responsabilidad de examinar el objeto antes de utilizar la MFHPM recae en el instructor.

MFH Adaptada al cliente: Actualmente es el método más difundido. El artífice del azar debe estudiar a fondo el carácter del objeto en cuestión con el fin de descubrir palabras clave, acontecimientos y asociaciones capaces de influir en él. La práctica de la MFHAC solo tiene lugar en la segunda etapa del curso, después de haber completado la lección introductoria sobre análisis de la personalidad.

Reglas de precaución para la mención de frases hechas:

1. Ir siempre en pareja; la gente no tiende a creer a alguien que habla solo. De esta manera, también es posible corregirse mutuamente, darse aliento y hacerse comentarios. Al comienzo de la conversación, hablar en voz baja, hasta que una de las frases se diga en voz más alta. Una MFH ejecutada por una persona sola (por ejemplo, en una conversación fingida por el móvil) pueden llevarla a cabo solamente los artífices del azar autorizados.

2. Mencionarla únicamente al objetivo. Si se identifica a otro transeúnte que pueda oírla, cerciorarse de que la expresión no lo afecta. El veinte por ciento de los percances en la construcción de casualidades con MFH se debe a una mención captada por la persona equivocada.

3. Usar el cinismo y el sarcasmo de forma inteligente. Los usuarios de la MFHPM tienden a adoptar el cinismo y el sarcasmo para transmitir los mensajes. Asegurarse de que el cliente es capaz de comprender esos matices, y utilizarlos con cautela.

4. Seguimiento. ¡No hacer ninguna mención sin seguimiento! Siempre se debe verificar que las expresiones tengan el efecto buscado y llevar a cabo las correcciones que sean necesarias a medida que se avanza.

3

El avión hizo un aterrizaje casi perfecto y se detuvo por completo al cabo de pocos minutos.

Los letreros de «PROHIBIDO FUMAR» se apagaron, los pasajeros se levantaron y se lanzaron en una carrera sin sentido hacia la escalerilla, de vuelta al mundo donde la luz solo se enciende automáticamente en las neveras, no en los aseos.

El asesino más silencioso y más eficiente del hemisferio norte se quedó sentado esperando tranquilo a que todos desembarcaran. Siempre había sido un tipo paciente, y no había ningún motivo para que un vuelo lo cambiara. De algún modo había logrado desentenderse de la excitación que, a pesar de todo, sentía. Tal vez excitación sea una palabra un poco fuerte. Llamémoslo *estado de alerta*. Una eliminación en un lugar en el que jamás había estado era siempre un cambio refrescante. Se preguntaba si la extraña sensación que experimentaba en la barriga, la sólida bolita que se le había formado allí al despegar y que seguía negándose a desaparecer incluso después de tantas horas de vuelo, se debía al nerviosismo que precede a una eliminación y que hacía tiempo que no sentía o a la preocupación por la suerte de su equipaje.

O tal vez estaba relacionada con algo que había comido.

Las albóndigas de su tía siempre le habían hecho sentirse raro, ya desde pequeño. Solo que entonces eso se expresaba con una ligera flatulencia, no con la sensación de una bolita de hierro flotando intrépida en la cavidad abdominal. Parecía que sí que estaba algo nervioso. Solo esperaba que una buena siesta de media hora frente a un combate de boxeo en la televisión le arreglara la cabeza.

Es decir, la barriga.

Bajó del avión, sonrió sin hablar a las azafatas, que le devolvieron la sonrisa como un acto reflejo, y se detuvo un segundo para echar un vistazo desde lo alto de la escalerilla. El sol estaba en su cenit y hacía calor. Tendrá que comprarse unas gafas de sol. Eso parece.

Mientras bajaba, se preguntó cómo se las había arreglado hasta ese día sin gafas de sol. Porque en su profesión son una especie de símbolo de estatus. ¿Cómo se puede ser asesino a sueldo, y a mucha honra, y no llevar unas?

«¿Soy realmente un asesino a sueldo, y a mucha honra?», se preguntaba en el autobús que lo transportaba junto con la cincuentena de personas que habían corrido para llegar antes que él. Es decir, siempre le habían dado un trato diferente del que se suele dar a los asesinos comunes y corrientes. Eso es parte de su singularidad, porque él no es como los demás. Trabaja de una manera distinta. ¿Y si no tuviera que comportarse como asesino a sueldo, y a mucha honra, sino como, digamos, agente de viajes que solo siente afecto por sí mismo? ¿Los agentes de viajes que solo sienten afecto por sí mismos suelen usar gafas de sol? ¿Y qué pasa con la navaja automática en el calcetín? Llevarla allí no le es cómodo, le molesta para caminar y le distrae. Si empezara a pensar que es un agente de viajes en lugar de un asesino a sueldo, ¿podría por fin deshacerse de la jodida navaja y ponerse calcetines como cualquier persona normal?

Eso es lo que pasa cuando tienes una profesión que te elige a ti en lugar de una profesión que eliges tú. Normal es solo una palabra.

Eran pocas las personas que lo conocían por su nombre. No necesariamente por razones de secretismo, sino porque en una profesión como la suya, la gente no tiene interés por los nombres. Recuerdan mejor los apodos. La Peste Negra, la Viuda Negra, el Carnicero Cantor o el Verdugo Silencioso eran los tipos de nombres que se usaban. Un apodo fácil de recordar es una ventaja. Solo contadas personas podían hablar de él por haberlo conocido personalmente. Por norma general, eran las que persuadían a otras de que valía la pena contratarlo. La persuasión empieza, normalmente, con una especie de memorando ejecutivo para individuos que no eran realmente ejecutivos, a pesar de que algunos creían serlo.

El memorando empezaba con: «Es muy, pero que muy eficiente». Una expresión definitivamente positiva. A continuación, el que se autodefinía como ejecutivo hacía preguntas del tipo: «Pero ¿por qué lo llaman así?». Y el que intentaba persuadir, en lugar de responderle, añadía cosas como: «Y es muy, pero que muy tranquilo».

El ejecutivo movía la cabeza de un lado a otro, obviando de momento la pregunta que lo inquietaba, y trataba de aclarar si *tu chico* podría hacer el *trabajo*. Solo cuando los detalles que le daban lo convencían, volvía a preguntar: «Pero ¿por qué lo llaman así?». Y recibía una respuesta del tipo: «Es solo un apodo. Tal vez tenga relación con un trabajo del pasado». Porque de todas formas, hay verdades que no es preciso revelar o que, por lo menos, es conveniente proporcionar solo después que se haya hecho el *trabajo*.

Se sentó en la cama de la habitación del hotel, en el piso quince; tenía el mar delante, centelleando.

A su derecha estaba la maleta. A su izquierda, la jaula.

—Esto es el mar, Gregory. ¿Verdad que es hermoso? —Gregory no respondió—. Espero que no hayas sufrido demasiado allá abajo. —Gregory está ocupado. No está de humor para charlas—. De acuerdo, te traeré algo de comer.

Gregory olfateó el aire. Realmente tenía un poco de hambre.

Podrían haberlo apodado el Asesino más Silencioso del Hemisferio Norte, pero hay nombres que no se pegan. Porque son demasiado largos o porque a la gente le gusta lo especial, lo distinto. Así que de alguna manera se convirtió en el Hombre del Hámster.

No le importaba. Quería a Gregory.

Lo sacó de la jaula y lo acarició, y la bola de la barriga se fue haciendo cada vez más pequeña hasta casi desaparecer.

4

Emily y Eric esperaban a Dan en la mesa de siempre. Emily, de espaldas a la ventana porque «de esta manera, la luz me los ilumina a todos», y Eric, desde donde podía observar tanto a los (y a las) que entraban en la cafetería, como a los (y a las) que pasaban por la calle. «Es una cuestión únicamente profesional —acostumbraba a decir—. Me estoy entrenando.»

—¿Entrenando? —solía responder Dan con una sonrisa—. Sí, claro.

—No seas tan descreído —añadía Eric, reclinándose y levantando el vaso de zumo de naranja como si fuera un vodka martini mezclado pero no agitado—. En nuestra profesión es importante cuidar los instintos, seguir descubriendo las interacciones secretas e inconscientes de la gente, la manera en que pequeños detalles influyen en los procesos. Ya sabes lo que quiero decir.

—Sí —decía Dan encogiéndose de hombros—. Lo sé.

—Además —decía Eric—, hay tanta belleza en el mundo... Sería una lástima desaprovecharla.

—Me he enterado de que ayer tuviste una construcción muy lograda —comentó Eric cuando Dan se sentó con ellos.

—Eso parece —masculló Dan.

—Y supongo que ha vuelto a tratarse de unir a dos personas en pareja —dijo Emily.

—Algo así.

—A veces eres demasiado transparente —sentenció ella—. Nunca eres puntual tras formar con éxito una pareja. Cabría esperar que, después de tantas veces, te conmoviera menos.

—Es el tipo de misión que prefiero. Qué quieres que le haga.

—Eres un populista barato —declaró Eric—. Las misiones amorosas son de las más reversibles y, desde un punto de vista estadístico, son aquellas en las que la ratio entre nuestra inversión y el resultado es la más baja. Eres simplemente un tipo de *rating*. Poco esfuerzo, beneficio alto y frágil.

—¿Cómo mides exactamente el resultado? —preguntó Emily.

—¿Desde cuándo clasificas las misiones por el *rating*? —inquirió Dan.

Eric jugó un poco con el tenedor en el charco de sirope que quedaba de lo que hacía veinte minutos había sido una gran pila de tortitas.

—Es que no estoy clasificando. Lo que intento hacer es apreciar cada construcción que hacemos con las mismas herramientas, incluso con igual respeto. La forma es lo que importa, no el resultado. Hay que tener elegancia, estilo. Un poco como un mago, haciendo que miren en una dirección y actuando en otro lugar.

—Ya empieza —dijo Emily.

—Ajá —coincidió Dan, mirando al techo.

—Podéis decir lo que queráis, pero los grandes artífices del azar son los que han conseguido construcciones elegantes y fluidas. Casualidades que son obras de arte, no una colección de causas y efectos que finalmente llevan a...

—¿Así que ahora el arte es la razón por la que el cómo es más importante que el qué? —preguntó Dan. Y volviéndose hacia Emily—: ¿Cuál era la de la última vez?

—Me parece que fue el elemento de la *variación*.

—Ah, sí, correcto. «Si no queréis levantaros un día y descubrir que odiáis lo que hacéis, debéis absteneros de hacer siempre lo mismo.»

—Algo así.

—Por supuesto, he olvidado gesticular con las manos.

—Bueno, pero has logrado transmitir el sentido.

—Gracias.

—De nada.

Ambos le sonrieron.

—Sois penosos —dijo Eric—. Y yo, malgastando con vosotros una energía preciosa que podría emplear en una casualidad excelsa que me pondría en contacto con la chica de la melena roja que está en la parada del autobús.

—Claro. Y nosotros somos los penosos —dijo Dan.

—Hacedme el favor... —dijo Eric—. Recordad por ejemplo a aquel artífice, Paul como-se-llame. Durante tres años trabajó en un proyecto artístico por cuenta propia y consiguió que *The Dark Side of the Moon* coincidiera como banda sonora para *El mago de Oz*. ¡Qué maravilla! ¡Qué maravilla!

—Pero, Eric, nadie ha visto jamás a tu Paul como-se-llame. Esa construcción nunca ha tenido lugar —dijo Emily—. Es una historia que cuentan en el curso para entusiasmar a los novatos.

—Uf, vamos, miradlo en Internet. Sucedió. Una obra maestra. Y lo planeó todo él solo. Un genio.

—El desayuno —dijo la camarera sirviéndole a Dan un plato con una tortilla, pan, mantequilla y un poco de ensalada—. Enseguida vengo con la limonada.

Dan levantó la vista sorprendido.

—Bueno, ya sabes —dijo Emily—. A veces eres realmente transparente.

Él asintió y miró el plato. Mentalmente veía a Casandra riéndose y diciéndole: «¿Tú? No te preocupes, nunca podrás ocultarme nada. A través de ti se puede ver hasta el fin del mundo».

Dan, Emily y Eric se habían conocido el primer día del curso de artífices del azar, hacía tres años. Dieciséis meses de trabajo compartido bajo la batuta del General podían acercar a tres personas, aunque tuvieran personalidades tan dispares como las suyas, especialmente cuando eran los únicos alumnos.

Durante aquellos dieciséis meses, los tres habían estudiado historia e historia alternativa, escrutando más de quinientos informes de artífices de los últimos cien años, sentándose en un coche frente a un edificio durante toda una noche solo para intentar demostrar, o refutar, la teoría sobre la frecuencia de la apertura de puertas de Moldani, y examinándose entre ellos una y otra vez sobre los patrones de causa y efecto de cada uno de los acontecimientos que se habían transmitido en el último noticiario.

Hay algo que ocurre en el curso en el que estudias, antes de abordar cualquier otro tema, y es cómo cuantificar las posibilidades de que la gente adopte una forma de actuar en lugar de otra. Es algo que convierte a los más cercanos en excepcionalmente humanos.

Entonces se habían puesto el apodo de los Mosqueteros (hasta que dejaron de utilizarlo porque les pareció estúpido) y disfrutaban apostando sobre cuáles serían las noticias del día siguiente analizando las del actual. De vez en cuando se planteaban pequeños desafíos. Una vez, tras una apuesta con

Eric, Dan había logrado que los vecinos de toda una planta tendieran la colada el mismo día. Al cabo de dos meses de intentos frustrados, Emily había conseguido que, durante media hora, solo llegaran a la estación terminal autobuses cuyos números fueran divisibles por tres. Y esto después de que Dan dijera en voz alta que tardaría por lo menos seis meses en comprender el patrón de llegada de los autobuses y las complejas relaciones entre ellos y el resto del sistema de transporte en la ciudad.

Eric lograba resolver casi todos los desafíos que le planteaban en menos de una semana. Y hablaba sin parar de cada uno de sus éxitos, hasta que dejaron de proponérselos y lo pusieron de juez.

Después del curso se encontraban al menos una vez por semana para desayunar juntos, contarse las últimas construcciones en las que estaban trabajando y aconsejarse mutuamente.

—¿Qué tienes entre manos ahora, Emily? —preguntó Dan, masticando la tortilla.

—Sigo con mi poeta. Es un tipo bastante obtuso. Creía que los poetas debían ser unos soñadores que odian la banalidad y tienen sed de una vida en la que cada momento sea significativo.

—Te sorprendería hasta qué punto pueden tener la cabeza cuadrada, exactamente como un contable —dijo Dan.

—Es a lo que se dedica ahora, ¿no? —preguntó Eric.

—Sí. —Emily se encogió de hombros—. Intento llevarlo a que descubra su necesidad de escribir, y no lo consigo. Es como materialista… Bueno, ya sabéis. Todos somos máquinas de genes con mecanismos evolutivos, bla, bla, bla. Espiritualidad cero.

—¿Has intentado organizarle algún paisaje extraordinario o algo parecido? —preguntó Dan—. ¿Algo que le estimule las glándulas de la inspiración?

—El tipo vive en un piso de dos habitaciones en la ciudad —suspiró Emily—. Cada día sale a las siete y media para ir al trabajo, almuerza solo, regresa a casa, sale a caminar una hora por las calles del barrio, ve la televisión hasta las once y lee libros de no ficción hasta que se duerme. No hace ninguna actividad ni es aficionado a nada. Con los amigos, que son pocos, mantiene contacto a través de correos lacónicos o de conversaciones telefónicas de tres minutos como máximo. No sale a pasear ni a divertirse, no tiene pasatiempos, no va a la playa ni al teatro ni a lo que sea. Hasta cena lo mismo cada día. ¿Cómo voy a provocar un cambio de consciencia en semejante persona? ¿Cómo voy a hacerle descubrir su vocación cuando lleva una vida tan de autómata?

—Parece un tipo duro —dijo Eric.

—No estoy segura de que sea capaz de pensar en términos como *vocación* —dijo Emily con tristeza—. Siempre me joden con las construcciones más difíciles.

—¿Cuánto tiempo te queda? —preguntó Dan.

—Un mes. Le he arreglado encuentros fortuitos con chicas guapas y melancólicas. He hecho que, por pura coincidencia, se encontrara un libro de poesía en la escalera. También he provocado que un poeta famoso se quedara atascado por una avería en el coche justo enfrente de su casa y tuviera que pedirle ayuda. El tipo no capta las indirectas. Es como si no sintiera ninguna inclinación por la poesía.

—Es porque ya está ocupado —dijo Eric.

—¿Qué quieres decir?

—Que tiene otras cosas en la cabeza. Números y datos en el trabajo, y jodidos programas de televisión en casa.

—¿Y...?

—Pues despídelo.

—¿Qué?

—Sabes lo que quiero decir.

—Y tú sabes que no me gustan esas soluciones —dijo Emily.

—Debes hacer el trabajo, no lo que te gusta. Haz que lo despidan y que por un desperfecto se quede sin televisión. Si al cabo de una semana de quedarse mirando las paredes no intenta coger un bolígrafo y escribir un poema es que realmente no tiene remedio.

—Esa idea de joderle la vida a la gente para que progrese nunca me ha atraído —dijo Emily—. Lo máximo que soy capaz de hacer es que alguien pierda el turno en el dentista, pero no que lo despidan.

—Quieres decir que no tienes el coraje de hacerlo —dijo Dan—. Pero Eric tiene razón. Según lo que parece por el momento, al final del mes deberás informar de una construcción fallida, y tu poeta seguirá llevando una vida que solo al cabo de cincuenta años comprenderá que ha desperdiciado. Y eso, créeme, es mucho más doloroso que un despido.

—Pero...

—Como máximo, luego le encuentras otro empleo, si eres realmente blandengue —dijo Eric.

—Y si te queda tiempo para hacerlo —añadió Dan.

—¡Uf! Odio cuando las cosas no van sobre ruedas —dijo Emily, mirando tristemente el plato medio vacío que tenía delante.

—Entonces es que odias la mayor parte de lo que sucede en el mundo —sentenció Eric, mirando hacia la calle—. A propósito —añadió—, eso me recuerda una construcción de la que oí hablar hace unos seis meses.

—¿Otro poeta?

—No, un mecánico de automóviles.

—¿Sabéis que mi primera misión fue con un compositor? —preguntó Dan.

—Sí, sí, sí —respondió Eric—. Pero estoy hablando yo. Silencio y atención, por favor. De momento, nada de inclinaciones artísticas. El hombre tenía ya 65 años y era mecánico. Viudo y con una hija. No se le había ocurrido nada mejor que cortar toda relación con ella porque se había casado con un chico que, en su opinión, no le convenía. Vivía encima del taller, en un pisito de un ambiente que ni siquiera era suyo. Ahora, preparad una construcción para que este tipo, que trabaja en el mismo lugar desde hace treinta y ocho años, que está acostumbrado a pasar el tiempo refunfuñando contra las injusticias del mundo y compadeciéndose de sí mismo por cómo le habían robado la vida, o la hija o lo que fuere, que se pasa las noches bebiendo y las mañanas dormitando, reanude su relación con su hija. Y que esto suceda, y cito la descripción de la misión, «por medio de una acción activa que él inicie, no como resultado de un encuentro casual con la hija».

—¿Qué hicieron?

—Si lo que me contaron es cierto, lo intentaron casi todo, ateniéndose exactamente a las reglas. Gente desconocida decía a su lado cosas que supuestamente debían despertarle añoranzas; la radio del taller se estropeó y solo se oían programas melancólicos en los que unas madres sollozantes narraban historias desgarradoras sobre niños perdidos; alguien le llevó un coche con el maletero lleno de libros para niños. Nada.

—¿Al final provocaron su despido? —preguntó Emily.

—Noooo —respondió Eric—. Parece que el artífice era un tipo de la vieja generación. Llegó a la conclusión de que no había ninguna posibilidad de que una modificación normal le hiciera cambiar de vida a este hombre. Ni siquiera un despido. Encontraría otro taller donde distraerse de su soledad o se quedaría sentado en casa sin hacer nada.

—¿Y qué hicieron? —preguntó Dan.

Eric sorbió un poco de su zumo y soltó:

—Cáncer.

—¿Cáncer? —se asombró Emily—. ¿No nos hemos pasado un poco?

—Tal vez —dijo Eric—, pero así fue. El hombre tuvo cáncer, estuvo en tratamiento casi medio año. Después de las etapas de depresión, ira y dolores terribles, empezó a hablar con la gente de su entorno, preguntándoles con qué soñaban. Desarrolló una obsesión por la realización de los sueños de la gente, qué motivos tenían para vivir y por qué se esforzaban por ello. Empezó a escribir un diario, y con él a recordar cuán idiota había sido. Y exactamente un día antes de que le informaran de que se había curado, llegó una chica de diecisiete años que colaboraba como voluntaria en un proyecto de su movimiento juvenil, y su cara le recordó a la hija de la que había renegado. Era su nieta, por supuesto. Y entonces, exactamente como dicen los textos, al día siguiente de recibir la noticia de su curación, hizo dos cosas. Se metió en el coche para ir a casa de su hija y le propuso matrimonio a la enfermera que lo había cuidado.

—¡Uaaau! —exclamó Dan.

—Pues sí —dijo Eric—. No es que esto cambiara nada. El artífice fue reprendido por abuso de poder y porque el tiempo que se le había asignado para la misión era de dos meses. Además, al principio, la misión se definió como un fracaso.

—¿Y después de ir a casa de la hija?

—La calificación de la misión cambió, pero la reprimenda no se borró del expediente. Como castigo, tuvo que emprender otra construcción para que el tonto del cáncer publicara la historia de su vida, suponiendo que eso evitaría el uso de métodos similares a los que leyeran el libro. Una suposición idiota, creo yo.

Emily y Dan se incorporaron.

—¡Vaya historia! —dijo Dan.

—Sí, si obviamos que es ficticia —añadió Emily.

—¡Eh!, no ofendas —dijo Eric.

—Los artífices del azar no pueden causar enfermedades de larga duración, lesiones permanentes ni muerte clínica en misiones que no formen parte de un proceso histórico de nivel cinco y que no hayan recibido la aprobación del formulario 57 —terció Emily.

—¿Cómo recuerdas todas estas cosas, eh? —preguntó Eric.

—Lo que nos has contado es imposible —dijo Emily.

—Es posible lo de la reprimenda. —Eric se encogió de hombros.

—Como ya he dicho, es imposible. Pasaría si hubieras dicho que tuvo un accidente o algo por el estilo, pero ¿hacer que alguien enferme de cáncer? ¿Cómo? ¿Cómo se puede hacer algo así? Técnicamente, en nuestro nivel no podemos. No trabajamos con las células.

—Tal vez me he equivocado, o exagerado un poco. Quizá él solo provocó un error en el resultado de la analítica y esto hizo que, durante cierto tiempo, el tipo pensara que tenía un cáncer, cuando en realidad no tenía nada —dijo Eric.

—¿Exagerado? —preguntó Dan.

—Tal vez.

Dan y Emily lo miraron. Ya tenían la expresión de siempre en aquellos momentos.

—¿Qué pasa? En cualquier caso —añadió Eric—, me parece que lo que tú debes hacer es despedirlo.

—Lo pensaré.

—¿En qué estás trabajando tú ahora? —le preguntó Dan a Eric, acomodándose en la silla.

—Tengo dos construcciones —respondió—. Una la recibí anteayer. De alguna manera debo hacer que un pobre diablo consiga trabajo en tres semanas. Es bastante fastidioso. No puedo hacer uso de dependencias oficiales, no puedo provocar despidos, y además tiene que ser un trabajo que lo haga salir de casa cada día. Es el tipo de misión que te hace pensar que los de arriba están intentando exasperarnos. Tal vez hacen apuestas a nuestra costa.

—¿Cuál es la segunda? —preguntó Emily.

—¿No hablamos hace un par de minutos de aquella chica de la melena roja? —sonrió Eric.

Emily y Dan movieron incrédulos la cabeza.

—Estás como una cabra —dijo Dan.

—Quizá, pero es bastante divertido.

La camarera volvió a la mesa con la limonada.

—Lamento el retraso —dijo, a la vez que les dejaba un platito delante. Y, mirando a Emily, añadió—: Estos *brownies* son para ti.

—No he pedido *brownies*. —Emily, sorprendida, arqueó las cejas.

—Lo sé, es de parte del chico de aquel rincón —dijo la camarera, señalando con la barbilla.

Se dieron la vuelta. Un joven un poco apocado, pues no esperaba más que un solo par de ojos, movió tímidamente la cabeza.

—Y esto también. —La camarera dejó junto al plato una notita plegada.

Emily clavó los ojos en el plato.

—Es simpático —dijo la camarera.

—Sí, Emily —asintió Eric con una sonrisita—, es simpático de verdad.

—Gracias —dijo Emily a la camarera, dirigiendo una mirada furiosa a ambos—. Vale —masculló—, ¿cuál de los dos es el responsable de esto?

Ambos levantaron las manos instintivamente.

—¿Por qué crees que fuimos nosotros? —preguntó Dan.

—Las falsas acusaciones no son buenas para el cutis —dijo Eric.

—Escuchad. Sé que uno de los dos construyó esto para hacer que aquel chico me enviara *brownies*. Lo sé.

—¿Tanto te cuesta creer que alguien intente tirarte los tejos? —inquirió Eric.

—¿¡¡Con *brownies!!?*

—¿Por qué no? Son dulces y deliciosos, ¿no? —intervino Dan.

—Vale, voy a arreglar ese asunto. —Emily se levantó y cogió el plato.

—Vamos, Emily, dale una oportunidad —dijo Eric.

Emily no respondió y se alejó de ellos rápidamente.

—¿Lo has arreglado tú? —preguntó Dan.

—No. ¿Y tú?

—Tampoco.

Se quedaron en silencio unos segundos, y Eric suspiró:

—Lástima. El tipo parece agradable.

—Sí.

—Llevo bien la cuenta, ¿no? ¿Verdad que ya es el décimo que rechaza desde que terminamos el curso?

—Al menos de los que conocemos —dijo Dan.

—Dan, ya puedes bajar las manos. —Emily había vuelto a sentarse a la mesa—. Cuéntanos, ¿cuál es tu próxima misión?

—Es una de las cosas más extrañas que he visto —dijo ella al cabo de unos minutos.

Seguían pasándose el papel que Dan había recibido en el sobre aquella mañana.

—«¿Te importaría que te diera una patada en la cabeza?» —leyó Eric—. Definitivamente, es una descripción novedosa de una misión.

—No entiendo adónde lleva esto —dijo Dan.

—¿Estás seguro de que era un sobre? Es decir, ¿uno estándar? ¿Uno de los nuestros? —preguntó Emily.

—Sí.

—¿Te importaría que te diera una patada en la cabeza? —repitió Eric, haciendo hincapié en la pregunta con las manos.

—Veamos, ¿dónde está la descripción de la misión? ¿Y las restricciones? —preguntó Dan—. ¿Desde cuándo recibo un acertijo como misión?

—¿Te importaría que *yo* te diera una patada en la cabeza? —preguntó Eric—. No, sigue sin sonar bien.

—Me parece que aquí hay un error —dijo Dan.

—Dudo mucho que cometan errores de este tipo —opinó Emily.

—Teicuté deupé eelecé —dijo Eric.

—¿Qué? —preguntó Dan.

—Son las iniciales de cada palabra de la frase —dijo Eric—. No te dice nada, ¿verdad?

—No, nada.

Eric le devolvió el trozo de papel, encogiéndose de hombros.

—Ahí tienes un pequeño misterio. Disfrútalo.

—¿Y qué se supone que debo hacer?

—Me parece que deberías ir al lugar que dice aquí, a la hora prevista.

—¿Y...?

—Y decides si te importa o no.

—Si me importa o no, ¿qué?

—Que alguien te dé una patada en la cabeza.

5

Eric miraba a un lado y a otro, esperando que apareciera un taxi.

—¡Qué ironía! Durante años he hecho que por lo menos quince taxis llegaran justo cuando se precisaban, pero cuando yo necesito uno, transcurre media hora sin que pase ninguno. Y si pasa alguno, está ocupado.

—En casa del herrero, cuchillo de palo —se rio Dan.

—No soy herrero. Además, últimamente he decidido que no soporto la ironía.

Al cabo de tres segundos, un taxi se detuvo a su lado.

—¿Cómo lo has hecho? —preguntó Emily, abriendo mucho los ojos.

—¿Quién ha dicho que hice algo? —sonrió Eric—. A veces pasan cosas, ¿no?

—¿Has arreglado de antemano que apareciera un taxi ahora solo para poder rematarlo con eso de que no soportas la ironía? —preguntó Dan—. ¿No tienes nada mejor que hacer?

Eric se metió en el taxi, los saludó con la mano y dijo:

—La despedida es un dolor tan dulce...

—Lo que tú digas —sonrió Dan. El taxi se alejó.

—Recuerdas nuestra apuesta, ¿no? —preguntó Emily.

—Mmm… Hay una pequeñísima posibilidad de que no —dijo Dan.

—¿Cuántas veces tendremos que repetirlo? —suspiró Emily sonriendo.

—Ahora ya somos artífices del azar —dijo Dan con una seriedad afectada—. No tenemos tiempo para tonterías.

—No trates de escaparte. Ya lo habíamos acordado. Cuando quieras, y por lo menos durante quince minutos, tú debes hacer que haya diez niñas llamadas Emily dentro del parque, y yo, que haya diez niños llamados Dan.

—De acuerdo, de acuerdo.

—Búrlate, ningún problema. Hay una cena en juego, ¿sabes?

—¿Me permites también traer niños?

—¿Que se llamen Emily?

—O Emil.

—A condición de que yo pueda hacer que haya también alguna Dana.

Él asintió con la cabeza, sonriendo.

—Trato hecho.

Para ellos, el parque era, por supuesto, el mismo donde todo había empezado.

El primer día del curso de artífices del azar había dado comienzo en un banco rojizo del parque. Dan había sido el segundo en llegar, Emily ya estaba allí. Él se había acercado lentamente, un poco indeciso, y se detuvo frente a la joven de la melena morena.

—Mmm…, ¿es aquí…?

—Mmm…, me parece que sí.

Ella tenía grandes ojos azul oscuro, y la cara pequeña, de un claro tono marmóreo. Le sonrió tímidamente.

—Emily.

—Dan —dijo él, sentándose a su lado. Al cabo de un segundo se dio cuenta de que habría sido más educado pedir permiso. Pero parecía que ella no se había dado cuenta.

Frente a ellos unos niños jugaban al fútbol en el césped. Un poco más allá había madres y niñeras con niños pequeños, intentando casi desesperadamente que no se metieran hierba en la boca ni examinaran unos excrementos de perro particularmente fascinantes, pero sin dejar de hablar por el móvil.

Emily llevaba en la mano una bolsita con migas de pan que esparcía por el suelo. Algunos pajaritos afortunados se habían reunido y picoteaban el camino con la experiencia de las aves urbanas.

—Por lo menos ahora ambos sabemos que este es el banco —dijo Dan, intentando romper el hielo.

—Cierto —afirmó Emily, echando otro puñado de migas.

—¿De dónde vienes?

Emily se enderezó, mirándolo.

—¿Qué quieres decir?

—¿Cuál era tu ocupación anterior?

Ella se quedó mirándolo.

—Tú primero. ¿Qué hacías?

—Era un AI.

—Mmm... Unas siglas. Magnífico. ¿Qué significan?

—Amigo imaginario. Era un amigo imaginario. De niños, sobre todo. Un trabajo muy interesante.

—Seguro.

—Sí.

—¿Entonces, para ti se trata de un ascenso? —preguntó Emily—. ¿Se considera un puesto mejor?

—Sí. Estoy acostumbrado a existir solo para un niño cada vez. Creo que llevar una vida normal y sin interrupciones será un desafío interesante para mí. Estoy bastante contento.

—¿Presentaste una solicitud de traslado o simplemente te lo han dado?

—A decir verdad, me lo han dado. No sabía que se pudiera presentar una solicitud de traslado.

—Me parece lógico que exista algo así, ¿no? —Era evidente que ya entonces Emily había empezado a indagar en todos los detalles de procedimiento.

—Quizá. No sé...

—Vale.

Sin prestar mucha atención, Emily había esparcido otro puñado de migas.

—¿Es este el banco del curso de artífices del azar? —oyeron preguntar detrás de ellos.

Ambos se giraron.

—¡No puedes decir eso así como así! —exclamó Dan—. ¿Y si hubiera habido aquí dos personas cualesquiera?

El chico pelirrojo y delgado que estaba detrás de ellos los miró con expresión divertida.

—Hubieran pensado que estoy algo chiflado y me hubieran respondido que no. En serio, ¿piensas que alguien puede imaginarse que existe un curso así?

—Hay reglas... —intentó decir Dan.

—Perdona, nunca he oído que haya reglas que prohíban preguntar. Y si las hubiera, ya sabes para qué se han hecho. El curso es aquí, ¿no?

—Cierto..., pero...

—Perfecto. —Rápidamente fue a sentarse entre los dos, extendiendo los brazos hacia los lados—. Encantado de conoceros —dijo—. Eric, un tipo de múltiples talentos.

—Un placer —dijo Emily, levantando una ceja y sonriendo.

—Me gusta tu pelo. Y tu sonrisa también está muy bien —dijo Eric. Y luego, dirigiéndose a Dan—: ¿Tú no piensas recibirme con una sonrisa?

—Hasta puedo estrecharte la mano. —Se la tendió—. ¿De dónde vienes?

Eric le dio la mano.

—Si me explicas la pregunta podré responderla.

—Quiere decir que qué hacías antes del curso —le aclaró Emily.

—Era pulsador. Un gran trabajo. Pero al cabo de unas décadas, cansa. O siglos, depende.

—¿En qué consiste? —preguntó Emily. Pero antes de que Eric pudiera responder, la sombra de la persona que tenían delante, y cuya llegada había ahuyentado a los pájaros, le había cubierto la cara.

—Buenos días, promoción 75 —dijo la figura que tenían enfrente.

—Buenos días —dijo Dan.

—Buenos días —repitió Emily, mirándolo un poco recelosa.

—Lo mismo —añadió Eric.

Frente a ellos se erguía un hombre de mediana edad, cabello grisáceo y corto, ojos verde claro, como briznas de hierba en el patio de un hipnotizador. A través de la camisa de algodón blanco que llevaba, se percataron de que tenían delante a alguien que cuidaba su físico, y que este, serenamente agradecido, cuidaba de él.

—Esta es la etapa en la que empezáis a seguirme y a escuchar —dijo el hombre.

Los tres obedecieron rápidamente. Se levantaron y se pusieron a caminar detrás de él.

Andaba despacio, con la cabeza alta y las manos cruzadas a la espalda.

—Veamos. El nombre no es importante, pero podéis llamarme General. De hecho, debéis llamarme General, y no solamente porque es el único nombre con que me conoceréis y al que yo responderé. Por favor, borrad de vuestra mente las conjeturas que os surjan con respecto a mi verdadero nombre mientras aún seáis capaces de hacerlo, porque pronto os la llenaré con tanta información que hasta os costará moveros dentro de vuestros pensamientos. Como una mantis religiosa obligada a nadar en una piscina de miel. ¿Hasta aquí está claro?

—Clarísimo —dijo Eric.

—¿Y vosotros? —El General se dio la vuelta, mirando a Dan y a Emily.

—Clarísimo, clarísimo —respondieron rápidamente.

—Cuando digo *claro,* los imbéciles de mis tres aprendices harán el esfuerzo de sus vidas, saltarán la valla mental relacionada con la complicada cuestión de la sincronización y responderán al unísono.

Se detuvo y miró con excepcional interés la copa de uno de los árboles.

—¿Está claro?

—Clarísimo —respondieron los tres.

—Mejor. Me habéis impresionado. Sois extremadamente talentosos. Hasta me he emocionado un poco. ¡Hop!, ahí va una lágrima. —Y siguió caminando.

»Durante los próximos dieciséis meses, os enseñaré cómo construir casualidades. Seguro que creéis entender lo que estoy diciendo, o por qué hacemos esto, pero, según parece, estáis del todo equivocados.

»Ante todo, sois agentes secretos. Solo que los otros son, en primer lugar, agentes, y después, también secretos, pero vosotros sois ante todo secretos y, en cierta medida, también agentes. Vuestra existencia es normal e ininterrumpida, como la de cualquier ser humano. Coméis, bebéis, a veces os tiráis pedos y, de vez en cuando, pescáis un virus. Pero con ayuda de las herramientas que recibiréis en este curso, deberéis comprender la forma en la que causa y efecto actúan en este mundo, y utilizar lo comprendido para construir acontecimientos pequeños y casi imperceptibles, gracias a los cuales las personas tomarán decisiones capaces de cambiarles la vida. ¿Está claro?

—Clarísimo.

—Muchos piensan que construir casualidades es decidir destinos. Que es llevar a la gente a lugares nuevos impulsada por los acontecimientos. Esta es una forma de pensar infantil, carente de visión y muy presuntuosa.

»Nuestro papel es estar exactamente en la frontera. En la zona gris que hay entre el destino y el libre albedrío, y jugar al fútbol uno contra uno. Generamos situaciones generadoras de más situaciones que generan más situaciones finalmente capaces de generar pensamientos y decisiones. Nuestro objetivo es encender una chispa en el lado de la frontera del destino para que alguien en el lado del libre albedrío la vea y decida hacer algo. No provocamos incendios, no violamos las fronteras ni pensamos que nuestro papel sea decirle a la gente lo que debe hacer. Nosotros generamos posibilidades, damos pistas, hacemos guiños tentadores, revelamos opciones. Os invito a pensar en otras descripciones literarias en vuestro tiempo libre, más tarde.

»El mundo está lleno de casualidades. La inmensa mayoría son realmente lo que son, cosas que simplemente suceden por azar al mismo tiempo que otras. Cosas maravillosamente normales cuya sincronización les da un contexto, y el contexto les atribuye un significado que, a su vez, las hace trascendentes. No necesariamente tiene que ser una habitación en la que toda la gente lleva la misma camisa, aunque sea algo simpático. Simplemente puede ser que alguien diga algo mientras otro ve algo, y la combinación dé lugar a un pensamiento nuevo. Eso es todo. Sin grandes dramas. Nadie se fija en estas casualidades normales. La idea es simple. A veces suceden cosas que hacen que la gente piense que alguien está tratando de enviarles un mensaje, a veces suceden cosas que hacen que la gente sencillamente piense, sin intentar atribuírselas a ningún ser que les estimule a actuar, y a veces suceden cosas que la obliga a mirar la realidad desde otro ángulo, a hacer girar la mancha del test de Rorschach que se llama *la vida*, para verla de una forma un poco distinta. Somos responsables de esos tres tipos de casualidades. No decidimos destinos, somos empleados del gran público. Sus esclavos, si queréis.

»La construcción de casualidades es un arte delicado, complejo y lleno de detalles, que exige la habilidad de hacer juegos malabares con distintos acontecimientos y de evaluar situaciones y reacciones, además de un nivel básico de estupidez que a veces es raro encontrar... Tendréis que usar las matemáticas, la física y la psicología. Os hablaré de estadística, de asociación de ideas y del subconsciente, de la capa adicional que está detrás de la existencia normal de la gente y de la que ella no es consciente. Tengo la intención de comprimir en vuestros cerebros análisis de personalidad y teorías de comportamiento; de exigiros una precisión que haga sombra a cualquier físico cuántico, químico neurótico o aprendiz de pastelero obsesionado por el peso de las yemas de huevo; de no dejaros dormir hasta que entendáis por qué determinados pájaros se posan en un árbol y otros en los cables eléctricos; de obligaros a memorizar tablas de causas y efectos hasta que olvidéis cómo se llama el amor de vuestra vida, si alguna vez habéis tenido un amor, o una vida. Os explicaré cosas que al principio os harán mirar por encima del hombro para comprobar si alguien os está arreglando la existencia sin que os deis cuenta, y al final todo esto hará que durmáis mejor de lo que nunca habéis dormido. Os cambiaré, reorganizaré todo lo que tenéis, salvo la cara y el orden de las vísceras, y os enseñaré cómo hacer para que la gente cambie sin que les pase por la cabeza, ni siquiera un momento, que hay un responsable.

Se detuvo y se volvió hacia ellos, con sus ojos verdes sonriendo un poco, pero solo un poco.

—¿Preguntas?

—Mmm..., una cosita —dijo Dan—. Con respecto al horario...

—No quise decir que me hicierais preguntas ahora —dijo el General—. Lo he preguntado por pura cortesía. Se supone que deberíais decir *no*. Las preguntas vendrán más tarde. Un poco de tacto, por favor.

—Pues..., pues nada —dijo Dan—. Ninguna pregunta.

—¡Genial! Y ahora daos la vuelta.

Lo hicieron. Desde el lugar al que habían llegado, en lo alto del sendero, se podía ver casi todo el parque. Abajo, justo en el centro del césped, alguien estaba colgando entre dos árboles una pancarta con un texto: «Buena suerte, promoción 75».

—Mirad, mirad —dijo el General—. Precisamente hoy hay una fiesta para los soldados que han terminado la instrucción básica. ¡Qué curioso, ¿eh?!

El sol avanzaba detrás de ellos, lanzando sus sombras por la pendiente de la colina, y los cuatro contuvieron una sonrisa, cada uno por una razón ligeramente distinta.

6

Dan se quedó mirando a Emily mientras ella se alejaba. Todavía le parecía pequeña y frágil, como el primer día del curso. Pero si algo le habían dejado bien claro las clases era que estaba prohibido, así de simple, prohibido, intentar definir a las personas con una sola palabra. La gente es muy compleja. La caída en la trampa de los adjetivos es el primer paso que distorsiona la comprensión del sujeto para el cual estás construyendo una casualidad. Las palabras son siempre pequeñas trampas definitorias, pero los adjetivos son especialmente peligrosos, como las ciénagas. Antes miraba a Emily y solo pensaba en la palabra *delicadeza*. Desde entonces había madurado un poquito. Allí había muchas otras cosas.

De hecho, siempre tenía también algo un poco raro. Algo misterioso si, a pesar de todo, él se permitiera escabullirse al interior de una palabra.

Dan siempre hablaba de su trabajo anterior. Eric no les ocultaba nada de su vida precedente, aunque a veces inventara cosas que nunca habían ocurrido. Pero Emily... Emily se zafaba como podía cada vez que él intentaba comprender qué hacía antes de llegar al curso.

—Es un secreto —le dijo cuando finalmente la acorraló.

—¿Tejedora de sueños? —trató de adivinar—. He oído decir que en el Departamento de Psicología hay que firmar un formulario de confidencialidad alucinante.

—Dan... —dijo ella muy incómoda.

—No se lo diré a nadie, vamos.

—Es que no puedo.

O aquella vez, cuando salía del despacho del General, con los ojos enrojecidos y un sobrecito blanco en las manos.

—¿Qué ha pasado? —le preguntó Eric—. ¿Qué te han dado? ¿Una misión o algo parecido?

—No pasa nada.

—¿Va todo bien? —le preguntó Dan.

—Muy bien —respondió, alejándose rápidamente.

—Me parece que estaba en la unidad especial de distribución de suerte —le dijo Eric una vez—. Son más secretos que nosotros. Trabajan con sustancias peligrosas, ya sabes, llevan trajes de protección especiales por si les salpica la buena o la mala suerte. También les prohíben mencionar que la unidad existe.

—Nunca he oído hablar de esa unidad, y no me parece probable que exista tal cosa —dijo Dan.

—Eso solamente demuestra lo bien que hacen el trabajo.

—Eric, tú vives de ilusiones.

—¡Vamos, anda!

Entonces él seguía el juego. Emily y él eran buenos amigos, salvo por un pequeño tema del que no se hablaba. De hecho, ¿a qué amigos no les pasa algo parecido? Pero él siempre supo que, tras su aparente fragilidad, había mucho más en ella. Delicadeza, sí, claro...

Se dio la vuelta y empezó a caminar. Podía volver a casa, poner un buen disco, sentarse en el balcón e intentar comprender qué pretendía decirle el sobre de la mañana.

Pero... Quizá sería mejor no pensar en ello ni un segundo y dedicar el día a limpiarse la cabeza. O leer un buen libro, o ir por la tarde a una sesión de jazz suave, si la había, o ir a comerse un croissant con café en algún lugarcito con vista panorámica. «Ventajas de la existencia ininterrumpida —pensó—. Tienes la oportunidad de hacer otras cosas, no relacionadas con el trabajo.»

Esto le gustaba tanto...

Antes de ser artífice del azar, de haber recibido esta vida ininterrumpida, este cuerpo y la capacidad de experimentar el presente como algo que era futuro hasta hace un instante y será pasado dentro de poco, antes de todo eso, cuando era AI, ni siquiera hubiera podido imaginárselo.

De vez en cuando había existido como un personaje en la mente de la gente. Alguien completamente real para ellos, con personalidad, finos matices de comportamiento y un humor fino o grosero, a petición.

Esta era una experiencia completamente diferente.

Una vez se sentó a hacer una lista y se percató de que, a lo largo de los años, había conseguido ser amigo imaginario de 256 humanos, de los cuales 250 eran niños menores de 12 años. Otros cinco eran individuos que se encontraban en distintos niveles de deterioro mental, o de senilidad, y que estaban tan solos que lo único que podían hacer era inventarse a alguien que les hiciera compañía o que simplemente reparara en su existencia. Uno era un hombre de ojos apagados que durante años había estado recluido en una mazmorra y se había visto obligado a renunciar un poco a la cordura que le quedaba para inventarse el personaje que Dan había encarnado para él, solo para recuperar el juicio. Se olvidó de Dan en cuanto lo pusieron en libertad.

Sí, eso es lo que hacía. Encarnar personajes. O por lo menos poner de manifiesto distintos aspectos de sí mismo.

Cuando eres el amigo imaginario de un niño solitario o triste, no puedes permitirte el lujo de estar de mal humor o de proyectar desaliento, aunque personalmente no tengas un buen día. Tienes que coger la cucharilla de tu personalidad y cavar hondo en la tierra fría hasta llegar al agua que puedes ofrecer.

Cuando eres el amigo imaginario de alguien, se te aplican algunas reglas muy claras.

La primera es que existes para él. Los discursos cargantes, los intentos de reeducación y los sermones moralistas te los guardas para el futuro, siempre y cuando llegues a ser una persona. Ahora que eres amigo imaginario, estás ahí para tu niño o niña, y debes llevarlos al mejor lugar que ellos quieran, no al lugar que tú quieras. Y no es fácil. Muchas veces, Dan hubiera querido agarrar al niño que lo imaginaba y gritarle: «¡No! ¡Así no!», o «¡Dilo de una vez!», o «¡Tienes que dejar de hacer esto!», pero tenía que respirar hondo y recordar que el niño era el capitán y él solo el barco.

La segunda es que no puedes mostrarte con el mismo aspecto a dos clientes. Dan había cambiado incontables veces de personaje y apariencia durante aquellos años, por no hablar de los nombres. A veces solo cambiaba un matiz, para respetar las reglas. Podía ser alto y serio, o bajito y travieso; había encarnado a ositos de peluche y a soldaditos de plomo llenos de vitalidad; se había puesto máscaras con las facciones de celebridades, de personajes de cómic y de muñecas famosas. Había sido granjero, mago, piloto, capitán de navío, cantante o futbolista. A veces utilizaba vocecitas dulces, otras atronadoras y autoritarias, voces sonrientes, o los sonidos callados de antes de ir a dormir.

La tercera es que si un día renuncias a ser AI, nunca podrás revelar quién eres a los niños que te han imaginado. La idea es clara. Si el niño se encontrara en el mundo real con alguien que hasta entonces solo había existido en su imaginación, alguien que se le acercara y pudiera contarle secretos de sí mismo que nadie más podía saber, alguien que conocía rincones de él en los que nadie más había penetrado, eso podría despertar dudas en la muralla de la imaginación infantil de todo el mundo. Si renuncias, renuncias. Y punto.

Dan no estaba completamente de acuerdo con esto. A veces se preguntaba qué podría pasar. La gente crece, cambia, entiende. Pero no había excepciones. La tercera regla era muy clara.

Dan todavía recordaba a la mayoría de los que le habían imaginado.

Recordaba al niño de siete años que lo evocaba sentado en la silla junto a su cama, justo antes de dormirse. Las primeras noches, Dan no comprendía por qué el niño imaginaba a alguien simplemente sentado al lado de su cama, sin hacer nada. Tal vez tenía miedo de la oscuridad, o algo así. A veces solía decirle en voz baja: «Estoy contigo. Todo irá bien». Pero el niño lo miraba y le decía: «Cállate ya. Déjame dormir. Claro que todo irá bien, ¿qué podría pasarme aquí?». Al cabo de algunas noches, cuando los padres del niño empezaron a gritarse en la sala, el pequeño alargó la mano, señalando la tuba imaginaria que había en un rincón de la habitación. Dan la cogió y empezó soplar tan fuerte como pudo, ahogando con el estruendo que creaba el ruido provocado por los gritos al otro lado de la puerta hasta que no se oyó nada.

Recordaba a la niña de diez años que quería que la mirara y le dijera lo bonita que era. Tenía el lado derecho del rostro rojizo y arrugado debido a una grave quemadura. Cada vez que se miraba al espejo, esperaba que él encarnara a un popular actor de Hollywood que, mirando por encima de su hombro, le susurrara: «¡Eres preciosa! Lo veo. Lo veo mejor que nadie. Llegará el día en que otros también lo hagan».

Pasó cuatro años apareciéndose a hurtadillas detrás de su hombro cuando ella se miraba al espejo, consolándola con palabras simples como el polvo, hasta aquella única vez en la que lo imaginó mientras hacía los deberes con un niño de la clase. Sentados, discutían un poco el ejercicio que habían resuelto. Dan estaba de pie detrás, junto a la pared, observando. En determinado momento, oyó cómo los latidos del corazón de la niña se aceleraban, y ella lo miró furtivamente. Él le sonrió para tranquilizarla. La niña jugaba con el lápiz y, como quien no quiere la cosa, le preguntó al niño si no le molestaba hacer los deberes con ella. «No —respondió sorprendido—, por supuesto que no.» Ella siguió preguntando: «¿No te molesta mi aspecto? Seguro que piensas que soy horrible. Que soy muy fea». Él se la quedó mirando, pensó un momento, y luego dijo en voz baja: «¿Tú? ¡Tú no eres fea! Pero si eres bastante bonita. Me gusta estar contigo». Ella susurró: «¿De verdad?». Y él, turbado y mirando hacia otro lado, dijo: «Eeh... Sí, de verdad». La niña volvió a mirar con disimulo a Dan, y entonces él sintió cómo se iba esfumando y desapareciendo de su vida para nunca más volver.

Recordó al niño rubio, encogido en una silla de ruedas, que lo imaginaba vestido de Superman. «Quiero volar. Enséñame», le dijo. Recordó a los que se lo habían llevado a su casa en el árbol y lo imaginaron como un pirata de cuyas garras tenían que salvar a una princesa. Y a los que lo habían convertido en su personaje de cómic favorito y le hacían declamar frases de guiones cinematográficos y no muy ingeniosas que habían escuchado cientos de veces. Si hubiera recibido una moneda por cada vez que había encarnado a un conejo que hablaba o a una flor sarcástica...

Y estaban los que siempre le hacían preguntarse qué tendrían en sus cabecitas aquellos niños que supuestamente crecerían y se convertirían en genios, o simplemente en tipos raros. Los que lo habían utilizado como pincel para dar un baño de color a la realidad que les rodeaba, una capa de posibilidades más allá de sus vidas, y otra y otra. Los que lo imaginaban como sonidos, dándole la vuelta, enderezándolo, reorganizándolo en el aire y ordenándole que se cantara a sí mismo. Los que pasaban la noche en la cama, imaginando que revoloteaba por encima de ellos con forma de números abstractos y figuras geométricas complejas que se curvaban para meterse unas dentro de otras, causándole el peor dolor de cabeza de su vida, y que soportó en silencio en aras de su armonía matemática.

Pero sobre todo estaban los niños que lo único que buscaban era alguien con quien jugar. Tanto los que preferían la soledad como los que estaban solos a su pesar y habían contratado sus servicios con un simple pensamiento.

Recordó a la niña pequeña y frágil que lo imaginaba vestido de príncipe y colocaba a su lado un caballo blanco no menos imaginario, que olía más a champú que a caballo. «Háblame de amor, como los mayores», pensaba ella, pero tan fuerte que él la oía.

No eran pocas las niñas que querían escuchar palabras de amor o vivir su propio cuento de hadas. Al principio todo lo que hacía era improvisar, cuando todavía andaba a tientas en la oscuridad en todo lo relacionado con el funcionamiento del corazón. Citaba frases preparadas de antemano sin entender realmente los engranajes del complejo reloj llamado romanticismo. Después de encontrar a Casandra todo se volvió mucho más sencillo…

Sí, también recordó a Casandra. No era una niña, bajo ninguna circunstancia.

Había sido una época estupenda. A veces desgarradora, con etapas aburridas y algunos clientes que te podían sacar de tus casillas, pero maravillosa. Y también esta es, en el fondo, una etapa maravillosa. Cuánta belleza hay en sentarse frente a un árbol que se balancea al viento, con una taza de café y un croissant en la mano, con un pasado, un futuro y un presente.

TEORÍAS CLÁSICAS DE LA CONSTRUCCIÓN DE CASUALIDADES Y MÉTODOS DE INVESTIGACIÓN PARA LA MEJORA DE CAUSAS Y EFECTOS

Examen final

Tiempo para el examen: dos horas lectivas + una semana de prácticas.

Instrucciones: Responde a las siguientes preguntas. Escribe en el cuaderno de examen la técnica, tanto si se trata de una pregunta de opción múltiple como si requiere el uso de una fórmula o incluye una demostración de nivel B o superior.

Parte A: Preguntas de opción múltiple
Responde a las preguntas.

1. Según el teorema de Kinsky, ¿cuántos artífices del azar se necesitan para cambiar una bombilla?
   A. Uno.
   B. Uno que enrosque y tres que organicen la creación de la compañía eléctrica.
   C. Uno, y dos que coordinen que el primero llegue.
   D. El teorema de Kinsky no da ninguna respuesta a esta pregunta.

2. ¿A partir de qué factor en la cadena de causas y efectos se crea la *nube de incertidumbre* según los métodos de Fabrik y Cohen? Añade en el cuaderno un diagrama que explique y desarrolle la demostración.

A. La incertidumbre se crea desde el primer momento.

B. La incertidumbre se crea cuando el objeto decide utilizar la cabeza.

C. La incertidumbre se crea cuando el objeto decide utilizar el corazón.

D. Según el modelo determinista de Cohen, no hay incertidumbre mientras haya voluntad o esperanza.

3. Según el método de cálculo clásico, ¿cuál es la probabilidad de que dos hombres de un grupo de diez mil amen a la misma mujer?

A. Menos del diez por ciento.

B. Entre el diez y el veinticinco por ciento.

C. Entre el veinticinco y el cincuenta por ciento.

D. Por encima del cincuenta por ciento, pero se les pasará rápido.

Parte B: Preguntas abiertas

Hay que responder por lo menos a tres de las cuatro preguntas.

1. Dos trenes salen de dos ciudades simultáneamente, uno en dirección al otro, por vías paralelas. Se sabe que en cada ciudad hay por lo menos un veinticinco por ciento de solteros y solteras, con una distribución de caracteres acorde con el método de Fabrik y Cohen. Calcula las probabilidades de que dos personas se vean cuando los trenes se crucen y sus corazones se pongan a revolotear.

2. Expón cómo se puede demostrar, según la fórmula de expansión de Wolfzeig e Ibn Tareq, que a partir de cierto nivel de proximidad social, la felicidad actúa como una enfermedad contagiosa. Calcula el nivel de proximidad social requerido.

3. Describe con detalle la demostración de Darwill sobre la existencia de la imaginación. Recibirá mejor calificación quien presente pruebas de que la imaginación también demuestra la existencia de Darwill.

4. Ejemplifica cómo el orden de presentación de las posibilidades influye en la elección de una de las siguientes casualidades:

   A. El vendedor que ofrece a los clientes probarse trajes en una tienda de rópa.

   B. La vendedora que ofrece a las clientas probarse vestidos en una tienda de ropa.

   C. El jefe de sala que ofrece distintas bebidas en un restaurante.

   D. El orden de disposición de las papeletas en la cabina de votación.

Parte C: Ejercicio práctico

Hay que llevar a cabo una de las dos construcciones siguientes:

1. Haz que tres amigos de la infancia cojan un avión, un taxi o un tren al mismo tiempo. (Es preciso demostrar que los amigos habían ido al mismo colegio al menos durante tres años).

   El viaje en avión/taxi/tren se fijará por adelantado y no será un acontecimiento único organizado especialmente para esta práctica. Toda iniciativa que incluya un viaje no planificado invalidará la prueba.

La calificación será más alta si se produce una conversación entre dos o más amigos de la infancia.

2. Provoca un atasco de tráfico en el cual haya más del ochenta por ciento de vehículos del mismo color, no importa cual.

El atasco no debe durar más de 20 minutos. Se prohíbe utilizar accidentes de tráfico o un mal funcionamiento de los semáforos. Todo atasco que incluya más de un ochenta por ciento de vehículos de la misma marca merecerá una mejor calificación.

¡Buena suerte, si es que la mereces!

7

El Hombre del Hámster estaba en la esquina de la calle examinando el punto de eliminación de su próximo objetivo.

Se sentía dividido en dos... O tal vez sería más correcto decir en tres.

Una parte de él era consciente de la imposibilidad de llevar a cabo un buen asesinato sin revisarlo, prepararlo, planificarlo. Sencillamente, no podía pensar en ello como si fuera *algo que sucede*. Debía controlar el horario de la víctima. («No, no, víctima no, objetivo», se recordó). Debía calcular ángulos de tiro, identificar rutas de escape, verificar las condiciones del viento. Así es como se trabaja.

Una segunda parte intentaba persuadirle de que todo era superfluo. De que, en su caso, realmente se trata de *algo que sucede*. De que el asunto del cálculo del tiempo que requería para desmontar el arma y volver al coche era una tontería, un sinsentido. Quien tiene que vivir, vive, y quien tiene que morir, muere. Así es como funciona él. Por eso lo consideraban tan bueno.

Y la tercera, simplemente quería volver a la habitación, echarse en la cama con una botella de buen whisky, acariciar a Gregory hasta que el olisqueo nervioso de su hociquito se detuviera y se hiciera un ovillo totalmente confiado, y ver un programa de televisión en un idioma que no entendía.

Este triple ritual se había repetido en cada una de sus recientes eliminaciones. Ya estaba empezando a cansarse.

Las dos últimas partes se aliaron e iniciaron una ofensiva contra la primera, la más lógica, adulta y responsable de las tres. No era fácil, él tenía no pocos argumentos convincentes en contra, en particular contra los de la tercera parte, que sonaban así: «Vamos, hazlo ya de una vez, ¿qué más te da? ¡Será divertido!». Pero, en última instancia, esa parte también se rendía, y el asesino a sueldo se encogía de hombros y empezaba a alejarse. Se colocaría en el tejado y utilizaría un fusil de francotirador de cañón largo. ¡Hop! ¡He aquí un plan!

El único problema era que tenía dos fusiles, ambos apropiados para la misión. Aquí se hacía necesario sopesar cuidadosamente los datos para decidir cuál sería preferible. Los aspectos concernientes al estado del tiempo, las condiciones de visibilidad desde el techo, la sensibilidad del gatillo y la compatibilidad entre el tipo de bala y la humedad de la atmósfera.

Se detuvo, volvió a mirar la esquina, se metió la mano en el bolsillo y sacó una moneda. La arrojó al aire, la cogió y miró qué había salido.

El problema del tipo de fusil estaba resuelto. Siguió caminando hacia el hotel.

8

_____

«No eres lo bastante buena.

»No eres lo bastante buena.

»No eres lo bastante buena.

»¡Silencio!»

Emily estaba en su casa, de pie frente a la pared cubierta de garabatos, intentando apaciguar los pensamientos que correteaban por su cabeza.

¿Por qué siempre emprendía sus misiones con una sensación de fracaso inminente? Al fin y al cabo, no tenía ningún fundamento en la realidad.

Era buena. Era realmente buena. Había conseguido unas casualidades tan serenas que hasta Eric se permitía elogiarla. ¿Por qué siempre que llegaba un nuevo sobre estaba segura de que esta vez sí fracasaría?

En el fondo, ¿qué importaba? El promedio de éxitos de los artífices del azar era del 65 por ciento. Y el suyo, del 80 por ciento. ¿Le debía algo a alguien? ¿Y qué si este contable sigue siendo contable? ¿Quiere quedarse en ese camino? ¡Pues adelante! Ya no estaba en el curso. No tenía que impresionar al General. Ni a Eric, ni a Dan...

Se sentó en el suelo.

Otra vez está haciendo todo lo que puede para impresionar. Este es justamente el motivo por el que todo la angustia. La persecución imparable, la observación constante de sí misma a través de la mirada de los demás. Tiene que ser asombrosa y extraordinaria. Y seguir siendo igual de encantadora, espectacular, exitosa y llena de humor hasta que él se vea arrastrado finalmente a sus playas, dejando atrás los barcos destruidos, el mar abierto y las sirenas seductoras.

Hay algunas palabras, aunque sean pocas, que realmente no puede soportar.

Tic-tac, por ejemplo. Es una palabra estresante. Le provoca la sensación de que algo se acerca a su fin, de asfixia por falta de oxígeno, de una bomba a punto de aniquilarlo todo. *Sola* puede mantenerla despierta toda la noche, dando vueltas de un lado a otro y tratando, sin conseguirlo, de huir de las imágenes en las que sigue acostada en una cama vacía mientras el mundo que la rodea avanza al galope. Puede pasarse días enteros eludiendo la palabra *fracaso,* o haciendo caso omiso de otra, *plausible.* Por algún motivo tampoco soporta la palabra *galletas,* vete a saber por qué.

Pero no hay muchas palabras que últimamente odie tanto como *amiga.*

Cuán harta está de eso, de ser *amiga.* De la ironía que está justo en el borde del acantilado del flirteo, de las conversaciones íntimas en las que solo puede decir cosas que a él no le atañen directamente, de los intentos frustrados de interpretar si había algo en la sonrisa de él que le sugiriera una segunda intención, del baile repugnante en el que intentaban acercarse por un momento para luego alejarse lentamente sin dar la espalda, solo por temor a arruinar lo poco que había, tan delicado.

Odia ser amiga de Dan.

Siempre había allí algo más. Una sensación diferente. Algo que está tan bien...

Y esa necesidad. ¡Uf! La necesidad de verlo feliz con pequeñas cosas. La incontrolable necesidad de darse a alguien solo para saber que eres capaz de iluminar algo dentro de él. ¿Cómo podía ser? ¿Por qué ese andrajoso le hacía perder la chaveta?

Cada vez que pensaba en él, se le aparecían unas imágenes que semejaban fragmentos de un sueño.

Momentos de exaltación y encubrimiento, días de arrebato y desengaño. Recordaba con cariño el día en que desaparecieron las palpitaciones, cuando pudo sonreírse a sí misma y saber que aquello no era un enamoramiento, era el amor. No era ya una chiquilla romántica, era una pieza del rompecabezas que había encontrado la pieza que encajaba con ella.

Y se estremecía cada vez que recordaba el momento en el que comprendió que él estaba a su lado, pero de ninguna manera con ella.

Al diablo su poeta.

Hoy es el día. Esperaba exactamente que llegara un día así, libre, sin trabajo, un día en el que Dan no tuviera nada que hacer.

Debía lograr que esto sucediera. Y podía hacerlo.

Se levantó y pasó a la otra habitación. En la pared junto a la puerta había otro diagrama, no menos importante desde su punto de vista. Dan había sido quien le había aconsejado utilizar las paredes para planear la construcción de casualidades, así que ¿por qué no utilizar también el sistema, cómo decirlo, *en contra de él?*

Había decenas de pequeños círculos dibujados, acontecimientos que había estirado como resortes, preparados de antemano para soltarlos el día en el que pudiera combinarlos todos en un viaje pequeño y revolucionario. Arriba estaba escrita la palabra *nosotros;* debajo se extendía un estrépito de líneas, formas, palabras y cifras. Y, en medio de este embrollo, había dos círculos: en uno decía *Dan,* y en el otro, *Emily.*

El diagrama era grande. Se extendía más allá de los límites de la pared, rodeaba la ventana del muro contiguo, trepaba hacia el techo propagándose como una mancha de petróleo y llenaba toda la habitación. A veces la asombraba la cantidad de detalles que tenía. Pero debía darse por entero, sin escrúpulos, sin riesgos. Se le ofrecía una única oportunidad para sacar todas las armas del arsenal y lanzar al campo de acción la construcción de casualidades más importante que jamás hubiera tenido.

A menudo, cuando se despertaba, se encontraba en el suelo de aquella habitación, después de haberse acostado allí tratando otra vez de seguir con la mirada la planificación que la rodeaba desde las cuatro paredes y el techo. Se dormía soñando que el diagrama continuaría reptando y creciendo, avanzando por el suelo, intentando subírsele encima y enterrarla en datos, posibilidades y viejas esperanzas.

Lo haría. Esa tarde.

Era lo bastante buena.

Aquel diagrama era de hacía ya algunos años.

Durante el curso, en vez de dibujar corazones con flechas o permutar las letras de sus nombres como cualquier jovencita, ella dibujaba complejos gráficos de formación de parejas en trozos de papel que arrancaba de los cuadernos, y círculos con flechas en las servilletas de los restaurantes. Siempre empezaba con dos círculos con dos nombres, luego iba creciendo hasta formar un complejo sistema de líneas y conexiones que, al final, la sacaba de sus casillas, y entonces volvía a tirar el papel a la basura después de haberlo hecho pedacitos con un fervor total.

Y por supuesto, la única vez que no se había molestado en triturar el papel, Eric lo había encontrado.

Sucedió una tarde en que los tres estaban estudiando en su casa, antes de un examen.

Dan se había quedado dormido en el sofá, con el grueso volumen de *Introducción a la serendipia* sobre el pecho, la boca entreabierta como una foca vieja y cansada. Eric y Emily habían decidido dejarlo dormir y seguir haciéndose mutuamente preguntas sobre historia.

Para entonces, ella ya sabía que Eric era un narcisista, aunque de buen corazón a su manera, pero no estaba suficientemente preparada para su curiosidad. Ella salió un par de minutos para ir a buscar unas galletas y café, y al volver vio que Eric tenía en las manos su diagrama y lo observaba con interés.

—¡Eric! —le gritó, casi despertando a Dan—. ¿Por qué hurgas en mi papelera?

Se le acercó y le arrebató el papel con lágrimas en los ojos:

—Pedazo de...

—¡Ey! Es que sobresalía —dijo Eric, levantando las manos como para defenderse—. Y vi mi nombre. ¿Qué esperabas?

—¿Que qué esperaba? Pues que respetaras la privacidad de los demás y no hurgaras en sus cosas cuando salen un momento de la habitación. Parece que eso es mucho pedir.

Eric calló y volvió a sus apuntes. Emily se puso a romper el papel.

—Espero que no estés pensando seriamente en esto —dijo Eric.

—No es asunto tuyo —le disparó ella.

—El tipo está comprometido —dijo, señalando con la cabeza a Dan—. Te romperá el corazón.

—¿Comprometido? —Para ella era algo nuevo.

—Tal vez no físicamente, pero sí emocionalmente.

—¿Con quién?

—Una AI. De su pasado. Casandra no-sé-qué.

—¿Dan está enamorado de una amiga imaginaria?

—Sí. Es todo un adolescente, ¿eh?

—No tiene ninguna gracia —dijo Emily soltando chispas—. Ninguna.

—En cualquier caso, es lo que hay. Además, si estuviera libre, yo no intentaría arreglar nada entre vosotros dos construyendo casualidades.

—¿Por qué no?

—Porque no es tu especialidad. Estás mejor preparada para construir inspiraciones que parejas.

—En realidad, ¿por qué estoy hablando esto contigo?

—Vale, olvídalo. Ya he dicho lo que tenía que decir.

—Y yo no tengo ningún problema en construir lo que quiera.

—No me cabe duda. ¿Recuerdas quizá quién fue responsable de la casualidad del descubrimiento de la penicilina? ¿Baum o Young?

—No cambies de tema ahora. Puedo construir parejas como cualquiera.

—Cierto, pero no para ti. Estás demasiado involucrada. Creo que fue Young. Me encanta Young. Sus casualidades son muy hermosas.

—¿Por qué no para mí? La única razón por la que te gusta Young es porque fue ella quien arregló el encuentro entre McCartney y Lennon. Baum contribuyó mucho más que ella.

—Sí, pero para mí Baum es demasiado técnico. El hallazgo del LSD, el descubrimiento del electromagnetismo. Es terriblemente pesado. Young organizó el descubrimiento de los copos de maíz. Eso es a lo que yo llamo una construcción de casualidades histórica.

—¡Eric!

—Y también el teflón, me parece. Un segundo, déjame mirar...

—¡¡¡Eric!!!

Este levantó la mirada de los papeles y dijo:

—¿Qué?

—¿Por qué crees que no soy capaz de construir parejas?

Eric dejó los papeles.

—Escúchame, Emilita. Tú puedes construir lo que se te antoje. En serio. Estoy seguro de que formarás un montón de parejas, de que causarás una tonelada de inventos y de que cambiarás el mundo, querida mía. Cada uno de nosotros destaca en determinadas cosas. Pero involucrarte emocionalmente no es lo tuyo. Te hace perder el equilibrio, te pone tensa, tus intentos son demasiados y excesivamente densos. No es que yo sea un genio en el tema, pero así es como se ve desde fuera.

—Tú te organizas citas continuamente —dijo Emily.

—Sí, es cierto —dijo Eric un poco cortado, todo lo que podía estarlo alguien como él—. Pero no somos iguales. Mi actitud emocional es distinta. Yo tiendo un poco..., mmm..., cómo decirlo..., a fluir con la corriente. Tú eres algo más, digamos..., dramática.

—¡No soy dramática! —protestó, pateando el suelo.

Eric señaló a Dan, que seguía durmiendo a un lado.

—¿Lo ves?

—Sí.

—Él es un constructor de parejas clásico. No cree en la mujer perfecta, pero no está dispuesto a aceptar a ninguna que no sea ella. Es un romántico estricto que no espera que el amor exista. Exactamente la combinación adecuada para alguien que quiere conectar gente sin estresarse demasiado. Tú no. No intentes construirte una casualidad. Puede ser muy problemático.

—De acuerdo, de acuerdo —dijo Emily—. Lo he entendido. Pero cállate ya. —Una parte de ella ya empezaba a planear algo. ¿Un romántico estricto que no espera que el amor exista? Tal vez pudiera utilizar eso...

—¿Dónde pusiste mis apuntes sobre sincronización? —preguntó Eric.

—Y ni se te ocurra volver a mirar en mi papelera, ¿has entendido?

9

De algún modo, siempre llegaba al paseo marítimo.

Dan no tenía muchos días de vacaciones; un sobre seguía a otro. Solo en las escasas oportunidades en que terminaba una construcción a primera hora de la mañana tenía la ocasión de dar un paseo disfrutando de las posibilidades que le brindaba la inactividad, hasta el sobre de la mañana siguiente. Estos días de vacaciones se podían contar con los dedos de una mano.

Para empezar, volvió a meterse en la cama un par de horas. Luego encontró un buen restaurante y a continuación redescubrió el antiguo placer de sentarse frente a los árboles que se mecían al viento y barrían así los pensamientos de la mente. El pequeño club que había descubierto hacía unos meses fue la siguiente parada. Un pianista tranquilo, de mirada soñadora, y una copa de vino tinto que hacía lo posible para hacerle sentir como un joven sofisticado. Y al final, por supuesto, como siempre, llegaba al paseo marítimo para ver el sol hundiéndose en su lecho del horizonte y dejar que la brisa salada le alborotara el pelo.

Se sentó en un banco a contemplar el mar, permitiendo que el vino se disipara un poco y el aroma de la noche fresca penetrara en su ropa. No había casi nadie en la playa. Solo un chico y su perro brincaban jugando al borde del agua, justo frente a él, mostrándole cómo se veía *Amistad*, versión del director.

Tal vez había llegado el momento de hacerse también con una mascota. No tenía que ser un perro. Podía ser un gato, un hurón o un pez dorado. ¡Por Dios! Incluso estaba dispuesto a adoptar un bonsái, si no quedaba más remedio. El chico y el perro de la playa se provocaban mutuamente como solo hacen los que se quieren mucho. Dan sintió un fino hilo de envidia que lo atravesaba rápidamente y desaparecía. Aspiró hondo el aire marino y lo liberó con una sonrisita amarga. Tal vez era bueno no tener muchos días de fiesta. Le recordaban que estaba solo.

Se levantó lentamente y se fue a casa.

Alguien en el ayuntamiento había conseguido convencer a otro alguien, tras una animada discusión de pasillo, de que las noches de verano están para hacer salir a la gente a la calle y, a lo largo de las avenidas, habían engarzado en los árboles lucecitas de colores que hacían del anochecer un chispeante carnaval.

Dejó que sus ojos vagaran a lo largo de la calle y que la atmósfera lo invadiera mientras caminaba lentamente. Tardó unos minutos en darse cuenta, pero en cuanto ocurrió no consiguió desviar la atención. Frente a él caminaba una pareja, abrazándose y sonriendo; cerca, una pareja de ancianos estaba en un banco, con las manos enlazadas; un niño y una niña, de no más de diez años, que iban corriendo, le cortaron el paso.

Aparentemente era lo que le pasaba por la cabeza. Como las mujeres embarazadas, que ven cochecitos de bebé por todas partes, o los exfumadores, que solo ven cigarrillos, se diría que las personas que se sienten solas solo ven parejas.

Dan miró a todos lados, intentando encontrar a alguien caminando solo por la calle. Nada. Solo parejas, de todos tipos y colores, caminando rápido y sabiendo adónde van, o despacio y abrazándose, o bien dando saltos, o arrastrando los pies al unísono, o de pie y susurrando en un rincón apartado.

Definitivamente, le hacía falta un perro.

Entre las parejas, vio de repente, por fin, a un tipo que caminaba solo, con prisa por llegar a alguna parte. Dan estaba a punto de agradecerle mentalmente por no ser el único que anduviera por ahí sin más cuando el hombre tropezó con una mujer que salía de una pequeña juguetería e hizo volar las cajas que ella sostenía en un cuidadoso equilibrio. En ese momento, Dan no pudo evitar escuchar la voz del General resonando en su cabeza.

«Sé que la mayoría de vosotros habéis esperado ansiosamente esta lección —les había dicho—. Los alumnos siempre piensan que la "Introducción a la formación de parejas" es un curso muy romántico. Y también muy fácil. Solo hacen falta un chico, una chica y una esquina, ¿no? Un chico camina en una dirección, una chica en la opuesta, y justo al dar la vuelta a la esquina se topan, ¡hop!, los libros se caen, ¡hop!, contacto visual, ¡hop!, amor a primera vista, bla, bla, bla. La cantidad de bazofia que hay en este guion podría resolver el problema del hambre en el tercer mundo.»

Dan se rio para sus adentros mientras su nuevo amigo se disculpaba ante la mujer estupefacta y se iba corriendo. Este tipo de encuentro tenía éxito solamente una vez entre mil; en las novecientas noventa y nueve ocasiones restantes hay que trabajar un poco más. Esperaba que lo que había visto no hubiera sido una construcción de alguien. Tal nivel de profesionalidad sería bastante bochornoso.

Pero Emily tenía razón en lo que le había dicho por la mañana. A él le gustaban de verdad las construcciones de parejas. No por el romanticismo. Eso no se lo tragaba. La gente se refiere al amor como algo en lo que *creen*. Ni que fuera una religión. Y en el marco de esa religión uno acepta que en algún lugar exista una especie de conexión cósmica entre personas que, en esencia, difiere de cualquier otro tipo de conexión, y que en el marco de esta conexión se venera a otra persona. La gente necesita creer en algo que sea mayor que ellos, pensó. Las religiones no siempre se lo proporcionan, así que el concepto que se ha dado en llamar amor les brinda lo que siempre han buscado: un significado profundo e irracional que está más allá de la vida común y corriente. Y sin darse cuenta, en un mundo en que lo que necesitas reemplaza a lo que puedes dar, el amor se convierte en otra cosa que es preciso conseguir. Una casa grande, un bonito coche, un gran amor. ¿No has amado? Has desperdiciado tu vida. Te has perdido una de las etapas.

Antes también él pensaba así. Pero las cosas habían cambiado. Ya había probado esa fruta, la conocía, el amor no es así, es mucho más. Pero él ya había recibido su ración de amor y se había terminado. Capítulo cerrado y sellado. Lamentablemente, hacía tiempo que lo había aceptado. Ahora le tocaba ocuparse de los demás. Por eso las construcciones de parejas le importaban tanto. Porque tal vez cuando ayudas a alguien a alcanzar la felicidad que ya no tendrás, obtienes un pedacito de ella. Y queda registrada también a tu nombre.

Se acercó a la mujer en la entrada de la juguetería y, sonriendo, la ayudó a recoger los paquetes.

—Gracias —le dijo ella.

—No hay de qué.

El suelo estaba cubierto de cajitas de distintos tamaños, juegos infantiles clásicos en embalajes modernizados para llamar la atención.

—Son para mis sobrinos —dijo, poniéndose un mechón de pelo rojizo detrás de la oreja—. Son gemelos. La semana próxima es su cumpleaños y he decidido llevarles algo que por fin los aparte del ordenador.

Dan levantó una caja de soldaditos de plástico verde y se quedó mirándola.

—Ajá... —dijo sin escucharla realmente. Los soldaditos de la caja transparente le devolvieron una mirada de sorpresa.

—¿Puedo? —dijo ella.

Dan despertó de su ensueño.

—¿Qué?

Ella, sonriendo, volvía a sostener los juegos en equilibrio mientras señalaba lo que él tenía en la mano.

—¿Los soldaditos? ¿Puedo?

—Ah, sí, por supuesto. Perdón —dijo, dándole la caja.

—¿Jugaba con ellos de pequeño? Los recuerdos vuelven, ¿no?

—No, no. Es que pensaba en algo que no tiene nada que ver. —Intentó sonreír.

Ella volvió a darle las gracias y se alejó. Dan permaneció allí unos momentos y luego siguió hacia su casa por la calle llena de parejas. Tenía que comprar pan, chocolate para untar, azúcar, café y algunas cosas más que seguramente le faltaban. De camino pasaría por el supermercado.

Emily estaba sentada en la sala.

Así es como se sienten los generales mientras esperan noticias del frente, pensó.

Meses de preparativos, paredes llenas de diagramas, semanas esperando que el burro ese tenga un día para poder organizarlo todo, y finalmente aquí está ella, sentada al lado del teléfono.

Si mientras tanto, por lo menos, hiciera otra cosa, sería menos patético. Pero simplemente estaba esperando sentada a que sonara el teléfono.

Pobre de él si no lo hacía.

Dan da vueltas entre los estantes, buscando dónde habrían escondido el café.

Sí, sabe exactamente por qué aquellos soldaditos de plástico habían hecho que el mundo se detuviera unos instantes. Le da vergüenza lo claro que está. De hecho, hasta lo tiene documentado en alguna parte, en alguna libreta vieja y raída. Sucedió durante la segunda semana del curso. En los deberes de «Asociaciones I» debían trazar en un mapa las líneas del pensamiento del otro. El General sostenía firmemente que en su profesión pocas herramientas eran tan importantes como comprender la forma en que «unas cosas nos recuerdan otras», signifique lo que signifique esa expresión tan vaga. Dan tenía que trazar el mapa de las asociaciones de Eric, Eric de las de Emily, y Emily de las de Dan.

Trazar el mapa de las de Eric fue bastante simple. De alguna manera, todo estaba asociado a chicas, éxitos y comedias de los hermanos Marx. A veces Dan tenía que escarbar más para comprender por qué a Eric un refresco de papaya le recordaba a Vietnam, o por qué cuando le decían *chocolate* él pensaba *saxofón,* pero en última instancia, las explicaciones fueron aceptables, y el mapa de las líneas de pensamiento alcanzó un nivel que, en esta fase, satisfizo al General.

La idea de que otra persona trazara el mapa de tus asociaciones era particularmente inquietante.

Emily era minuciosa, no le permitía escurrir el bulto con explicaciones parciales. Es completamente lógico que asocies la palabra *libros* con *estantes,* pero ¿cómo demonios *estantes* puede hacerte pensar en *La jungla 2: Alerta roja?* Tuvo que explicar la extraña relación que su jodida mente encontraba entre zapatillas y erizos, entre sonrisa y murciélagos, entre baldosas y robots de colores pastel. Pero lo que más la había intrigado era que unos soldaditos de juguete le recordaran el amor.

—Eso me lo tienes que explicar —dijo, con los ojos brillantes. Estaban en casa de Dan, sentados en el suelo, y a su lado, una caja abierta de galletas de la suerte que Emily había encontrado en algún lugar. Cada vez que Dan sentía la necesidad de un descanso, cogían una galleta, la abrían y pensaban en qué casualidad podrían construir a partir de la nota que contenía. La caja estaba medio vacía.

—Tiene relación con mi primera cita —dijo, tratando de evadirse—. Eso es todo.

—Detalles —exigió ella frotándose las manos—. Quiero más detalles.

—Eric te ha vuelto loca con su investigación y ahora te tomas la revancha conmigo, ¿no?

Ella sonrió con picardía.

—Solo trato de esforzarme en hacer los deberes —dijo, arqueando una ceja, lo que la delataba cuando mentía.

Y entonces él se lo contó. Le habló de Casandra, de cómo se habían conocido y de cómo los habían separado, de todo lo que había pasado entre esos dos acontecimientos. Emily escuchaba con la mirada chispeante, de vez en cuando le susurraba una preguntita, curiosa, como si supiera que nunca volverían a hablar de ello.

Ese fue el comienzo de una pequeña tradición. Durante el curso, se reunían a menudo con una taza de café y una caja de galletas de la suerte. A veces Eric participaba, pero por lo general cancelaba la cita con explicaciones del tipo «una oportunidad única» para quedar atrapado con alguien en un ascensor, de manera que aquello se transformó en su foro, el de ellos dos. Largas discusiones surgían a partir de un papelito envuelto en una masa dulce. No volvieron a hablar de Casandra, ni del trabajo anterior de Emily, ni del curso. Pero hablaban de música, sin derivar al talento que ella tenía de despertar asociaciones en el cliente. Y de cine, sin juzgar las escenas que despertaban emociones reprimidas, sin tratar de descubrir qué guiones se habían escrito tras la intervención de un artífice del azar, ni cuáles de ellos eran *normales*. Y también de sus programas de televisión favoritos, sin mencionar aquella lección de «Cómo influir en el *rating* provocando apagones». Y de política, dejando de lado lo que ambos sabían sobre la verdadera forma en que se construye la popularidad.

En honor a la verdad, añoraba esa época. Desde que había terminado el curso, habían tenido pocas oportunidades de conversar ellos solos. Sus horarios eran bastante locos. De alguna manera, uno de ellos estaba siempre ocupado preparando algo o construyendo una nueva casualidad. Eran novatos en eso y todavía no sabían cómo administrar el tiempo sin dejarse absorber por sus construcciones. Dos, tres cancelaciones y la tradición se extinguió. Al cabo de algunos meses, cuando Eric insistió en establecer una nueva tradición de reuniones matutinas a tres bandas, tras hallar la forma de coordinar sus densos horarios, aquellas tardes de galletas parecían ya superfluas. Recordó al chico con el perro en la playa. Ahora una amistad así podría ayudarle. Una copa de vino no siempre es suficiente compañía.

Su café estaba escondido en el tercer pasillo, detrás de otra marca algo más cara. Puso el frasco en el carro vacío y tres pasos más allá vio en un estante una caja de galletas de la suerte, en oferta.

Dos por el precio de una.

Emily dejó que el teléfono sonara tres veces y media antes de responder.

—Un momento —dijo.

Sostuvo el auricular con la mano y contó hasta diez. Su corazón contaba demasiado rápido, así que añadió unos segundos más, esta vez con la cabeza.

—Ah, sí, perdón, es que estaba haciendo algo.

—Hola, ¿cómo va todo? —preguntó Dan.

—Muy bien.

—¿Recuerdas aquellas galletas que solíamos comer?

—Sí, claro. Creo que un par de veces acertaron en sus predicciones.

—¿Recuerdas de qué marca eran?

—No... Iban en una caja metálica, ¿verdad?

—Marrón, con una banda roja, ¿no?

—Exacto.

—Estoy en el supermercado y he vuelto a toparme con ellas. Me parece que hacía años que no veía una de esas cajas.

—¡Uy!, qué nostalgia. Compra una para mí también —dijo ella.

—Mmm... ¿sabes qué?

«Seguro que sé qué. Claro que lo sé. ¡Espero por tu bien que tú también lo sepas!»

—¿Qué?

—¿Por qué no vienes a mi casa a comer galletas como en los viejos tiempos?

—Creo que puedo dejar algunas cosas para mañana... —dijo con la suficiente lentitud como para parecer indecisa.

—Ven, ven, lo pasaremos bien —dijo él.

—¿Sabes qué? Voy —dijo Emily—. ¡Ah! De paso coge una película.

—Hecho.

—¡Magnífico! Me arreglo y salgo.

Terminaron la conversación. Emily se sintió como si acabara de colgar la cabeza del oso que había cazado en la pared de la sala. Se puso a dar brincos por toda la casa, tratando de no gritar demasiado fuerte. Por respeto a los vecinos, ya se sabe.

Dan pensó que podría ser agradable terminar el día conversando con otro ser viviente. Se detuvo junto a la caja automática de alquiler de películas y se puso a buscar una que le apeteciera.

Un sueño posible
La vida es bella
Nunca digas nunca jamás
Qué bello es vivir
Pretty Woman
Sucedió una noche
Movió la cabeza. Sentía algo raro.

No estaba acostumbrado a encontrar clásicos en esta caja automática, pero no era solo eso. Había algo más. Sin hacer caso de aquella sensación, eligió una película al azar, cerrando los ojos y apuntando con el dedo.

Atrápame si puedes
Emily estaría contenta. Le encantaba Tom Hanks.

Al entrar en casa comprendió el significado de su proposición.

Hacía siglos que no invitaba a nadie. De hecho, ¿cuánto tiempo le quedaba?, ¿diez minutos?

Había ropa desparramada por toda la sala, una vieja mancha del mantel parecía reñirle, un gran montón de libros, folletos y cuadernos del curso seguía en el rincón, un monumento a la postergación de la limpieza y el orden. Por no hablar de los periódicos esparcidos junto a la pared que ayer había vuelto a pintar.

Rápidamente recogió la ropa y empujó los libros detrás de un sofá. Una fugaz mirada a través de las persianas le reveló que Emily ya estaba en la calle. Galopó a lo largo de la pared recogiendo los periódicos, sin pensárselo ni un momento los arrojó en otra habitación, se dejó caer en el sofá y encendió el televisor con el mando a distancia para que pareciera que eso era justamente lo que estaba haciendo.

En la pantalla aparecía un tipo sonriente y barbudo con una montaña nevada y majestuosa como telón de fondo. El tipo tenía el rostro enrojecido y quemado por el sol, y un grueso chaquetón de pluma lo cubría hasta el cuello, pero sus ojos tenían un brillo azul intenso.

—En primer lugar, felicidades —dijo el entrevistador, del que solamente se veía la mano que sostenía el micrófono—. Entiendo que este es su segundo intento de conquistar la cumbre.

—Sí —dijo el barbudo—. La última vez no fue muy bien. En honor a la verdad, fue bastante horrible. Me rompí la pierna... Todo fueron dificultades.

—Sin embargo, ha decidido hacer un nuevo intento.

—Ya sabe cómo es esto —dijo el barbudo, sonriendo aún más—. Para eso se inventaron las segundas oportunidades. Uno no puede renunciar a algo que sabe que debe hacer. Yo tenía claro que volvería a intentar la conquista de esa cima. Además, esta vez he contado con un apoyo primordial. —Alargó el brazo y en la imagen entró una mujer de pelo corto, bronceada, envuelta en un chaquetón no menos grueso. Saludó con la mano y sofocó una risita cuando el tipo le pegó los pelos de la barba a la sien.

Emily llamó a la puerta.

Se sentaron en el sofá, tratando de recordar cómo era el juego. Después de las reuniones en las que también participaba Eric, que insistía en pronunciar la frase estúpida apropiada, parecía necesario introducir algún ajuste. Estaban un poco oxidados en esto de la amistad bilateral.

—Todavía huele a pintura —dijo Emily; el piloto automático que hacía volar a la amiga que llevaba dentro seguía intentando dirigir el cotarro.

—Sí, parece que el olor todavía no se ha disipado del todo —coincidió Dan. En la pantalla del televisor, el alpinista barbudo seguía hablando sin sonido.

Emily se levantó y abrió un poco las persianas. Al volver, cogió la caja de galletas de la suerte y se la tendió a Dan.

—Una para ti... —dijo mientras Dan sacaba una, sonriendo— y otra para mí —añadió, cogiéndola al azar.

Se sentó frente a él en el sofá, con las piernas dobladas bajo el cuerpo.

—Estoy muy contenta de que me hayas invitado. Hacía mucho tiempo que no quedábamos. Lo echaba en falta.

Dan le sonrió, partió su galleta y sacó el papelito. En los breves momentos precedentes al apagón que los dejó a oscuras, alcanzó a leer la frase y alzó la mirada hacia Emily.

«No busques lejos. La respuesta a la pregunta más importante puede estar delante de tus ojos.»

La oscuridad los envolvió en un silencio expectante. Emily está erguida en su asiento, conteniendo la respiración.

Sabe que, en su posición, la luz pálida de las farolas de la calle que se filtra por las persianas cae exactamente sobre sus ojos, formando una diagonal blanca, y les da brillo. Oye latir un corazón y se pregunta si es el suyo o el de Dan. Cuando la corriente eléctrica vuelve, él sigue mirándola a los ojos, y ambos callan.

Al final, él deja la galleta rota y dice:

—Creo que acabo de comprender algo que debería haber entendido hace tiempo.

Ella se estremece levemente.

—¿Sí? —murmura.

—No quiero que volvamos a encontrarnos como antes —le dice, y ella detecta un ligero rubor en las mejillas de Dan—. Quiero que lo hagamos de una manera nueva. Completamente nueva. Que probemos algo distinto.

—Me parece excelente. —Ella todavía no es capaz de hablar a plena voz.

—He vivido demasiado tiempo en el pasado.

—Sí...

—Y no me he fijado en las cosas que siento ahora.

—Dan...

—¡Que Casandra se vaya al diablo! Es a ti a quien quiero.

—Oh, Dan...

* * *

Cuando volvió la luz, Emily se sacudió, despertando a la realidad, al mundo real en el que Dan estaba sentado frente a ella, mirando la galleta partida y con el papelito en la mano. Levantó la mirada hacia ella y preguntó:

—Emily, ¿qué está pasando?

—¿Qué quieres decir?

Algo dentro de él se había endurecido. Se levantó, se fue detrás del sofá, revolvió cosas y sacó un folleto deslucido y medio roto que llevaba por título *Técnicas de selección de objetos, parte B*. Lo hojeó hasta dar con la página que buscaba y luego lo dejó sobre la mesa. El título de la página era «Número 73: Elección de una caja preparada de antemano, variante del ejercicio Viton». Las ilustraciones explicaban cómo hacer girar la caja de forma que el objeto piense que está eligiendo al azar, cuando, de hecho, cogerá lo que estaba predeterminado.

Emily miraba el cuaderno abierto sin decir palabra.

—Te las has arreglado para que yo cogiera esa galleta, ¿no?

Ella permaneció en silencio, pero con su galleta entre los dedos.

—¿No es cierto?

Seguía sin responder.

Dan se sentó frente a ella:

—¿Que está pasando?

—Alguien, un buen amigo, en un curso que hice, me habló de su primer amor —dijo Emily en voz baja—. Antes él pensaba que el amor es una especie de admiración, solo que también huele bien. Que se trata de una situación en la que te conviertes en esclavo de los pensamientos de otra persona, en un fan de esa persona por muchos motivos, y que esta, a su vez, se convierte en fan tuyo. Eso es lo que dicen todos, ¿no? Un relámpago cegador que te golpea en un día claro, o un pastel de admiración que aumenta de volumen en tu interior, la apreciación blanca de una conexión con un alma gemela o cualquier otra de esas necedades.

—¿También hiciste que las galletas estuvieran en el súper? ¿Y lo de la mujer en la juguetería?

—Y entonces, cuando aquella chica llegó, él comprendió que le habían mentido, que se había engañado. No se trataba de admiración, ni nada por el estilo. El comienzo fue parecido, pero muy pronto la admiración superficial creció y se convirtió en algo distinto, en algo mejor para él. Simplemente sentía que había vuelto a casa, que había llegado a un lugar donde era querido, digno y adecuado. Y, sobre todo, donde encajaba. Según dijo, se sentía como si ya se hubieran conocido, como si mucho antes ya hubieran hecho algo juntos y se hubieran visto obligados a hacer una pausa, y luego hubieran podido reemprenderlo, aunque no tenía ni idea de qué era ese *algo*. Jamás sintió que aquello hubiera sido el principio, me dijo, siempre lo había sentido como una continuación.

—Escucha, Emily...

Ella hacía lo que podía para no parecer implorante. Eso no, de ninguna manera.

—Dan... Tú miras el mundo que te rodea y nunca ves un amor que te vaya bien porque no lo buscas. Buscas a Casandra y de entrada renuncias a lo demás. Buscas a alguien que existió alguna vez, pero ya no. Eres prisionero de algo que se terminó, que ya no está. Me entristece verte así, intentando llenar de color una imagen cuyos trazos se han borrado hace tiempo. Imaginas algo que no tiene ningún...

—No imagino nada, sino que recuerdo. Solo me quedan recuerdos —la interrumpió—. Hay una diferencia entre...

—Aun así, eres un prisionero —lo cortó ahora ella.

—Así estoy muy bien.

—Pero yo no...

Se quedaron sentados en silencio.

Poco a poco se fueron cerrando todos los círculos de comprensión. Tic, tic, tic. Él sabía lo que ella quería, lo que estaba tratando de organizar, y ella sabía que él lo sabía. Y él sabía que ella sabía que él sabía... Y así sucesivamente...

«Pero ¿qué diablos me habré creído?», se decía ella.

—¿Dónde empezó todo el...?

—Hace mucho que estoy pensando en cómo decirte esto, en cómo dártelo, en cómo...

—No, me refería a lo de hoy. ¿Cuándo empezaste a construirme el día? —le preguntó él con mucho tacto.

—En la playa.

—¿El chico y el perro?

—Sí.

—¿La calle llena de parejas?

—Sí, y algunas otras cosas...

«¡Al diablo! Lárgaselo ya de una vez por todas.»

—Creo que nosotros... —dijo Emily—. Que también nosotros empezamos una vez algo juntos, hicimos una pausa y ahora podemos continuar. ¿No te sientes así a veces? ¿Ni siquiera un poco? Porque yo sí. Cada vez que estás cerca, cada vez que estás a mi lado, vuelvo a casa. Quiero seguir desde el momento en el que lo dejamos. Yo...

—Emily...

—Créeme, un lugar así existe.

Debería haber arreglado un apagón más largo, mucho más. Ahora ya se puede ver que está llorando.

—Lo siento —dijo él—. Eres maravillosa, de verdad. Sabes lo bien que lo paso contigo. Pero...

Tiene que haber un pero, ¿verdad? El típico giro mental en dirección opuesta.

Él respiró hondo.

—Eso no funciona así. No para mí. No puedes construir una casualidad para nosotros cuando el *nosotros* no puede ser.

Ella no se quedó mucho tiempo.

No tenía ningún sentido hacerlo.

Había hecho la pregunta y presentado su complejo señuelo, la posibilidad en la que había trabajado durante tanto tiempo. Y él le había respondido con un *no*, callado pero reverberante.

En las escaleras, bajando despacio para no caerse, se dio cuenta de que aún tenía la galleta en la mano. Había preparado un montón de cosas, pero la galleta la había escogido totalmente al azar. La partió y sacó el papelito.

«A veces, las desilusiones son comienzos nuevos y maravillosos», le susurró.

—Sí, claro —dijo ella. La luz de la escalera se apagó y ella siguió bajando a tientas.

10

———

«¡Maldita sea, entra ya de una vez!»

Eddie Levy, contable, estaba en el rellano de la escalera, encorvado, luchando por meter la llave en la cerradura.

Tenía las manos firmes y los dientes apretados por la tensión, pero de alguna manera el simple acto de insertar la llave y girarla se había vuelto complicado. Maldijo en voz baja.

Echó un vistazo a su reloj. Hacía ya casi ocho minutos que perduraba esa agitación interior, esa sensación indefinida que no conseguía clasificar, pero sabía que era lo último que necesitaba en aquel momento.

Por fin la llave se deslizó en el cilindro y la puerta se abrió de golpe. Cuando entró y encendió las luces, pensó en los pequeños rasguños que seguramente había dejado alrededor de la cerradura, como si ahí viviera un triste borracho.

Intentó respirar hondo, calmarse y aclarar las ideas.

Las profundas inspiraciones le introducirán más aire en los pulmones, más oxígeno en la sangre, el cerebro recibirá la dosis necesaria para disminuir la velocidad y volver a la normalidad. Se sentía como si alguien le hubiera lanzado una de esas bolitas de goma a la cabeza y ahora esta estuviera rebotando en todas direcciones.

Pero no hay que exagerar. Está bien. No era un sentimental, y eso lo enorgullecía.

Mientras las personas que tenía alrededor se convertían en esclavos sumisos de impulsos esquivos, él había cartografiado el territorio hacía tiempo. No intentaba explicarlo. No tenía ningún sentido. La gente quiere convencerse de que *siente*. El hecho de reconocer que al fin y al cabo se trata de una u otra sustancia química, o de un cortocircuito entre neuronas, hace que, de alguna manera, las personas se sientan un poco mecánicas.

Eddie no tenía ningún problema en ser una máquina. Es la verdad, y hay que reconocerla. Un trozo de carne, una cápsula de ADN, un sistema de órganos consciente de sí mismo. Bueno, ¿y qué? Es lo que hay.

Pero ahora se encontraba yendo de un lado a otro en el pequeño piso, cortando el aire denso entre las paredes cubiertas de estantes abarrotados, intentando comprender el origen de esa inquietud y hacerla desaparecer en el agujero irracional del que había reptado.

Se detuvo y sacudió la cabeza.

Música. Escucharía un poco de música. En algún lugar, en uno de aquellos estantes de allí abajo, había una colección de discos polvorienta y paciente. Hacía mucho que no la escuchaba. Tenía uno de sinfonías, de las que solamente había escuchado cuatro bandas. Bandas decisivas, con temas musicales estructurados y un desarrollo que casi podía entenderse como una fórmula con dos incógnitas.

Su música, eso es lo que necesita.

Sacó el viejo y maltrecho *discman* con los cables de los auriculares enroscados como serpientes, y se sentó en el sillón. Los primeros sonidos empezaron a restaurar el orden familiar del universo.

Cerró los ojos, y el ritmo nítido, casi militar, lo inundó. Ya no era el gruñón sentado en un viejo sillón. Se observó a sí mismo, y al mundo entero, pero con distancia. Lo examinaba desde fuera y, con un aleteo del pensamiento, el sillón se convirtió en otra nube de moléculas sintéticas sobre la que descansaba un sistema de bombas y tubos, fuelles y aberturas de ventilación, palancas y tejidos musculares. Se alejó aún más con el pensamiento, hacia el frío espacio exterior, y vio aquella bolita azul y patética girando alrededor de la gran bola ardiente. Y aún más lejos, hasta que todo se convirtió en una serie de puntos inmóviles en el vacío. Si se observa desde una altura suficiente, todo parece lo mismo: átomos dispuestos en formas complejas. Tanto si se trata de un bloque casual de granito atravesando el vacío como de una bomba de sangre hecha de un músculo que alguien, en algún momento de la historia, decidió que sería la morada de la emoción humana.

La banda del disco terminó.

No tenía ningún sentido escuchar la siguiente, lenta e irritante. Cualquier otro día lo habría apagado para seguir adelante con lo que quedaba de la noche. Pero quizá por el cansancio de la caminata o porque ya estaba cómodamente sentado en el sillón y el *discman* muy lejos y en el suelo, se vio arrastrado a seguir escuchando la sinfonía. Esa parte suave, seductora y sentimental que llevaba siglos sin escuchar.

Cuando despertó, el *discman* estaba muerto.

La batería se había agotado a mitad del movimiento, pero él había seguido escuchándolo en sueños, dentro de sí. Tenía el cuerpo pesado y, al levantar la mano para tocarse la cara, notó una cierta humedad.

Estaba sudando.

Espera, no, no estaba sudando.

Horrorizado, se dio cuenta de que se trataba de la huella de una lágrima. Había derramado una lágrima mientras dormía. Solo eso le faltaba.

Pero ahora los dedos tocaban esa horrible salinidad y, como el destello de una cámara que se disipa, la preciosa distancia lograda había desaparecido. Y el complejo y aleatorio mecanismo que había estado sobre el sillón se transformó en un hombre solitario y triste, sentado en una vivienda con las persianas bajadas.

Había sido por culpa de ella, de aquella chica.

Lo único que había hecho fue salir a dar su habitual paseo nocturno. Después de todo un día de estar sentado en la oficina, sus articulaciones necesitan movimiento. La contabilidad no requiere actividad física, así que tiene que cuidar su cuerpo. Caminar rápido cinco kilómetros ya era una rutina.

Al principio, la vio de lejos, saliendo del edificio, con los hombros ligeramente caídos. Nada que atrajera especialmente la atención. Caminaba más deprisa que ella, y la distancia entre él y el torso delgado y de aspecto frágil se iba acortando. Detrás de la esquina del edificio, ella giró a la derecha y, cuando la adelantó, lanzó una mirada de soslayo y vio cómo se derrumbaba llorando y se quedaba sentada en el suelo hecha puré.

No era la primera vez que Eddie Levy veía llorar a una chica. Después de todo, durante el proceso evolutivo, las mujeres se habían convertido en criaturas bastante lloronas. Pero en ese instante, algo en la mirada clavada en el suelo, algo en la forma en que todo el cuerpo trataba de salírsele por los ojos, evocó en él una verdad olvidada y lo hizo caminar más despacio.

Por un momento pensó seriamente en acercarse a ella y preguntarle si se encontraba bien.

Pero de inmediato recuperó la compostura y siguió caminando para alejarse rápidamente, oyendo todavía sus sollozos, aturdido por la forma en la que esa escena melodramática lo había hecho sentir como si alguien le hubiera arrancado el corazón y se lo hubiera recompuesto, pero al revés.

Ya hacía semanas que no se sentía como siempre. No conseguía dar con qué le sucedía exactamente, pero ocasionalmente el tipo de pensamiento que antes creía haber logrado erradicar penetraba sus defensas. Solo faltaba eso.

Eddie intentaba explicarse las palpitaciones y la quemazón que sentía detrás de los ojos con la ayuda de su conocimiento sobre las causas y los efectos en el cuerpo humano. «No estás tenso —se dijo—. Simplemente estás anegado de cortisol. No existe el placer, solo es dopamina. Cada emoción tiene su nombre y su composición química.»

Miró la larga estantería de libros que tenía delante. Filas y filas de libros sobre cualquier tema científico posible. Cosmología, física, biología, neurología. Se supone que sois mi ancla y que debéis salvarme de tantas tonterías.

Hacía apenas unos días se había visto obligado a defender su biblioteca de alguien que había tenido un problema con el coche justo frente a su casa y le había pedido telefonear para llamar a una grúa. No tenía móvil porque odiaba ese artilugio. ¿Podía hacerle el favor? Solo sería un minuto.

Eddie maldijo en silencio por milésima vez el hecho de vivir en un primer piso. Sí, claro, por qué no, allí está el teléfono.

En cierto momento, justo antes de que ese tipo flaco, casi transparente, con esos ojos de niño al que han pegado en la escuela, se marchara, miró los estantes y le preguntó por qué no tenía nada de prosa ni de poesía. Eddie le respondió que no las necesitaba. Lo que a él le interesaba era la verdad acerca del mundo.

Ese tipo, que afirmaba ser poeta, empezó a decir toda clase de sandeces sobre el amor, la cultura y la forma en la que «descubrimos verdades de nosotros mismos», no solo a través de la ciencia. Eddie ni siquiera lo dejó terminar. Le echó encima, como un cubo de agua fría, los hechos puros y duros.

Si se estudia bastante, el mundo se revela en toda su complejidad técnica y esterilidad emocional, dijo. Eso es imposible ignorarlo. En honor a la verdad, a la preciosa e inequívoca verdad, es preciso renunciar a algunos puntos de vista edulcorados. Por ejemplo, la gente ama a los niños porque en el proceso evolutivo, durante años de delicada calibración, se ha visto que la cualidad del amor por la descendencia es más beneficiosa para la existencia de la especie. Los ojos grandes, la carita pequeña, todo forma parte del planeamiento ciego diseñado para despertar en nosotros el impulso de protegerlos. Brillante, ¿no? Quizá. ¿Emocionante? La verdad es que no. El amor es una atracción sexual disfrazada; la religión, un invento diseñado para consolar a la humanidad que se sentía amenazada por la naturaleza; el miedo, una necesidad para la supervivencia; la codicia, una convención social sin la cual el género humano sucumbiría a la pasividad existencial, la búsqueda condenada al fracaso de hallar un significado es el precio de tener conciencia de nosotros mismos. Mecanismos y más mecanismos. Los que nos hacen digerir la comida transformándola en desechos, y los que hacen, añade señalando al tipo transparente, que nos definamos como poeta y pensar que eso importa.

Cuando te acostumbras, es más práctico. No pueden herirte los trastornos del complejo amigdalino de alguien, ni te quiebras por el rechazo de quien simplemente no se siente atraída por tus feromonas. Lo esencial es que no puedes fracasar si la vida no tiene significado. Solo tratamos de sobrevivir porque tratamos de sobrevivir. El resto es ornamento mental y autopersuasión.

· El poeta, del que Eddie ni siquiera había captado el nombre, lo miró de manera extraña y bajó al coche a esperar la grúa.

Pero todos esos libros no lo protegen ahora. Por un instante, en un ataque de rabia, piensa en emprenderla con los estantes y hacer volar los libros al suelo, en el ángulo que más les duela. Para sacarse la frustración causada por las chicas que tienen el corazón roto y dispersan a su alrededor una nube radiactiva de sentimientos de compasión, por las grietas en las murallas de las concepciones de mundo, por una soledad que nadie entiende. Arrojarlos al suelo y plantarse entre aquellas páginas muertas como el capitán de un barco que naufraga.

Pero no lo hará, por supuesto. Él no es así.

Entró en la cocina, cerró la puerta y se sentó junto a la mesita.

Un viejo trapo rojo, un tarro con un poco de café, una hoja de papel y un bolígrafo azul lo esperaban. En la parte superior de la página blanca, había una lista, escrita con su cuidadosa caligrafía, de lo que tenía que acordarse de comprar en su visita semanal al súper.

Las personas son nubes de números, nada más. Altura, edad, presión arterial, velocidad de reacción, pulso, cantidad de células. Todo es mensurable, todo. Detrás de cada melodía conmovedora hay matemáticas, y de cada pasmoso salto acrobático, física, y de cada quebranto, química. La idea de que la tristeza de ella reverberara en él, de alguna forma cósmica extraña e inconmensurable, era absolutamente descabellada.

Cogió el bolígrafo y empezó a trazar cuadraditos en una esquina, como un niño tratando de no molestar en clase. Pero eso no ayudó, pues al cabo de media hora se encontró sentado a la mesa de la cocina, contemplando atónito la página blanca que tenía delante.

En ella había diez líneas.

Tres, limpias y formales, en la esquina superior derecha: azúcar, papel de cocina y detergente para la ropa. Y en la esquina opuesta, otras siete, torcidas, escritas con prisa y llenas de borrones y correcciones. Intentaban esculpir con palabras algo que, salvo cruda emoción, no tenía equivalente.

«¡Pobre de mí!», pensó.

«He escrito un poema.»

Eddie cogió el papel y lo arrugó rápidamente, formando una bolita apretada que tiró al cubo de la basura.

En su memoria, los últimos instantes estaban vacíos. Como si alguien se hubiera apoderado de su cuerpo, pensado cosas que ya no pensaba, sentido cosas que ya no sentía, y hubiera escrito ese jodido poema que ni siquiera entendía. Ni quería entender.

No necesitaba para nada esta debilidad artística. La despreciaba, como siempre. No estaba dispuesto a meter eso en su vida solo porque una mujer frágil en la esquina de una calle lo hubiera desequilibrado un poco.

Decidió irse a dormir para levantarse como nuevo a la mañana siguiente. Esas estupideces volverían a hundirse en su subconsciente y despertaría al mundo como quien había elegido ser.

Se acostó enfadado consigo mismo y un pensamiento errante logró de pronto aclararle lo que tanto le molestaba. No podía evitar mirar aquello que el pensamiento le indicaba.

Esa sensación. Dentro. Como algo que él había creado, como surgido de la nada, no como el resto de su vida, que él sentía como una combinación de los mismos elementos básicos una y otra vez, las mismas cosas repetidas, solo que en otro orden. Era como si esto surgiera de su interior. Una respuesta nueva, fresca, desconocida.

«Basta de tonterías —se dijo—, el espíritu no existe. No existe nada más allá de la sofisticación del organismo».

¿Nada? Entonces, ¿qué era esto?

Miles de fragmentos del viejo yo se asustaron y se movilizaron rápidamente para cerrar la grieta antes de que algo sucediera.

No debía suceder.

Porque si sucedía, observaría su vida y la consideraría un error. Miraría hacia atrás, horrorizado, e indagaría en cada una de las elecciones que había hecho. Su capacidad de comprensión, tan clara, si tuviera una grieta o un signo de interrogación, toda ella se transformaría en una abominable pérdida de tiempo. En años desperdiciados. Es preferible seguir adelante. ¡No cambiar ahora, amigo! ¡De eso nada!

La gente solo cambia por una crisis, no por estar creciendo. Si has cambiado, es señal de que estás en crisis. No debes sucumbir a una crisis.

Pero dentro, debajo de los inquietos fragmentos de ciencia que corrían gritando histéricos por las calles de su alma, él ya sabe que *no sabe*. Sabe que está atrapado en la cuestión del huevo y la gallina que nadie puede resolver. ¿La concepción del mundo moldea la personalidad? ¿O es a la inversa? Sabe que podría desestimarlo todo como una compleja ilusión propia, si quisiera, pero también podría rendirse y aceptar que hay en su interior, tal vez, solo tal vez, algo que es más que un sistema de causas y efectos. Y lo que es peor, había comprendido que jamás podría coger la navaja de la verdad y cortar la realidad para que la respuesta apareciera ante sus ojos. Por primera vez en la vida, con la angustia real que de alguna manera había conseguido traducirse en una gran felicidad, se reconcilió con la idea de que por mucho que se esforzara, no miraba verdaderamente a la realidad con elegancia y objetividad, desde fuera, sino siempre desde dentro. En lo más profundo de su interior.

Eddie Levy veía la luna entre las rendijas de la persiana. Ahora podría ir y volver entre dos formas de observación. La que ve una gran roca orbitando en el espacio, envuelta en un cristal fragmentado de asteroides desafortunados, y la que ve en ella aquello ante lo cual tu amada puede apoyar la cabeza en tu hombro y cerrar los ojos.

Se levantó de la cama y fue a la cocina.

Algunas rendiciones te llenan de dulzura. O tal vez simplemente había enloquecido. Bueno, ¿y qué? Es lo que hay.

Sacó la página arrugada de la basura y la alisó, esforzándose para que volviera a ser una hoja de papel. Ni siquiera echó una ojeada al poema que había escrito. Dio la vuelta a la hoja y se puso a escribir un segundo poema. La página absorbió la tinta en su seno y en el bosque ante él se abrió un nuevo camino.

11

Dan llegó a la esquina cinco minutos antes de la hora señalada en el sobre de la víspera. Era relativamente temprano por la mañana, el tráfico empezaba a despertar, dando señales de que pretendía, de nuevo, bloquear la ciudad de punta a punta, aunque solo fuera para demostrar que podía hacerlo. Al otro lado de la calle, una vendedora con ojos legañosos arreglaba un escaparate. Intentaba desesperadamente colgar un gran letrero con una flecha roja gigante en la que decía «Los precios solo bajan». No lejos de ella, en el cruce, un policía tenía que dirigir el tráfico porque se había estropeado un semáforo. Poco a poco, la calle se fue llenando de gente, coches, ruido y un artífice del azar preocupado.

Intentaba comprender qué era exactamente lo que se suponía que debía suceder, pero aquella extraña frase de la patada en la cabeza no parecía tener relación con ninguna directriz posible. A su alrededor, la calle seguía con su rutina diaria, mientras él estaba de pie, esperando una señal o una pista que debía llegar. Mmm..., ¿cuánto tiempo quedaba? Dos minutos.

El encuentro de ayer había terminado en un silencio cortante. Él no había dicho las frases que le pasaban por la cabeza ni ella las había respondido con las suyas.

Sabía que aquello tenía que llegar. Ya durante el curso habían iniciado la compleja danza en la que ella le hacía insinuaciones, como sin querer, y él las esquivaba como balines de afecto, para conseguir mantener en su lugar aquello que tenían. «Lo único que le hace falta es encontrar a otros chicos —se decía—. Aquí solamente nos conoce a Eric y a mí. En cuanto entre gente nueva en su vida, seguirá adelante. Tengo que tener paciencia.»

Así es, hay chicas que pueden ser solamente buenas amigas, no grandes amores, ¿no? Que no tienen esa presencia que te hace vibrar, que no se quedan contigo tras su marcha. Cierto, Emily era la única persona que casi conseguía leer sus pensamientos. Le hacía reír, lo había apoyado cuando era preciso memorizar centenares de listas de casualidades y de reacciones posibles durante el curso, lo había escuchado cuando quiso desahogarse después de una construcción que se había ido al garete solo por no haber calculado bien vete a saber qué. Vale, ¿y qué? No era con ella con quien soñaba por la noche. No lo hacía temblar, ni lo inquietaba, ni se entrometía en sus pensamientos a cada instante, ni él se sentía volar con ella.

Muy dentro de él, una vocecita añadió otro pequeño punto a la lista. Ella no era Casandra.

Prefería ese *statu quo* al que estaba acostumbrado. Sabe que se comporta como un héroe neurótico de tragedia, pero hay cosas que no pueden explicarse. Una de ellas es que sabe que esto no volverá a suceder. A él, no. No es tan terrible. Entonces, ¿por qué a otros les cuesta tanto aceptarlo?

«Dejadme tranquilo», pensó.

¿Y ahora qué?

¿Qué sucedería cuando volvieran a encontrarse?

¿Cómo iban a poder hablar? ¿Cómo conseguirían preservar la fina envoltura de lo que había sido una amistad?

Eric se iba a dar cuenta, por supuesto. Se daba cuenta de todo. Haría de ello una historia jugosa. Hasta entonces todo había sido muy sencillo. ¿Por qué tenía que complicarse tanto?

«Bueno, basta ya. Concéntrate. Falta medio minuto para el encuentro. ¿Qué se supone que debo hacer?»

«Vale, vale. Volvamos a lo básico.»

A veces debía recordar que hay cosas muy simples de la realidad que es preciso saber para ser artífice del azar. El resto son detalles. Mira todo el panorama, busca las conexiones que nadie más ve. Intenta anticiparte a la realidad para predecir lo que ella se propone hacer un momento antes de que lo haga.

A cada regla que les enseñaba, el General asociaba una imagen determinada, un símil que se les quedaba grabado en la cabeza mientras él les explicaba la regla. En cierta manera, funcionaba. Dan tenía la mente llena de gorilas que hacían rodar barriles desde lo alto de acantilados, de enanos en camisones atando helechos, de acróbatas sin cabeza lanzándose hacia un trapecio de chocolate y, por supuesto, de bolas de billar. Al General le encantaba dar ejemplos con ellas.

No había muchos cursos cuya primera lección tuviera lugar en un sombrío club de billar. Para el General, como comprendió más adelante, no podía realizarse en ningún otro sitio.

Aquella tarde, el pequeño club que el General había elegido estaba relativamente vacío. Dos jóvenes jugaban en la mesa del rincón, pasando alternativamente de una posición de amenazadora concentración, estirando el cuerpo sobre la mesa, a otra de indiferencia y despreocupación cuando sostenían, inclinada entre los dedos, una botella de cerveza fría mientras observaban la posición de las bolas en la mesa de fieltro verde.

En el bar había una pareja en una cita tranquila con más silencios y miradas perdidas que palabras con peso real. Habían confiado en hallar un sitio lleno de gente en el que pudieran pasar desapercibidos sin hacer nada más que estar juntos, volver a recordar, después de tanto tiempo, la sensación de salir juntos. Ahora se veían obligados a intentar mantener realmente una conversación, con palabras, contenido, matices de expresiones faciales y todo lo demás. Y en el rincón, con el penúltimo cigarrillo de la cajetilla, imperturbable y con una barba de cuatro días y tres horas, estaba aquel tipo que siempre se sentaba apartado para fumar, puesto que no tenía adónde ir. Sus ojos pequeños no miraban a ningún lugar en particular, la mano que no sostenía el cigarrillo descansaba en el muslo, tan apática como los ojos, pero con las uñas un poco mordidas.

El General dispuso nueve bolas en forma de rombo y las colocó en el lugar que les correspondía sobre la mesa. Estiró el brazo sin molestarse en levantar la vista. «Taco», dijo.

Eric se apresuró a entregarle el taco y el General lo cogió, fijando una mirada medio concentrada medio divertida en las bolas. Caminó alrededor de la mesa y colocó la bola blanca en el lugar apropiado. Con un movimiento continuado, natural, se inclinó y apuntó el taco durante unos segundos.

—Empecemos. La bola número cuatro a la esquina de la derecha —dijo lanzando con fuerza la blanca, que esparció las bolas de colores en todas direcciones, como una bandada de pájaros asustados. Algunas acariciaron el lateral de la mesa y volvieron un poco abochornadas. La de color violeta, la número cuatro, rodó despacio hasta caer suavemente en el agujero de la derecha más alejado de ellos.

El General se enderezó y miró a los tres que estaban alrededor de la mesa.

—Vale —dijo—. Seguro que creéis saber de lo que voy a hablar. Estáis convencidos de que pretendo explicar la acción y reacción, mencionar las leyes de Newton, la atracción de Lorenzo, la ley de Littlewood y las formas de calcular el resultado utilizando esta mesa de billar como metáfora. Pero las metáforas son una caca. Nunca se pueden encontrar dos cosas que sirvan recíprocamente como verdadera metáfora. Si dos cosas pueden utilizarse recíprocamente como perfectas metáforas es que son exactamente la misma cosa. El mundo no soporta el despilfarro.

Se adelantó hacia la derecha de la mesa, quedándose junto a Dan.

—¿Me permites, Junior? —dijo, levantando una ceja. Dan se hizo a un lado rápidamente. El General colocó el taco y apuntó—. En una metáfora hay siempre, siempre, algo que es incoherente con la idea original, o a la inversa. Así que es posible utilizar las bolas de billar que chocan como metáfora de acontecimientos causantes los unos de los otros, pero hay aquí algunas cosas básicas que son distintas. Dan, ¿qué pasará ahora?

Dan pareció despertarse.

—¿Qué?

—Buenos días —dijo el General—. Me alegra ver que estás con nosotros antes de cepillarte los dientes y de tomar tu primer café de la mañana. ¿Qué pasará ahora?

—¿Se refiere a la mesa? ¿Con las bolas?

—Me refiero a *qué pasará ahora*.

—Yo... Esto... —Dan echó un rápido vistazo a la mesa, intentando comprender la relación de fuerzas entre las bolas y la influencia que tendría el golpe que les asestaría el General—. Creo que le dará a la amarilla y esta a la naranja, que casi la meterá en el agujero central.

El General golpeó la bola blanca, y esta a la amarilla, que avanzó, giró un poco, y golpeó la bola naranja, que rodó formando un arco hasta el agujero central de enfrente.

—Os daré una pista para el resto de la lección —dijo—. No estoy a favor del método de juego del *casi*.

Rodeándola, se fue al otro lado de la mesa.

—Absteneos de decir «bola naranja, bola amarilla». Se trata de un conjunto de nueve bolas. Por esto llevan números. Lo único que quiero escuchar es «bola cinco al agujero central de enfrente». Esa es la primera diferencia entre las bolas de billar y la vida real. Si queréis predecir lo que sucederá en el próximo paso, descubriréis que, con el tiempo, el billar se va haciendo más fácil. Menos bolas provocan menos acontecimientos. También hay reglas muy claras. Hay bolas que está permitido golpear y otras que no; no se pueden lanzar las bolas fuera de la mesa, y otras reglas más. En este juego, a medida que avanzáis, simplificáis las estadísticas que la física necesita para explicarse qué diablos pasa. Os recuerdo que, como artífices del azar, vuestro objetivo es descubrir qué bola hay que golpear, cómo y en qué dirección. Pero en la vida, ningún elemento desaparece para simplificar el problema. Al contrario. Cuando hacéis algo, complicáis más la situación, si cabe. —E inclinándose sobre la mesa, añadió—: Emily, ¿qué pasará ahora?

Emily estaba casi preparada. Casi.

—La uno golpeará a la seis, esta a la que tiene al lado, y esta al borde de enfrente, y entonces… Eeeh… Entonces tocará ligeramente a la roja, es decir, la tres, y la hará rodar lentamente hasta que caiga en…

—Demasiado largo. ¿Qué pasará ahora?

—Tres bolas se golpearán una tras otra hasta que…

—Largo. ¿Qué pasará ahora?

Emily cogió aire.

—Tres al agujero de la esquina.

El General dio un golpe. La bola que había golpeado chocó con la verde, que tocó a la que estaba a su lado y por tanto se desvió un poco a la izquierda. Al final, fue la bola verde la que cayó en el agujero de la esquina opuesta a la que Emily había apuntado. Ella hizo una mueca.

—Segunda diferencia —dijo el General—. En la vida, no hay *doctrinas*. Siete mil millones de personas golpean a siete mil millones de bolas en cualquier momento sobre todo el globo terráqueo. Y esos son solo los seres humanos. Os sorprenderá descubrir cuántos elementos de la realidad se comunican entre sí e influyen en nosotros. Palabras, ideas, creencias, miedos. Y todavía no he empezado a hablar de los objetos que nos rodean. Ni de los salmones. El salmón es un elemento muy influyente, aunque no lo creáis. Eric, ¿qué pasará ahora?

Eric se aclaró la garganta.

—¿No va a inclinarse y a colocar el taco como hizo antes?

—No —dijo el General, alzando desdeñosamente la ceja.

—Vale. —Eric respiró hondo y miró a la mesa—. La uno golpeará a la nueve, la nueve a la tres y la tres al lateral para finalmente caer en el agujero central cerca de nosotros.

Miró al General.

—Es decir, tres al agujero de nuestro lado.

El General, frustrado, sacudió la cabeza.

—Estás haciendo toda una serie de suposiciones no en base a las bolas, sino a la posición que yo ocupo. —Dio la vuelta a la mesa, se inclinó y, sin apuntar, envió la bola blanca hacia la amarilla, la número uno, que voló directamente al agujero de enfrente, y dijo—: El uso de demasiadas premisas conduce a errores de cálculo.

»A las bolas no les importa ni el agujero en el que caerán ni la fuerza que se les aplica —dijo el General, apoyándose en su taco—. Eso no les importa. Jamás os sentiréis incómodos con la bola número seis solo porque la número siete haya llegado antes que ella al agujero. Ninguna bola llorará por quedarse sola en una esquina. Es mucho más fácil gestionar acontecimientos que no os importen. Pero la gente para la que construiréis casualidades podría romperos el corazón. Si no aprendéis a ser malos de vez en cuando, si no sabéis que a veces es preciso dar un golpecito para hacer avanzar a alguien en la dirección correcta, si no os distanciáis de lo que pasa, no seréis capaces de construir casualidades. Por otro lado, si no os importa, si partís de la premisa de que el mundo es vuestro campo de juego, seréis unos artífices del azar incluso peores. Siempre os ocupáis de personas. De esa especie idiota e inútil, que quizá no es exactamente lo que esperábamos que fuera, pero es lo que hay. Una de sus funciones es reinventarse. Se lo merecen. ¿Dan?

—Dos golpea a siete, siete a la esquina.

El General se inclinó sobre la mesa y golpeó las bolas. La siete entró en la esquina.

—¡Bien! —dijo Eric con admiración.

—Gracias —sonrió Dan.

—Tranquilo, no hemos terminado —dijo el General.

—Tres a la esquina derecha —dijo Emily.

—Te das un poco de prisa en proclamarlo, ¿no? —dijo el General—. Y además, te equivocas.

Emily volvió a mirar la mesa.

—Pues la dos a la esquina izquierda más cercana. Pero tiene que ser un golpe bastante fuerte porque también hay que...

—Te equivocas otra vez.

—¿La nueve? ¿A la derecha? ¿No está demasiado lejos? Y además está detrás de la roja, así que...

—No, la nueve no.

Emily movió la cabeza incrédula.

—¿La ocho? ¿La negra? Pero esta se pone al final.

El General se inclinó y enarboló el taco.

—Estamos jugando a un billar de nueve bolas, no a uno de ocho bolas. Sacas conclusiones basándote en unas reglas erróneas. —Envió la negra al agujero central y miró a Emily, que apretó los labios—. Desde luego, todas las bolas actúan según unas reglas generales que todos conocemos. Por ejemplo, que sobre cada bola que ejerce una fuerza se ejerce una fuerza equivalente en dirección contraria. Pero también hay reglas ocultas, del tipo que nosotros hemos determinado, como la que dice que en primer lugar debemos golpear la bola con el número más bajo. Con las personas es aún más complejo. Porque las personas definen para ellas mismas reglas más ocultas y más extrañas. Costumbres, ridículas reglas de etiqueta en la mesa, convenciones sociales, lo que queráis. Y todavía no es todo. Si tenéis a alguien que no tolera que la carne de su plato toque los guisantes, o que comprueba cincuenta veces si ha cerrado con llave la puerta, o que intenta alejar a cualquier chica con malos modales que emanan de su inseguridad, debéis saberlo. Cada bola de vuestro sistema será un mundo de reglas exclusivo. Debéis conocerlas todas y trabajar con todas ellas.

En la mesa habían quedado tres bolas: La azul, número dos, la roja, número tres, y la amarilla y blanca, número nueve.

—Vale —dijo el General—. ¿Quién quiere hacer el pronóstico?

Eric levantó la mano con precaución.

—El payaso —dijo el General.

—Azul a la esquina izquierda más alejada.

—Vuelve a pensarlo.

—Tiene que golpear primero la azul, y si lo hace, no puede darles a las otras dos, no puede golpearlas porque están en la dirección opuesta.

—Quiero meter la tres en la esquina inferior derecha —dijo el General.

Eric lo miró de reojo.

—No parece posible... —dudaba—. La roja, es decir, la número tres, está en dirección opuesta a la azul. Y debe golpear antes la azul porque lleva el número más bajo.

—A menos que trates de saltarte las reglas —dijo Dan.

El General, pensativo, dio la vuelta a la mesa.

—No esperaba esta sugerencia por tu parte —le dijo—. La innovación intelectual no parece ser tu punto fuerte.

—Pero es lo que usted va a hacer, ¿no?

—Podría, pero no tengo por qué.

—¿Y si fuera obligatorio? —preguntó Dan.

—¿Saltarse las reglas? —dijo el General.

—Sí.

—Depende. Hay reglas que se pueden infringir y las hay que no. Hay reglas que cuando las infringes das en el blanco, y las hay que no. Hay reglas que existen de verdad, y las hay que solo están en tu cabeza. Para saber si puedes infringir una regla, primero debes aclarar no pocas cosas de ella. ¿Infringirías esta?

Dan dudó un poco.

—¿Puedo? —acabó preguntando.

El General soltó una carcajada y se atragantó. Era una especie de tos con problemas de identidad.

—Sí. Es lo que imaginaba. Para infringir una regla, prefieres que te den permiso.

Se acercó a Dan, mirándolo a los ojos.

—Estudia qué es lo que vas a infringir y luego decide. La mayoría de tus reglas son simplemente una invención tuya para protegerte. Romperlas es un acto de valentía. Romper el resto de ellas no es más que cuestión de pereza.

Levantó el taco y golpeó fuerte hacia abajo, con ambas manos, dándole a la bola blanca con la parte más gruesa del palo. La bola dio un salto al aire y al caerse golpeó la bola azul, que voló en la dirección opuesta, tocó la roja y la envió al agujero inferior derecho.

—Muy bien —dijo el General—. Emily, deberías saber qué viene ahora.

—Número dos a la esquina superior izquierda —dijo Emily, inexpresiva.

—Oh, no te entusiasmes demasiado —dijo el General, colocando el taco en el ángulo correcto sobre la mesa.

—Está bastante claro —dijo Emily.

—¿Es decir?

—Pues que después de haber fallado las dos preguntas anteriores, usted me presenta la situación más fácil para que me sienta mejor. Así que gracias, pero está bastante claro.

—Y como está lo bastante claro, su significado es menor. ¿Sí? —preguntó el General.

—Para mí, sí —respondió Emily.

—¿Y para la bola número dos?

Emily se metió las manos en los bolsillos.

—¿Qué quiere decir?

—Con el debido respeto, quiero decir que, si clasificas las casualidades que construyes solo por el nivel de desafío que te plantean o por lo bien que te hacen sentir contigo misma, olvidarás que lo importante es el cambio que provocas en la vida de otras personas, y podrías llegar a confundir lo esencial con lo banal. Las personas que se enamoran como resultado de una casualidad en la que has trabajado cinco minutos lo hacen con la misma pasión y la misma sensación de predestinación que aquellas para las que organizaste el encuentro durante seis meses. Si descuidas las casualidades sencillas y obvias, es señal de que tu trabajo no te importa. Lo que te importa es cómo te verán los demás. —Se inclinó sobre la mesa—. Nunca pienses que te hago una pregunta para que te sientas mejor contigo misma. Ah, y por norma general, no intentéis analizarme. Todavía no estáis a ese nivel. —Hizo con el taco un movimiento brusco. La dos entró en la esquina superior izquierda.

El General se incorporó, mirando a su alrededor. Una media sonrisa parecía querer colarse en su rostro, pero se quedó en gesto potencial.

En la mesa quedaron dos bolas, enfrentadas. Una era la blanca.

—¿Qué pasará ahora?

—Nueve en la esquina derecha más alejada —dijo Emily.

—La esquina izquierda más alejada —dijo Dan.

—Se golpeará contra el lateral y volará a la esquina derecha más cercana —dijo Eric.

El General se inclinó sobre la mesa y apuntó con el taco.

—Lo que pasará ahora es que la pareja del bar se besará —dijo.

Se volvieron hacia la barra y vieron que las cabezas de la pareja se iban acercando, lenta y dubitativamente. Se oyó el sonido del impacto de las bolas y la pareja se besó.

El General estaba ahora detrás de la mesa, sosteniendo el taco vertical. En la mesa solamente quedaba la bola blanca.

—Tal vez eso sea lo más importante —dijo cuando volvieron a darse la vuelta hacia él—. Siempre hay un contexto más amplio. Siempre hay algo más allá del sistema en el que te concentras. Nunca lo olvidéis. No existen fronteras claras, la vida no termina en los límites de la mesa, y siempre hay más de seis agujeros en los que es posible caer. Siempre hay algo más allá. Siempre, siempre, siempre.

Emily quería preguntar algo, pero desistió. Podía esperar.

—Última pregunta —dijo el General—. ¿Dónde cayó finalmente la bola nueve?

Se callaron. Ninguno de ellos se había fijado.

—Tomad nota de vuestro primer y último fracaso —dijo el General, poniendo el taco sobre la mesa—. Con el debido respeto por el contexto general, no se sigue todo el desarrollo del juego para perderse la última jugada. Empezad a acostumbraros. Tenéis que prestar atención a mucho más de lo que os parece que existe.

Extracto de
MÉTODOS DE DEFINICIÓN
DE OBJETIVOS PARA LA CONSTRUCCIÓN
DE CASUALIDADES, Prólogo

Aunque nos limitemos a los últimos quinientos años, no podremos resumir en esta breve introducción el desarrollo del campo científico de la felicidad, pero intentaremos reconocer algunos puntos básicos. Encontraréis una descripción más detallada en la bibliografía que aparece en el apéndice (recomendamos especialmente: *Desarrollo del modelo de felicidad: El primer milenio, Desarrollo del modelo de felicidad: El último milenio* y *Teorías de la felicidad para principiantes*. Todos los textos son del teórico Jean Cochy).

El período clásico del historial de la felicidad se caracterizó principalmente por los intentos de consolidar una única fórmula general que consiguiera abarcar las características principales.

Según Vultan, por ejemplo, la felicidad siempre será la relación inversa entre el potencial de felicidad personal y la diferencia entre lo deseable y lo real para un individuo, en otras palabras:

$$F = p \:/\: (d - r)$$

Donde *F* es la felicidad general; *p,* el potencial de felicidad personal (o *pfp* en alguna literatura profesional); *d* representa lo deseable y *r* lo que hay en realidad.

Vultan argumentaba que el nivel máximo de felicidad personal depende del potencial de felicidad personal de cada individuo, y que cuanto menor fuera el diferencial entre lo deseable y lo real, mayor sería la felicidad general. De lo que se desprende que existen dos vías principales para maximizar la felicidad: disminuir *d* (definido como *disminución de expectativas* o *expectativas bajas)* o aumentar *r* (definido como *ambición* o *suerte,* según las escuelas).

Problemas centrales de la fórmula de Vultan

Problema de la circunscripción: La situación utópica en la que la persona tiene todo lo que quiere no se define en la fórmula, o, alternativamente, da lugar a una felicidad infinita.

Problema de la negatividad: La situación en la que la persona tiene más de lo que quiere se define como felicidad negativa, lo que se considera especialmente problemático.

Problema de la autoinfluencia: El argumento más duro contra la fórmula de Vultan se debe a Muriel Fabrik, que en su obra *Ensamblar lo uno y lo otro también,* demostró que *p,* por sí mismo, si realmente existe, también debe estar influido por lo deseable y lo real, lo que hace que la fórmula de Vultan se convierta en no lineal e irresoluble con las herramientas existentes.

Fórmula de Fabrik

Fabrik también logró demostrar que no se pueden definir unidades de medida fijas para lo deseable y lo real, y que a veces la misma persona utiliza diferentes unidades. Sin embargo, la fórmula sugerida por la propia Fabrik era, para la mayoría de sus críticos, una variación de la de Vultan. Al principio, Fabrik propuso una fórmula que veía la felicidad como un objeto relativo, mensurable solamente en relación con otros factores, generalmente la felicidad de otro. Sin embargo, hacia el final de su vida, presentó una nueva fórmula, según la cual la felicidad es un producto del placer o de la satisfacción personal multiplicado por la percepción de significado (o ilusión del significado relativo) al cuadrado.

$$F = ps^2$$

Esta fórmula abrió el camino a pensar en la felicidad en términos distintos a ganancia y pérdida, y enfatizó su naturaleza subjetiva.

El principio de incertidumbre de George George
El teórico islandés George George afirmaba que es imposible medir tanto la calidad como la dimensión de ninguna de las características clásicas de Vultan sin influir en su valor por el simple hecho de mirarlas. En efecto, es imposible examinar la felicidad sin cambiarla, tanto si se trata de la felicidad unidimensional que definió Vultan como de la felicidad multidimensional de Fabrik.

La problemática que George George apuntaba sigue siendo definida por los principales investigadores como el *principio de incertidumbre de George,* y a veces los textos se refieren a ella como el *problema del autoanálisis*.

El método posmoderno de la felicidad
La crisis del estudio científico de la felicidad se fue agravando y la disciplina se encontraba casi en un callejón sin salida cuando Jonathan Fix salió con el argumento de que, de hecho, todas las fórmulas propuestas por los investigadores durante generaciones habían examinado el concepto de satisfacción en lugar del de felicidad. Como resultado de este argumento de largo alcance,

los investigadores tuvieron que redefinir la esencia de la felicidad que trataban de cuantificar.

En torno a ello se desarrolló el método posmoderno, que intentaba desprenderse de las soluciones recomendadas por las teorías clásicas para el problema de la definición. Paul MacArthur estableció las bases de este método definiendo la felicidad como «algo que la gente simplemente decide que tendrá, y ya está».

Como en otras disciplinas, la transición de la definición clásica de la felicidad a la moderna y luego a la posmoderna tuvo una influencia decisiva en los métodos operativos de los artífices del azar del mundo entero.

12

Un ciclista pasó rápido por delante de Dan, se oyó el sordo *uiiish* de las ruedas, y fue entonces cuando cayó en la cuenta.

Eres un artífice del azar. ¿Qué creías que debías esperar?

¿Que a la hora señalada alguien llamara al timbre? ¿Que un coche de lujo se detuviera a tu lado y se abriera la ventanilla? ¿Que un helicóptero sobrevolara la calle lanzando volantes publicitarios?

No, sería demasiado evidente.

Se supone que debes ser alguien que se fija en los matices, que ve las conexiones sutiles. Si el sobre te estaba destinado, significa que a la hora señalada debe haber algo aquí que supuestamente solo alguien con tu formación verá.

—Espero ser lo suficientemente bueno en lo que hago —le había dicho una vez a Casandra, en otra vida, antes de todo esto.

—¿Y si no? —se sonrió ella, con la mirada en el aire.

—Sería muy decepcionante —respondió tras un corto silencio.

—Me parece que te sentirías muy contento con la decepción —dijo ella, tranquila—. Eso reforzaría más la conclusión a la que, de una forma u otra, ya has llegado. Reafirmaría las opiniones negativas que tienes de ti. No haces lo suficiente y luego te enfadas contigo mismo por no haber hecho lo suficiente.

No respondió; se preguntaba si era aceptable irritarse por el hecho de que alguien te conociera mejor que tú mismo.

—Holgazán —le dijo ella, con un cariño que lo inundó de calidez.

Levantó la mirada y se puso a rastrear la calle con la perspectiva del artífice del azar. La niña con aparatos de ortodoncia concentrada en su iPod que en unos segundos chocará con el chico de las rastas; la anciana de la parada, cabeceando adormilada y a punto de perder el autobús; el barbero en la puerta de su negocio observando a los transeúntes sin prestar atención al grifo abierto en la barbería...

Cinco ventanas abiertas en el edificio de enfrente. Solo en una alguien mira hacia la calle.

Otro alguien tira un cigarrillo medio apagado al borde de la acera.

El coche que pasa tiene un problema con una de las válvulas.

Y entonces sucede.

Exactamente a la hora fijada, en el segundo preciso, lo ve. Como si alguien dentro de su cabeza hubiese dicho «clic» y creado una imagen detallada de la calle.

El letrero que la joven quiere colgar en el escaparate todavía no está en su sitio. Pero lo tiene al lado y la flecha señala a la derecha.

Los brazos del policía del cruce también se mueven en esa misma dirección.

Y el joven de las rastas, a punto de caerse, levanta el brazo justo en la misma dirección como parte de su pequeña danza de recuperación del equilibrio.

También el barbero mira a la derecha, en la misma dirección a la que apunta el cigarrillo medio encendido que había caído en la acera.

Y por encima de él, muy por encima, una bandada de pájaros vuela en formación de flecha, exactamente en la misma dirección.

Se dio la vuelta y empezó a correr.

¿Y ahora qué?

¿Y ahora?

Dan corrió por la calle en busca de la pista siguiente.

¿Adónde se supone que debía ir?

¿Desde cuándo las misiones se encomendaban así?

Siguió corriendo y vio que un taxi se detenía al final de la calle. La puerta se abrió y salió una mujer alta y equipada con los mejores pendientes en los que se puede malgastar el dinero. Sí, decide, la sincronización es la adecuada.

Tres pasos, dos, uno.

Entró en el coche justo antes de que la mujer cerrara la puerta tras él.

—¡Arranque! —gritó al conductor.

El chofer se dio la vuelta, despacio.

—¿Cómo? ¿Adónde?

Dan echó un vistazo a su alrededor. Vio un coche azul que salía del aparcamiento del lado derecho y lo señaló:

—¡Siga a ese coche!

El conductor lo miró y volvió a darse la vuelta hacia el volante.

—Es una frase que no se escucha todos los días —dijo.

—¡Vamos, vamos! —gritó Dan.

Siguieron al coche azul casi un cuarto de hora, hasta que Dan identificó en el carril contiguo tres autobuses que llevaban el mismo anuncio: «Es hora de cambiar. Té helado con sabor a arándano».

—Es hora de cambiar —murmuró—. Ahora —le dijo al taxista, señalando el coche rojo en el carril izquierdo—, ahora siga a ese coche.

—Es su dinero. —El taxista se encogió de hombros.

Al cabo de unos minutos, el coche rojo se detuvo en un pequeño mirador frente al mar. El conductor salió, subió lentamente las escaleras, se quedó junto a la barandilla y prendió un cigarrillo.

Dan se apresuró a pagar al taxista, que seguía observándolo curioso.

—¿Puedo quedarme a ver qué hace ahora?

—No, lárguese de una vez.

El taxista desistió.

—De acuerdo. Que le vaya bien, amigo.

—Lo mismo le digo.

En el mirador soplaba una agradable brisa matutina.

Junto a la barandilla había dos personas. El conductor del Mitsubishi rojo, que fumaba y contemplaba el paisaje, y un tipo alto y delgado, que escuchaba música con unos pequeños auriculares y la tarareaba quedamente por debajo de su fino bigote.

Dan se acercó, se quedó al lado del fumador y se aclaró la garganta.

El fumador dio otra pequeña calada y lo miró.

Dan le devolvió la mirada.

El fumador retrocedió un poco y volvió a mirarlo.

Dan seguía mirándolo y esperando pacientemente.

Hubo muchas miradas.

El fumador inclinó un poco la cabeza a guisa de pregunta.

Dan sonrió a modo de respuesta.

—¿Puedo ayudarle? —preguntó finalmente el fumador.

—Soy Dan.

El fumador guardó silencio unos segundos, tiró el cigarrillo y lo aplastó con el tacón del zapato.

—¿De veras?

—¡De veras!

El que ya no fumaba le lanzó una última mirada, se dio la vuelta y se fue hacia su coche murmurando: «Hay gente chalada en este mundo, y no poca». Se metió en el coche, lo puso en marcha y se fue.

Detrás de él, Dan oyó que el alto con el fino bigote preguntaba:

—¿Qué te pasa? La gente viene aquí unos minutos para aclararse la cabeza. ¿Te importaría no molestar?

Dan empezaba a disculparse, pero se detuvo. Miró directamente a los ojos del tipo del bigote y dijo:

—¿Y a ti te importaría que te diera una patada en la cabeza?

El fino bigote se volvió hacia él y se curvó cuando los labios que estaban debajo esbozaron una sonrisa.

13

Pierre se presentó como artífice del azar de nivel cinco. Dan comprendió inmediatamente lo que eso significaba. Pierre es un *sombrero negro*. Responsable de construcciones particularmente complejas y de amplias repercusiones. A primera vista, las actuaciones de los sombreros negros parecían muchas veces terribles, pero contenían las semillas de otras construcciones y también de consecuencias necesarias. Se ocupaban de enfermedades, tragedias, accidentes espantosos y cosas que solo décadas después, y no siempre, era posible comprender cómo habían cambiado el mundo para bien.

Los sombreros negros eran tan admirados como escasos. Sus trabajos tenían que ser intachables, precisos en un nivel solo comparable al trabajo de los artífices de nivel seis, que son los responsables de cambios que desvían la historia de pueblos enteros. Por otro lado, ¿quién quiere trabar amistad con alguien que consigue cambiar positivamente la realidad, pero a un plazo tan lejano? Los sombreros negros se llamaban así no solo por ser tan invisibles y tener tanto éxito moviendo las finas cuerdas de la realidad sin llamar la atención, sino también porque hacían un trabajo muy negro. Nadie quiere ser generador de tragedias, aunque tengan una causa justificada.

Se sentaron en una pequeña cafetería, cerca del mirador donde se habían encontrado.

Pierre era alto y huesudo, de mandíbula y nariz angulosas, como dibujadas por un ingeniero, y el labio superior adornado por un fino bigote que bailaba un poco cada vez que sonreía o hablaba. Traje negro, gemelos de camisa con iniciales extranjeras que Dan no conocía, calcetines blancos como el mármol italiano caro, zapatos de quinientos dólares.

Pierre era un *gentleman,* o le era importante parecerlo, que en realidad es lo mismo, se recordó Dan.

—¿Sabes qué es lo más hermoso? —le dijo una vez Casandra.

—¿Qué?

—Que en el fondo yo no sé qué aspecto tienes tú realmente y tú no sabes qué aspecto tengo yo —dijo, arreglándose el vestido.

—¿Qué quieres decir?

—Se nos ve, se nos oye y se nos huele exactamente como mi niña y tu niño decidieron imaginarnos. Si alguna vez te viera por la calle, imaginado por otra persona, no podría saber que eres tú.

—¿Porque me habrían imaginado distinto?

—Sí —respondió ella—. Tengo sed. —Él respiró brevemente, y ella bebió un sorbo del vaso de zumo frío que había aparecido en su mano.

Se quedó pensativo.

—Me parece que yo podría reconocerte siempre y en cualquier lugar, aunque tuvieras otro aspecto. Reconocería tu mirada y tu risa. Hay cosas que no cambian.

—Lo dudo, pero en cualquier caso, me gusta.

—¿Que no parezcamos lo que somos?

—No exactamente. Que no seamos prisioneros de nuestra apariencia.

—Nunca había pensado en esto así.

—No ha habido un solo momento en el que no me haya sentido prisionera de la forma en la que me imaginaban. Después de un tiempo suficiente en esta profesión, ya no estás seguro de si tú eres tú o quien otros quisieran que fueras. Casi me había perdido. Si nadie quiere verme realmente, ¿es que no soy digna de que me vean?

—Por supuesto que lo eres.

—Internalizamos nuestro aspecto exterior más de lo que proyectamos hacia fuera lo que somos por dentro, ¿no? Esto casi me sucedió a mí también.

—¿Y qué sucedió?

—Que te encontré y me salvé.

Él callaba, un poco incómodo.

—Tenemos necesidad de ti —dijo Pierre.

—¿De mí?

—¿A qué otro *ti* ves aquí? Sí, de ti, de ti.

—No creo estar en el nivel adecuado para lo que te hace falta.

—Cierto, pero yo te necesito solo como una pieza muy específica de una casualidad que intento construir, y tengo autorización especial para echar mano de un artífice de nivel dos.

Esto era anómalo. Se suponía que los artífices como él no manejaban los materiales que tocaba la gente como Pierre. Es decir, supuestamente él ni siquiera podría comprender el alcance de esta misión.

Las misiones de los sombreros negros generalmente duraban años, a veces generaciones. Un pequeño ajuste aquí, una pequeña construcción allí. Decenas de minúsculas y delicadas intervenciones destinadas a crear un efecto duradero e imperceptible. En realidad, cada misión en la que Dan había trabajado durante semanas podría ser solo un detalle de una misión de nivel cinco. Las construcciones que Dan planeaba en toda una pared cabían en una sola página de la libreta de Pierre. Así es cuando te acostumbras a ver la realidad desde una distancia suficiente, o eso parece. Todo está relacionado con todo, lo grande se hace pequeño.

Para Dan era evidente que no sería la primera vez que una construcción suya formaría parte de una misión más importante. Cada vez que el objetivo de una construcción no parecía suficientemente definido o justificado, era muy posible que esta fuera una subcontratación de otro trabajo. Dan nunca sabía si su construcción formaba parte de un plan mayor, pero de vez en cuando suponía que sí. Después de todo, ¿para qué enviar un sobre que le encomendara ocuparse de que una persona determinada pasara por una calle determinada a una hora determinada vestida precisamente con una camisa azul?

Pero una petición tan directa de un artífice de nivel cinco le parecía muy rara. No creía estar preparado para una cooperación como esa. Se preguntó si realmente quería hacer algo de nivel cinco...

—Escucha —le dijo a Pierre—, ¿estás seguro de querer a alguien como yo? No hace tanto tiempo que he terminado mi trabajo número doscientos cincuenta...

—Lo sé.

—Si lo que necesitas es una misión de nivel dos, estoy seguro de que hay artífices mejores y con más experiencia...

—Cierto.

—No es que yo sea tan malo...

—No lo eres.

—Pero quizá cuando se llega a cosas como esta...

—Escucha —dijo Pierre inclinándose hacia él—, antes de que empieces a enredarte en busca de la mejor manera de decirme que no eres el adecuado, pero sin decir que eres un fracasado, tal vez valdría la pena que escucharas lo que tengo que contarte.

—¿Y qué es?

Pierre se apoyó en el respaldo, sonriendo.

—Llamémoslo *La historia de Alberto Brown*.

14

Alberto Brown nació un martes particularmente lluvioso, tras un parto difícil que había durado treinta y cinco horas. No lloró, y el médico tuvo que golpearle el trasero cuatro veces antes de que tuviera a bien adoptar ese *modus operandi* de los neonatos. Solamente después de que el bebé llorara, el médico se permitió anunciar a la madre que tenía un niño espléndido.

Alberto era un bebé grande. Cuatro kilos y medio de austera dulzura y una extraordinaria habilidad para levantar una ceja con un gesto de preocupación, algo que se hizo evidente horas después de su nacimiento. Su padre decidió llamarlo Alberto, no por el abuelo ni por el tío, sino simplemente porque el nombre le gustaba. Tal vez le recordaba alguna película que había visto. La madre intentó oponerse, pero acabó accediendo. No habían transcurrido dos meses cuando su marido desapareció, dejando tras de sí algunas deudas, una pipa usada y un niño con un nombre cuyo origen ella no comprendía.

Pensó en la posibilidad de cambiárselo, pero sintió que ya lo llevaba *pegado* y que formaba parte de aquella carita que había aprendido a amar. También creía en el destino y no quiso cambiar el nombre de su hijo porque temía que esto lo llevara a una senda de vida extraña e indigna. Si hubiera sabido lo que el futuro le deparaba, se lo habría cambiado.

Los años pasaron y Alberto creció.

Es decir, creció mucho.

Cuando tenía dos años, todos pensaban que tenía cuatro.

A los cinco parecía tener ocho.

Era un niño grande. Y extraordinariamente fuerte.

Un niño tranquilo e introvertido. Hasta se podría decir flemático. A veces no se sabía si su comportamiento tranquilo se debía a que era bastante fuerte y los otros niños no lo molestaban, aunque ocasionalmente intentaran desafiarlo, o a que estaba tan ensimismado que ni siquiera se daba cuenta de que existían.

Alberto se topó por primera vez con la violencia en el parvulario.

Por supuesto, realmente no se topó con ella. La violencia estaba allí, lo vio, galopó hacia él, pasó a su lado y se dio contra la pared. Había aparecido bajo la forma de Ben, un niño corpulento y temeroso de que el recién llegado le robara el elemento de disuasión del que tanto había disfrutado hasta entonces. El hecho de que Alberto se llevara bien con los otros niños, que fuera amable y compasivo con todos, no lo impresionaba. Para él, era un enemigo. Ben acostumbraba a dar empujones, a morder de vez en cuando y a atropellar a los demás con el triciclo en situaciones particularmente extremas. No era un niño dispuesto a escuchar un *no*, aunque quien le diera la respuesta negativa fuera la realidad en persona.

Puesto que para él la situación era un *caso extremo*, definido como una amenaza real a la frágil jerarquía en la que se basaba el parvulario, montó en su triciclo y la emprendió contra Alberto con un potente grito de guerra. Alberto giró la cabeza, vio que el niño se le acercaba rápidamente y comprendió que, aunque su cuerpo probablemente absorbería el golpe sin siquiera moverse, le dolería. Sintió una especie de miedo, una pizca de ansiedad y la clara comprensión de que de ningún modo quería que el triciclo lo atropellara.

En el instante en el que este pensamiento le pasaba por la mente, se desprendió la rueda delantera del triciclo, el vehículo se desvió, pasó por delante de Alberto y se estrelló contra la pared que estaba a su espalda.

Ben sufrió una doble fractura de brazo y un esguince de rodilla. Tardó dos meses en volver al parvulario, y desde entonces fue muy amable con Alberto.

También en la escuela secundaria Alberto era muy querido por todos. A las chicas les gustaba su cuerpo magníficamente construido y su sonrisa sencilla, y los chicos se comportaban con él como lo harían con alguien al que sabes que debes temer, pero que aún no te ha dado un buen motivo para hacerlo. Lo admiraban. Los adolescentes del entorno de Alberto solo tenían un deseo: que alguien fuera lo bastante estúpido como para intentar pegarle.

¡Uuy! ¿Qué sucedería entonces? Sería magnífico, ¿no?

Entre ellos, hablaban de cómo Alberto podría romperle a alguien la crisma con una sola mano o arrancarle el esófago como un experto, juntando el meñique con el pulgar y aplicando una ligera rotación de la muñeca.

Nadie lo había visto matar ni una mosca, pero era evidente que podría hacerlo, si quisiera. Y todos tenían tantas ganas de que quisiera... Intentaban provocar altercados entre él y alguno de los nuevos alumnos, deseosos de que la pelea, aunque fuera pequeña y rápida, pusiera al descubierto las capacidades del simpático gigante, pero pronto quedaba claro que Alberto ya se había hecho buen amigo del alumno nuevo, o bien que este era lo bastante sagaz como para entender que era mejor no meterse con Alberto.

Así se puede entender la gran conmoción que surgió en la escuela el día en que Miguel entró en la biblioteca justo cuando Alberto estaba allí. A Alberto le gustaba la biblioteca y pasaba bastante tiempo en ella, lo cual provocaba la presencia cercana de un número considerable de chicas enamoradas y de chicos ansiosos por ver que alguien, tal vez, viniera y le largara un bofetón.

Miguel había sido un alumno problemático en todas las escuelas por las que había pasado, que no eran pocas. Suficientes como para escribir una pequeña guía de viajes sobre las escuelas de tres distritos. ¡Ojalá sus habilidades literarias se hubieran desarrollado como era de esperar y él hubiera estado dispuesto a utilizar parte de sus papeles de liar para la escritura creativa! Más tarde, cuando fuera adulto y lo arrestaran por cometer tres robos a mano armada, las autoridades comprenderían lo trastornado que estaba.

El problema de Miguel, es decir, su primer problema, era su gran afición por los coches muy veloces y el alcohol muy barato. Cada una de estas inclinaciones era problemática en sí, pero la combinación de conducir como un loco bajo la influencia del vodka de baja calidad lo era aún más, principalmente porque hacía que Miguel olvidara la regla más básica: no dejarse atrapar. El policía que lo detuvo no tenía sentido del humor y estaba más entregado a su trabajo de lo que cabía esperar. Cuando Miguel recuperó la lucidez y comprendió lo que había pasado, maldijo su mala suerte.

Y así, sin coche, sin permiso de conducir, y habiendo descubierto que su lugar favorito para tumbarse a la bartola se había convertido en un edificio en construcción, no le quedó más remedio que ir a la escuela ese día, y estar nervioso.

El joven, que en el futuro sería el líder de su pandilla en la cárcel, no tenía ninguna intención de ir a clase, por supuesto. Tenía que encontrar un lugar donde poder emprenderla contra el mundo. La biblioteca era ideal. Había muchas cosas que destruir y un montón de alumnos tranquilos e inocentes a los que acosar con insultos o a empujones. Miguel no iba a la escuela con la suficiente frecuencia como para saber que Alberto existía. Un cuarto de hora sin hacer nada en la biblioteca era lo máximo que podía aguantar. No era un chico que tuviera pensamientos existenciales. Para atraer un poco la atención, no tenía otra opción que decidir, por decirlo de alguna manera, reordenar los libros de acuerdo a un método de catalogación llamado *en el suelo.*

—¡Conocimiento para todos! ¡Conocimiento para todos! —gritó, lanzando libros al suelo y bailando a su alrededor como un energúmeno.

Una treintena de alumnos lo miraron pasmados, luego con repugnancia y finalmente con una gran esperanza. Estaba lo bastante chalado, y tal vez también borracho, para que hubiera un auténtico potencial de confrontación.

El bibliotecario también lo percibió y se sintió esperanzado.

Se sentaron, aguardando pacientemente a que Alberto prestara atención.

Cuando Miguel se puso a bailar alrededor de la pila de libros que había tirado en un pasillo entre dos hileras de estantes, Alberto levantó la vista. Y cuando Miguel se sacó un encendedor del bolsillo, Alberto miró a su alrededor y vio que todos observaban inmóviles lo que pasaba. Erróneamente, interpretó la tensa expectativa como una especie de conmoción colectiva, y se dirigió a Miguel con un grito:

—¡Eh, tú!

Una ola invisible de excitación circuló entre los presentes.

Alberto se levantó y se acercó a Miguel.

—¿Qué te crees que estás haciendo?

Miguel se volvió hacia él.

—¡Oh! ¡Un osito de peluche! ¿Cómo estás, osito?

—Me parece que deberías salir de aquí, ir a sentarte a cualquier lugar y calmarte.

Miguel lo miró con desdén.

—¿Eso es lo que te parece?

—Sí. Estás atentando contra la propiedad de la escuela. ¡Sal de aquí!

—¿Yo? ¿La propiedad de la escuela? —dijo Miguel, haciéndose el inocente—. ¿Te refieres a esto? —Y se puso a saltar sobre el montón de libros y a pisotearlos.

—Sí —dijo Alberto, todavía tranquilo—. ¡Vete volando de una vez!

—¿Y quien me va a obligar? ¿Tú, osito de peluche?

Treinta alumnos y un bibliotecario se alegraron en secreto cuando Alberto dijo:

—Sí. Si es necesario, sí.

El chico acneico que estaba a un lado levantó la mirada al techo y musitó:

—Gracias.

Miguel bajó de la pila, se quedó entre las dos hileras de estanterías y apoyó los brazos en ellas, uno en cada una.

—Puedes parecer grande y fuerte, pero eres un pedazo de idiota charlatán y tienes unos huevos del tamaño de guisantes. Tal vez deberías irte tú antes de que alguien se haga daño —dijo, con la flema de los borrachos.

—No quiero recurrir a la violencia...

—Por supuesto que no. Por eso estoy aquí —dijo Miguel, con una sonrisa torcida, metiéndose la mano en el bolsillo y sacando una navaja automática. La hoja emitió un chasquido cuando Miguel la abrió y amenazó con ella a Alberto, como si fuera un experto espadachín—. ¡Ven, osito de peluche!

—Te lo digo por última vez. No alborotes y vete.

El resorte que sujetaba a Miguel saltó.

—¡Vamos, maldito mutante! ¡Ven a defender tus preciosos libros! —dijo, dando un puñetazo a la estantería.

Eso bastó.

Primero se oyó un ligero chirrido. Y luego otro. La estantería se derrumbó con estruendo.

Tras un breve silencio, se desmoronó también la otra, enterrando al futuro cabecilla debajo de dos metros de libros.

Alberto volvió a sentarse. El chico con acné sintió ciertas ganas de llorar, pero se recuperó.

No fue sino al hacerse mayor cuando Alberto salió a la superficie y fue captado por el radar de los indeseables. Acababa de recibir el primer sueldo como camarero en el restaurante del barrio y decidió ir a depositarlo en un banco. Justo cuando entregaba el cheque a la empleada, un enmascarado irrumpió en el banco blandiendo una pistola.

—¡Todos al suelo! ¡Todos al suelo! ¡Rápido!

Los clientes (dos mujeres de edad, una adolescente de cabello rosa y un joven flaco con cara de atormentado) se arrojaron al suelo aterrorizados, gritando como habían visto hacer en las películas.

También el ladrón seguía actuando de acuerdo al protocolo, gritándoles que cerraran el pico: «He dicho que se callen, maldita sea». Amenazaba con la pistola a las dos empleadas que estaban detrás del mostrador e iba a gritarles que levantaran las manos inmediatamente cuando vio que alguien seguía de pie.

Alberto lo miraba muy serio.

—¿A qué viene todo esto? —preguntó tranquilamente.

—¡Échate al suelo! ¡Te volaré los sesos y ni tu madre te reconocerá!

—Todavía estás a tiempo de acabar con todo esto —le dijo Alberto, señalando a su alrededor—. Robar un banco acarrea mucho tiempo en prisión. Todavía puedes salir de aquí sin causar daños y volver a la vida normal. Aquí nadie sabe quién eres.

—¡Échate! ¡Al suelo! ¡Rápido! —gritó fuerte el ladrón, con los ojos desencajados debajo de la media que le escocía—. ¡No te me hagas el héroe ni el psicólogo!

—No vas a dispararme. No eres un asesino.

—¡Sí que lo soy! —dijo, levantando la pistola y apuntando directamente a la cabeza de Alberto.

—¡Dame la pistola y acabemos con esto!

—¡Pedazo de estúpido idiota hijo de dos mil jodidas perras! —gritó el ladrón. Ya había disparado a la cabeza de cinco personas sin pestañear. Una cabeza más no le planteaba ningún problema—. ¡Sí! ¡Acabémoslo ahora! ¡Terminémoslo! —dijo apretando el gatillo.

El policía que luego tomó declaración a Alberto y al resto de la gente del banco dijo que se trataba de un tipo muy infrecuente de fallo técnico.

—El extremo posterior de la pistola explotó. La bala se atascó y no salió hacia delante. En consecuencia, el extremo posterior absorbió toda la energía del percutor, y la onda expansiva quedó bloqueada en un área tan pequeña que todo voló hacia atrás.

—Muy interesante —dijo Alberto.

—Sí. Nunca había visto nada igual. Solo lo conocía en la teoría. Pero parece que este tipo no ha tenido mucha suerte. —Miró al ladrón, que ya no tenía que cubrirse la cara con una media porque ya nadie habría sido capaz de identificarlo.

Al cabo de dos meses, dos hombres serios, vestidos con trajes baratos, llamaron a la puerta de la casa de Alberto y su madre.

—¿Alberto Brown? —preguntó uno.

—Sí —respondió Alberto Brown, que iba en pijama.

—Ven con nosotros, por favor —dijo el otro.

—¿Adónde?

—Don Ricardo quiere hablar contigo —dijo el primero.

—¿Quién es don Ricardo? —preguntó, tras pensar un momento.

Los tipos parecían un poco desconcertados. No estaban acostumbrados a hablar con gente que no supiera quién era don Ricardo.

—Mmm... —hizo uno.

—Don Ricardo es alguien ante quien no querrías dejar de presentarte cuando te llama —dijo el otro, muy contento de sí mismo.

—Estoy un poco ocupado —dijo Alberto.

—Aun así...

—Un momento —dijo Alberto, y cerró la puerta.

Los dos tipos esperaron asombrados y oyeron que Alberto le preguntaba a su madre: «Mamá, ¿sabes quién es don Ricardo?». Pero no pudieron oír cómo a ella se le dilataban los ojos por el espanto.

Detrás de la puerta se escuchaban murmullos, y cuando el más impaciente de los dos decidió que estaba harto, y que era hora de patear la puerta y llevarse al jodido Alberto por la fuerza, esta se abrió y apareció él, pero vestido.

—¿No podrían haber dicho «de la mafia»?

Los dos se miraron. «Se supone que uno no debe hablar en términos tan explícitos —pensaron por separado—. *Mafia* es una palabra que usan los policías, los guionistas y los bármanes que cuentan mentiras. Nosotros *hacemos negocios*.»

—Vale. Vámonos, pero solo porque mi madre dice que debo hacerlo.

Don Ricardo estaba sentado en un extremo de la mesa. Y Alberto a cuatro metros de él, en el otro extremo.

—Gracias por venir —dijo don Ricardo.

—Me aclararon que negarme no era una opción —manifestó Alberto, encogiéndose de hombros.

—Negarse siempre es una opción; son las consecuencias las que a la gente no le gustan.

—Creo que ha habido algún error.

—Error es un término muy general. ¿Puedes dar detalles?

—Yo no debería estar aquí.

—¿En serio?

—No tengo nada que ver con sus negocios.

—Entonces, ¿por qué has venido?

—Mi madre me dijo que lo hiciera.

—¡Ah! Honrarás a tus padres. Es muy importante.

—Sin ninguna duda.

—Mi hijo Johnny era muy puntilloso en cuanto a honrar a los padres.

—Ajá...

—Siempre me besaba la mano, no decía palabrotas en mi presencia, no traía a casa a chicas que sabía que yo no toleraría. Había en ello mucho respeto.

—Seguramente usted estaba muy orgulloso de él.

Don Ricardo movió la mano como para ahuyentar a una mosca impertinente o limpiar el aire de una nube de palabras sin sentido.

—Era un idiota que solo sabía usar la fuerza para conseguir cosas. Sin elegancia ni sensibilidad. Siempre se metía en líos. Lo rescaté de tantos embrollos que en algún momento dejé de contarlos. Drogas, proxenetismo, asaltos. Una vez robó en una tienda de licores, luego se fue a comer a un McDonald's y allí dejó olvidada una pistola con huellas dactilares, así, sin más, en la mesa, junto a restos de los aros de cebolla. Un perfecto idiota. «¿Por qué no pones barrotes en tu ventana y ya está?», le pregunté. Aun así, era mi hijo.

—Sí.

—Aunque también puede ser que esto no sea exacto. Supuse que era mi hijo a pesar de la estupidez de sus genes.

—Pero aun así lo quería, seguro.

—Seguro, seguro, sentía algún tipo de amor. Su muerte me destrozó el corazón.

—Lo siento. ¿Cómo sucedió?

—El muy burro intentó robar un banco. Esta vez lo había elegido muy bien, pero uno que estaba allí quiso hacerse el listo e intentó detenerlo. De alguna manera terminó disparándose a sí mismo.

Le llevó un tiempo, pero al final, la fría mirada de don Ricardo cruzó la distancia que la larga mesa ponía entre los dos hasta llegar a Alberto y aclararle la situación.

—Por lo que me dijeron, se trató de un fallo muy raro.

—Sí, tal vez, pero aun así me cuesta no pensar que si aquel idiota que intentó hacerse el listo y pasar por héroe no hubiera estado allí…

—Lamento de verdad la muerte de su hijo.

—Estoy seguro.

—Pero no tengo nada que ver con lo que sucedió.

—Desde mi punto de vista, eso no es cierto.

Alberto se movía incómodo en la silla.

Don Ricardo no se movió ni un milímetro.

—Desde mi punto de vista, tú eres el responsable de la muerte de mi hijo.

—Yo…

—Y me entristece bastante. No me gusta involucrar a gente ajena a mis negocios.

—¿Perdón?

—Pero seguramente comprenderás que no pueda desentenderme de lo que sucedió —dijo don Ricardo, rascándose un poco la sien gris.

—¿Qué pretende hacer?

—¿A ti? Nada, amigo. Nada. Pero según mi forma de entender el mundo, tú me quitaste un hijo, y yo puedo quitarte una madre.

Alberto sintió cómo le palpitaba el corazón.

—Yo...

—Dos amigos míos están ahora en casa de tu madre. Todo lo que tengo que hacer es no llamarles durante los próximos diez minutos y estaremos a la par.

—No es justo.

—Como la vida —dijo don Ricardo, frunciendo los labios como si reflexionara sobre algo profundo. Y agregó—: Pero tal vez encontremos un acuerdo de otro tipo que resuelva el asunto.

—¿Qué tipo de acuerdo?

—Tengo un amigo. Un buen amigo. Tan bueno que se convirtió en un buen enemigo. Ya sabes, cuando alguien llega a mi posición, cuando acumula poder, no puede evitar que haya otras personas en el mundo, con un poder equiparable al suyo, que lo contrarresten. Como el yin y el yang, el blanco y el negro, Hansel y Gretel. Puedes llamarlos colegas o llamarlos enemigos. En cualquier caso, se trata de personas fuertes. Lo suficiente como para poder comer juntos, por un lado, y pelear unos contra otros, por el otro. No es nada personal, así es como funcionan estos negocios. ¿Has oído hablar de don Gustavo?

—No, nunca.

—Bueno, son cosas que pasan. En cualquier caso, don Gustavo ha sido siempre una de las pocas personas que han bloqueado la expansión de mis negocios. No es que me falte de nada. La vida me va bien, lo admito. Y también los negocios. Pero siempre pueden ir mejor. Ya sabes, así es el alma humana. Siempre quiere más. No, siempre necesita más. Esto es parte de lo que nos mueve. Queremos tocar las estrellas, hacer cosquillas al cielo. Aspiramos al infinito, aunque nunca lo alcancemos. Perfeccionismo, tal vez. El espíritu del hombre aspira a llegar allí. Al infinito, amigo mío. Yo, por ejemplo, tengo muchas ganas de que don Gustavo muera. Me sería muy útil.

—¿Útil?

—Útil, sí. Me permitiría hacer cosas que actualmente me resultan difíciles, cosas relacionadas con límites y compromisos. Si quiero ampliar, mmm…, mis negocios, me hace falta que don Gustavo pase al estado de difunto. Pero, como comprenderás, yo no puedo permitirme el lujo de matarlo. Es demasiado peligroso. Es una cuestión de honor y de darse la mano. Si su muerte se relacionara conmigo, estallaría una guerra mundial. Sería muy desagradable y nada respetable. Esas cosas no se hacen.

—Entiendo.

—Me alegra escucharlo. Porque aquí es justamente donde entras tú. Alguien que no tiene ninguna relación con la familia. Podemos arreglar aquí una justicia poética. Johnny era un ladrón y tú lo mataste, ahora tú serás el ladrón y matarás a don Gustavo. Entrarás en su casa y lo matarás. Harás que parezca un robo que se ha complicado. También puedes llevarte de allí lo que quieras. Por supuesto, te proporcionaré planos de la casa, también tengo uno o dos códigos de entrada, y la ubicación de los puestos de los centinelas. Será realmente sencillo. Y si por casualidad te atrapan (claro que todos esperamos que no suceda), nadie podrá relacionarte conmigo. A cambio, saldré de la habitación y daré instrucciones a mi gente para que no causen ningún trágico accidente a tu madre. Don Gustavo a cambio de mi Johnny.

Alberto levantó la ceja derecha con un movimiento que ya sabía hacer desde que era bebé.

—Quiere que yo asesine para usted —dijo en voz baja.

—Es una forma muy bárbara de describirlo, pero bastante precisa —admitió don Ricardo.

—Y si no aceptara, usted mataría a mi madre.

—Lo vas captando.

—¿Tengo alguna alternativa?

—Sí, claro. Como dije antes, negarse siempre es una opción. Son las consecuencias las que no queremos. ¿Correcto?

Alberto pensó un momento y dijo:

—Correcto.

Don Ricardo insistió en que la cosa sucediera aquella misma noche.

—La casa de don Gustavo estará casi vacía —dijo—, es una oportunidad única.

También quería terminar de una vez con el asunto. Alberto descubriría más tarde que la impaciencia es una actitud que comparten muchas personas cuando desean la muerte de alguien. Se le dio una hora para revisar los planos del edificio y dos horas después iba de camino hacia la casa del don. Antes de que se fuera, don Ricardo le dio una media y le dijo:

—Es la pareja de la que Johnny llevaba el día del robo. Justicia poética, ¿no? —Alberto se calló, pese a que tal vez el no responder a una pregunta retórica podría contabilizarse en su contra—. Está lavada, por supuesto —añadió don Ricardo.

Y así fue como, a las dos de la madrugada de aquella noche, Alberto Brown se encontró en el dormitorio del capo de una de las familias de criminales más importantes del país, con la cara cubierta con una media y en la mano una pistola que había pertenecido al hijo del capo de otra familia. Delante de él, en la cama, un hombre viejo y pálido respiraba con dificultad. Se suponía que debía eliminarlo.

Tenía bien claro lo que debía hacer. Ruido.

El suficiente como para despertar al viejo, hacer que se levantara de la cama y, tal vez, también gritara para que alguien oyera que se estaba produciendo un robo en toda regla. Era importante que fuera evidente para todos que se trataba de un robo. Y entonces, dispararle.

Se quedó mirando al viejo acostado en la cama y sintió que se ahogaba. No quería hacerlo.

Alberto alargó el brazo y cogió un jarrón que estaba encima de la cómoda, en un rincón de la habitación. Con la pistola en la otra mano apuntaba al don.

Se proponía romper el jarrón tirándolo al suelo cuando oyó un ruido procedente de la cama. Al darse la vuelta con un brusco movimiento, vio que el don se movía. El viejo gruñó un poco y luego emitió unos sonidos extraños. Se oyó otro gruñido, las manos del viejo se crisparon, la boca se abrió y Alberto oyó que el don exhalaba profundamente.

Y entonces reinó el silencio.

Alberto escuchó atentamente, pero no oyó nada. Dejó el jarrón en su lugar y se acercó despacio a la cama. Se inclinó, acercó el oído al rostro del viejo, un poco más, y otro poquito, y entonces comprendió que no respiraba.

Se enderezó y pensó un poco. Tendió la mano para tocar la del don. Ninguna reacción. Puso los dedos debajo del pulgar del hombre que estaba acostado delante de él para buscarle el pulso, y luego se los puso en el cuello. Lo sacudió un poco, y otro poco.

Y se marchó.

Don Ricardo estaba muy impresionado y contento.

—¿Cómo lo has hecho? — Se llevó las manos a la cabeza y la sacudió, con incredulidad—. Todos están convencidos de que sufrió un infarto mientras dormía. Es asombroso. Es la eliminación más limpia que jamás he visto.

Alberto preguntó en voz baja si podía marcharse.

—¿Es que no lo entiendes? —le dijo don Ricardo—. ¡Eres un tesoro! ¡Un tesoro! Tienes un talento natural muy raro. Es asombroso.

—Creo que estamos a la par, don Ricardo.

—¡Desde luego! ¡Desde luego!

—Así que quiero irme.

—Sí, sí —suspiró don Ricardo—. ¡Qué desperdicio! Podrías ser importante, ¿sabes? Quiero decir muy importante. El que más. Los eliminadores como tú pueden ser muy ricos.

—No me interesa.

—Qué desperdicio...

—Me voy —dijo Alberto, marchándose.

Dos semanas después, dos hombres volvieron a llamar a la puerta de la casa de Alberto.

«Esta vez —le dijo don Ricardo—, se trata de una oferta de negocios propiamente dicha.»

Alberto dijo que no le interesaba.

Don Ricardo dijo que no era para él, sino para un amigo.

Alberto dijo que no le interesaba.

Don Ricardo mencionó una suma de dinero.

Alberto dijo que no le interesaba.

Don Ricardo hizo un largo discurso sobre cómo se concreta un potencial y se aprovechan las oportunidades. Hasta Thomas Alva Edison se coló en sus palabras.

Alberto repitió lo que había dicho antes.

Don Ricardo dijo que la pistola que Alberto había cogido la vez anterior, la que había tenido en la mano, dejando en ella sus huellas dactilares, la que luego había puesto a disposición de don Ricardo, justo esa pistola era la que Johnny había utilizado para eliminar a tres personas.

Alberto calló.

Don Ricardo dijo que sería una lástima que la policía encontrara esa pistola.

Alberto siguió callado y don Ricardo volvió a mencionar la suma de dinero.

Al cabo de tres días, Alberto estaba tendido en el barro, apuntando con su nuevo fusil de francotirador hacia una curva de la carretera donde supuestamente debía pasar el coche del contable de una pequeña organización delictiva. El patrono de Alberto sospechaba que el tipo estaba a punto de hablar con la policía. Era preciso silenciarlo.

Alberto esperaba el paso de un Toyota blanco. Apareció el morro de un coche blanco en la curva y, cuando empezaba a apretar el gatillo, una conejita saltó a la carretera y se quedó paralizada frente al coche que se acercaba. El conductor del Toyota, un vegetariano fanático y de corazón tierno, intentó desviar el coche a un lado para no atropellar a la conejita, perdió el control del vehículo y se estrelló contra un gran roble.

La conejita brincó hacia el otro lado.

Alberto cogió su fusil de francotirador y se marchó.

Y así continuaron las cosas.

Alberto había ocultado una carga explosiva debajo del coche de un hombre de negocios. Cuando el tipo se dirigía al coche, se cayó por las escaleras y se dio un golpe mortal en la cabeza. Alberto desarmó rápidamente la carga y se alejó.

El alto oficial de policía que se preparaba para la incursión del día siguiente ya estaba en el punto de mira de Alberto cuando explotó el microondas en el que calentaba un pollo. Un huesecillo se le metió en el ojo derecho y le salió por la nuca.

Alberto Brown se convirtió en el asesino a sueldo de mayor éxito en el hemisferio norte, sin haber matado jamás ni una mosca. Con el tiempo, llegó a acostumbrarse. Solo tenía que organizarlo todo. Asentar el arma, preparar la trampa, planear el golpe y casi llevarlo a cabo. Sus víctimas morían por cuenta propia. Los que le contrataban eran felices y él dormía muy bien por la noche.

Era un trabajo estupendo que no le exigía ningún tipo de violencia.

A veces se sentía solo. Así que se compró un hámster.

—Y ahora —dijo Pierre— ha venido aquí.

—¿Aquí? —preguntó Dan.

—Sí. Tiene que eliminar a cierto hombre de negocios. Es una eliminación un poco rara, porque no se trata de ningún acto criminal; se trata de algo personal.

—¿Qué relación tiene esto contigo?

—¿Quién piensas que arregló que todas aquellas personas murieran en el momento justo?

—Estás de broma.

—No, en absoluto.

—Pero ¿por qué? ¿Qué lógica tiene?

—Alberto tendrá un papel muy importante en la derrota de un grupo terrorista en un sitio lejano, dentro de quince años —dijo Pierre—. Nosotros tenemos que organizarlo todo bien para llegar al punto en el que él tome la decisión de destruir esa organización.

—¿Y por eso asesinamos a todas aquellas personas?

—Esa es la parte interesante. Todas las personas que Alberto tenía que matar iban a morir en cualquier caso. Don Gustavo, el contable, todos. La construcción que supuestamente yo debía preparar era el encargo del asesinato. Hacer que determinadas personas quisieran que alguien muriera justo cuando ese alguien ya estaba a punto de morir.

—Parece complicado.

—Sí. Pero yo prefiero esto al caso actual.

—¿Qué quieres decir?

—Pues que el hombre de negocios al que debe asesinar ahora no está cerca de la muerte.

—¿No lo has organizado tú?

—No. Se trata de una eliminación auténtica.

—¿Y qué va a pasar?

Pierre movió la cabeza tristemente.

—Si no queremos romper la secuencia, tenemos que organizar una casualidad que mate al tipo. Y en el momento justo, para que sea igual que todos los demás. Les planteé este asunto a los de arriba. Tenemos todos los permisos necesarios.

—Y tú quieres que yo...

—Tienes que hacer que el tipo llegue a un lugar determinado en un momento concreto para que esto suceda.

—¿Has venido a buscarme para una sencilla misión de sincronización?

—Se puede decir que sí.

—¿Por qué no lo haces tú mismo?

—Es un poco complicado de explicar, pero hay algunos asuntos que me exigen organizar otras cosas en paralelo.

—Pero ¿por qué precisamente yo?

Pierre se sacudió una mota de polvo invisible de los pantalones, evitando mirar a Dan.

—Porque conoces al tipo —le dijo—. Fuiste su amigo imaginario. Me parece que podemos aprovechar eso.

Dan tragó un poco de saliva, intentando sonreír con indiferencia.

—¿Quién es?

—Lo conoces como Michael.

Un ligero estremecimiento atravesó la espalda de Dan. Michael. El niño gracias al cual había conocido a Casandra.

15

Era martes.

Michael jugaba en el parque con dos de sus soldaditos verdes, otorgándoles cualidades no demasiado marciales, como la habilidad de volar o la facultad de permanecer con la cabeza metida en la tierra durante períodos especialmente largos. Dan estaba a su lado en el banco, piernas y brazos cruzados y pensamientos errantes. A veces, lo único que Michael deseaba cuando lo imaginaba era que se quedara sentado allí.

Cuando dos soldaditos empezaron a perseguirse, Dan no conseguía entender cuál de ellos era el perseguidor y cuál el perseguido, aunque esto no tenía gran importancia. Pero cuando Michael, dejándose llevar por el juego, se alejaba gritando en dos tonos de voz distintos y alternados, Dan lo llamaba para que no se fuera demasiado lejos.

El niño que está demasiado lejos se olvida de tu existencia, y cuando la olvida, hace que esta se detenga.

Dan quería quedarse allí un poco más. Hacía ya días que no experimentaba la existencia. En cierta medida, la echaba de menos.

Además, quería tenerlo a la vista, no fuera a bajar a la calle. Al menos eso es lo que él se decía.

Una niña y una mujer entraron en su campo visual.

La niña era pequeña y rubia, el pelo le llegaba casi a la cintura y llevaba unas gafas, de color violeta y montura gruesa, atadas detrás de la cabeza con un cordoncillo rojo. La mujer era alta, de porte aristocrático, largas trenzas rojas coronaban su cabeza, y su mirada seguía a la niña con tierno amor.

Se sentaron en el banco de enfrente, no lejos de él, pero no lo veían, por supuesto. ¿Cómo iban a verlo?

Volvió a mirar a la mujer. Algo en sus movimientos lo atraía. Se le ocurrió que era raro encontrar a alguien que pareciera saber lo que hacía, en el sentido más amplio de la palabra. Mucha gente mueve el cuerpo única y exclusivamente para ocupar un espacio, para que eso les haga sentir que cambian algo. Agitan las manos, sacuden la cabeza y mueven las piernas nerviosamente. Si los movimientos emitieran sonidos, ¿cuánto ruido provocaría la mayoría de la gente a su alrededor solo para hacer notar su presencia? Si ella —su forma de sentarse en ese banco, de inclinar un poco la cabeza hacia la derecha y mirar a la niña, de permitir que el vestido rojo y blanco descansara sobre ella sin ocultar su identidad—, si ella es tan digna, ¿por qué las demás personas no son más serenas?

—Me gusta tu vestido —dijo.

Ella no se había fijado en él, por supuesto. En el pasado, eso nunca lo había molestado. Normalmente hablaba con la gente, les contaba cosas, compartía otras con ellos, aunque no fueran los niños que lo imaginaban, ni hubiera ninguna posibilidad de que lo vieran u oyeran.

—Sé que no sabes que estoy aquí —dijo Dan—, pero vete a saber, quizá de alguna manera misteriosa mis palabras te afecten en algo. O quizá no. En realidad, no importa. A veces uno tiene que hablar con alguien que no escucha simplemente para no volverse loco.

La niña se sentó a los pies del banco, jugando con dos muñecas vestidas a la mejor moda de las muñecas. De vez en cuando, las levantaba al aire y le decía algo a la mujer del banco. La mujer asentía con una sonrisa y le respondía.

Si hubiera querido, Dan podría haber oído lo que decían. Estaban bastante cerca. Pero ¿para qué?

—Soy John —dijo él—. Al menos, por ahora soy John. Puede que dentro de una hora sea François, y luego Gengis Kan, y mañana Motke el pintor. Confunde un poco, tal vez, pero son gajes del oficio. Porque ¿qué soy yo sino un reflejo de lo que otro quiere que sea? Mi nombre, mi personalidad, mis deseos, todo está destinado únicamente a rescatar a otras personas de su soledad.

»Nunca entenderás a qué me refiero —dijo, echándose un poco hacia delante, disminuyendo en unos centímetros la distancia entre él y la reina, sin conciencia de serlo, que miraba la copa de los árboles—. Estás demasiado unida a ti misma. Envidio a la gente como tú. Bueno, la verdad es que envidio a casi todo el mundo. Vosotros vivís vuestra vida, sin esconderos detrás del papel que otro os ha escrito. ¿Ves aquel niño de allí? Cuando se acerque lo suficiente y me preste un poco más de atención, tendré que volver a ser totalmente John. No podré hablar contigo, o disertar ante ti, según como se mire. Volveré a ser todo suyo. He visto muchos individuos comunes y corrientes que hacen lo mismo que yo. A ellos no los envidio. Su situación es peor que la mía. Yo solo tengo que ponerme una máscara cada vez, porque únicamente el que me imagina puede verme. Pero ellos son los amigos imaginarios de todos, se ponen la máscara que les da cada uno de los que los miran, hasta que un día se convierten en individuos que todos ven, aunque realmente no existan.

»Pero tú eres distinta. Me doy cuenta. Eres quien eres. Hay muy pocas personas como tú. Espero que sepas lo afortunada que eres. Lo distinta que eres. —Se levantó del banco, se metió las manos en los bolsillos, fijó la mirada al suelo y se acercó un poco más—. Y también hermosa, si me lo permites.

»En cualquier caso, si alguna vez te sientes sola y quieres imaginar a alguien solitario como tú, me encantaría presentarme ante ti y conocerte un poco más. ¿Sabes? No es tan horrible ser una criatura de la imaginación de alguien. Podrías hacer esto, por ejemplo. —Se sacó las manos de los bolsillos y las tendió hacia delante—. ¡Tachán! —dijo. Tres bolitas de fuego aparecieron en el aire, y se puso a hacer malabarismos con ellas.

»Es algo muy fácil de aprender —dijo con los ojos clavados en las bolitas—. El primer principio es no mirar las manos. Hay que seguir las bolitas en el aire con la mirada sin tratar de ver cómo las atrapas. También se puede hacer con cuatro —apareció la cuarta bolita—, es lo mismo. Por supuesto, lo del fuego es un agradable privilegio por ser yo un amigo imaginario. El resto es simplemente una habilidad adquirida. Me parece. Claro que no recuerdo haberla adquirido. Pero para ti seguro que lo será.

Siguió un poco más con sus malabarismos hasta sentir que los ojos se le llenaban de lágrimas, sin saber si era por las finas espirales de humo que salían de las bolitas de fuego o por algún otro motivo oculto que lo carcomía. Las bolitas se extinguieron y desaparecieron mientras volaban, y las manos le cayeron a ambos lados del cuerpo.

—Y ya está —dijo en voz baja, inclinando la cabeza un poco avergonzado. Qué insensato había sido hablar solo de esta manera. Levantó la mirada. La niña todavía jugaba con sus muñecas en el césped, fingiendo tomar tranquilamente el té, mientras la fantástica mujer seguía sentada en el banco y lo miraba. Es decir, realmente lo estaba mirando.

Se sintió como si por un momento se hubiera quedado paralizado, y clavó los ojos en los de ella.

Un segundo antes de irse, convencido de que ella miraba hacia donde él se encontraba solo por casualidad, ella dijo:

—¿Por qué has dejado de hacer malabares? Era hermoso.

Transcurrieron unos segundos, pero todavía no fue capaz de hablar. Michael estaba un poco lejos. «Por favor, que no deje de imaginarlo ahora, que no lo haga», pensó Casandra.

—¿Tú... tú me ves? —preguntó él.

—Ajá... —asintió ella con la cabeza, sonriendo—. Y según parece, también tú me ves a mí.

—Es...

—Bastante sorprendente —dijo ella—. No tenía idea de cómo reaccionar cuando has empezado a hablarme.

—Pero ¿por qué...?

—Soy Casandra —dijo, señalando a la niña que jugaba a su lado—. Y ella es Natalie, la niña que me imagina.

—Es realmente, es decir... No esperaba...

—Tampoco yo. Pero es evidente que podemos vernos.

Al cabo de unos segundos de silencio, Casandra preguntó:

—¿Venís mucho por aquí tú y tu niño?

—No mucho. Normalmente Michael prefiere jugar en su habitación.

—Sería agradable que vinierais más. Ellos podrían jugar, y nosotros, conversar un poco.

—Sí. Intentaré convencerlo. Si puedo.

—Fantástico. —Ella sonrió, y un escalofrío recorrió el interior de la piel de Dan.

Así fue como conoció a Casandra.

—Por cierto, me llamo John.

—Lo sé. Ya lo habías dicho.

—Sí —tuvo tiempo de decir antes de desaparecer cuando Michael dejó de pensar en él por completo.

16

Emily todavía estaba en la cama, mirando cómo el marco de luz que la ventana proyectaba avanzaba lentamente por el techo.

¿Por qué sigue postrada allí?

En esta etapa, al cabo de casi diez horas de estar acostada, ¿sigue ahí porque está deprimida, o porque estar acostada con los ojos abiertos es algo que supuestamente hace la gente deprimida y, de hecho, ella se ha declarado en depresión?

¿Cuál sería el paso siguiente? ¿Beber? ¿Fumar un cigarrillo tras otro en una terraza, contemplando los tejados de la ciudad con los ojos apagados? ¿Dónde está la línea divisoria entre lo que hacemos por necesidad interior y lo que solo es la magra versión de una ceremonia cualquiera por cuyo intermedio definimos lo que sentimos?

En realidad, ¿cuántas personas lloran en las bodas, o gritan de frustración, o echan la cabeza hacia atrás cuando se ríen, o agarran el rostro de su pareja cuando la besan porque algo en su interior las lleva a hacerlo, y cuántas lo hacen porque así se hacen las cosas?

Se giró para mirar el reloj que tenía al lado de la cama. Si empiezas a tener esos pensamientos es que, aparentemente, lo has superado. Sin pretextos.

Vamos. Levántate.

Al lavarse la cara, casi se rio de sí misma por el gesto dramático de la noche anterior. El llanto liberador con el cual declaraba haber entendido que él no la amaba ni la amaría nunca, la debilidad en las piernas, el desfallecimiento cargado de autocompasión cuando se sentó en la acera, la muy prolongada caída en la cama todavía con toda la ropa, la sensación de que no valía la pena que el mañana llegara.

«Parece extraño —pensó— hasta qué punto somos capaces de convertir algo específico en todo lo que nos motiva en la vida y de convencernos de que sin ese algo, nada tiene sentido. Pero todavía es más raro lo rápido que nos acostumbramos a pensar lo contrario.»

Se apoyó en el lavabo con una sensación de ahogo. Tenía unas lagrimitas en los ojos que esperaban el momento oportuno para derramarse. Tragó saliva y respiró hondo. «Sí, sí, la sensación de ahogo es real —seguía pensando aquella parte del cerebro—, no hay en ella nada de ceremonial.»

No lo había planeado así. No creía posible que, muy dentro de sí, pudiera renunciar a Dan. Pero había sucedido. Y ahora está aquí, en tierra ignota donde el color del aire es un poco distinto y la luz viaja a una velocidad diferente. El corazón le late a un ritmo desconocido. Y Dan ya no es suyo, para nada.

No, no, no tendría que haber sido así.

Ella planificaba éxitos. Había planeado que todo saliera como era debido.

No solo ayer por la noche, sino en general. Su vida debería transcurrir de otro modo, ¿no?

¿Qué es lo que la está ahogando? ¿Pensar que realmente había renunciado, o el cambio de planes que le había sido impuesto a ella, pequeña obsesa del control?

Tal vez aquello de fumar contemplando los tejados de la ciudad no fuera tan terrible.

Se miró al espejo.

Lavarse la cara no bastaba. Debía lavarlo todo.

Cuando salió de la ducha envuelta en una toalla, un poco mejor preparada para el resto del día, descubrió el sobre que la esperaba junto a la puerta.

Casi involuntariamente, se dio la vuelta y volvió a la habitación para vestirse y dedicarse unos minutos más antes de verse obligada a volver al mundo real, en el que hay cosas reales que debe hacer.

El nuevo sobre tiene un significado claro: su contable había empezado a escribir poesías.

Era un poco extraño, teniendo presente que no había hecho nada especial durante las últimas veinticuatro horas. Tal vez algo de sus acciones anteriores le había calado por fin.

Sabe que existe una técnica así. Pequeños acontecimientos en frecuencias variables que no pretenden llevar a un solo punto en el que ocurrirá el cambio, sino que crean un proceso continuo por debajo de la superficie y se unen unos a otros para dar lugar a un impacto silencioso y casi imperceptible.

Esta clase de construcciones se considera de mayor calidad y elegancia, y básicamente apropiada para el nivel tres. Eric se enorgullecía cada vez que lograba crear una. La denominaba *indetectable,* como si se tratara de una llamada telefónica. Al cliente le resulta muy difícil comprender cómo decenas, a veces cientos, de acontecimientos fueron cambiando su vida gradualmente.

Pero ese no es su estilo en absoluto. Todavía no.

Tal vez en algún momento debería sentarse a analizar lo que había hecho y así comprender cómo usar más esta técnica en el futuro.

Intentaba no pensar en la horrible construcción de ayer por la noche.

A su alrededor, en las paredes, todavía estaban sus diagramas, círculos y líneas, pequeñas listas relacionadas con máquinas de alquiler de vídeos, alpinistas, galletas de la suerte... Intentó no mirarlos. Así son las cosas. Una construcción en la que había trabajado durante largos meses se convierte en un lamentable intento de flirteo, mientras que otra a la que había renunciado sucede sin que ella se dé cuenta. Y ahora ha llegado un nuevo sobre.

Se sentó en la cama, esparció delante de ella los folletos que había en el sobre, intentando construir en su cabeza lo que debía hacer. Era justo lo que necesitaba, una misión nueva y clara que la ayudara a volver a la realidad y a aceptar la rutina tal y como era. Un torrente de actividad que arrastrara fuera de su cabeza los momentos y lugares donde estaba grabado el rostro de Dan.

Parecía ser una sencilla misión de sincronización.

Alguien tenía que sufrir un infarto. Había que prever que hubiera un médico en la zona. Si eso fuera toda la misión, podría haber sido un ejercicio del curso. Pero, por supuesto, estaban los recovecos que siempre contienen las misiones verdaderas.

Tenía que ocurrir durante un vuelo. El tipo debía tener el infarto en el avión, el destino no importaba, se decía en los folletos. El médico debía estar en el mismo vuelo. Quedaba claro que ninguno de los dos clientes tenía planeado viajar durante los próximos días y seguro que no en el momento exacto en que debía ocurrir el infarto. Había que organizar el vuelo para los dos. Y, por si esto no bastara, el médico debía tener miedo a volar. ¿Podía ser otro médico? Emily sabía la respuesta antes de dar la vuelta a la página. ¿Cómo se te ocurre?

No sería fácil.

¿Por qué precisamente en un avión?

Eric diría que estaba relacionado con el efecto dramático. Si se lo preguntaran, también diría que, con seguridad, el objetivo de esta construcción no era salvar a nadie de un ataque al corazón. Y también que hay consecuencias, y consecuencias de consecuencias. Y cambios de conciencia, seguiría con sus chorradas. Argumentaría sin base alguna que todo estaba planeado para otro pasajero, el cual debía sentir algo al observar los intentos de reanimación.

Eric tenía una teoría para todo. ¿Por qué preocuparse cuando alguien a quien no has visto en quince años entra en el restaurante justo cuando hablas de él? Y en general, ¿por qué organizar casualidades que no cambian nada, que únicamente despiertan sensaciones extrañas? Eric ya les había presentado su teoría durante el curso, una tarde, después de cinco vodkas.

—Supongamos —había dicho, gesticulando ampulosamente, un poco más de lo necesario—, supongamos que todas las personas del mundo se ordenan en una larga fila, formando una especie de escala. En el extremo izquierdo, es decir, allí, se encuentran las personas que piensan que todo es absolutamente aleatorio. Que nada tiene significado, que no sirve para nada buscarlo ni hacerse preguntas, que la vida es el resultado de un lanzamiento cósmico de dados que, en realidad, nadie ha lanzado, y que está bien que así sea. Y al otro extremo están las personas convencidas de que todo tiene un motivo, y cuando digo todo, es todo. De que hay alguien, o algo, que lo organiza todo, que nada sucede porque sí, incluyendo las flatulencias que ahora me importunan. Las personas que están en los dos extremos son las más felices del mundo. Tanto las de allí como las de allá. ¿Sabéis por qué? Porque no preguntan *por qué*. Nunca. Jamás. No sirve para nada, porque o bien creen que no hay respuesta, o bien que hay alguien que se ocupa de la respuesta, así que no es asunto suyo. Pero estas personas no son ni una milésima parte de la población. La mayoría se encuentra en la franja que hay entre ambos extremos. No, no inmóviles. Caminan, se mueven. Constantemente se desplazan un poquitito en cada dirección. Creen estar en uno de los lados; sin embargo, de vez en cuando, se preguntan *por qué* sin comprender que solo serán felices si dejan de lado esta cuestión, por el motivo que sea.

»Por eso hay construcciones de casualidades sin sentido. Cada vez que alguien se topa con una así, se mueve un poco a lo largo de la escala. A un lado o al otro. Y este movimiento puede ser irritante, como un rasguño en una pizarra, o agradable, como la caricia de un bebé. Por eso realizamos estas construcciones, para hacer que la gente se mueva en la escala, porque a este movimiento, en cualquier escala, lo llamamos vida. Así es. Lo importante es moverse. Y ahora, si me das una aceituna del bol, verás cómo, con el hueso, le doy al flequillo de la chica del otro lado de la barra.

Emily ya estaba inmersa en cálculos. Era la primera vez que recibía una misión con dos focos, con dos clientes, pero no para formar una pareja. Deberá desarrollar dos vías paralelas de casualidades con el fin de provocar cambios de conciencia en ambos. Una reunión de negocios o de familia para uno, y tal vez un congreso de prestigio para el otro. Y de alguna manera, tratarle la fobia. Vete a saber cómo.

Esparció los folletos sobre la cama. Uno describía la situación, otro tenía detalles sobre el enfermo, otro sobre el médico, otro con las limitaciones, nada especial (podían estar sentados en la misma clase del avión, pero por alguna razón no podían llevar zapatos de la misma marca), otro con algunos antecedentes sobre la zona y el período siguiente...

Se le cortó la respiración cuando vio que en el sobre había otro papel.

No es que no lo hubiera visto antes, pero la sorprendió lo que le pasó por la cabeza justo cuando posó los ojos en él. Por un segundo, un segundo muy breve, le pareció relevante.

En cada sobre, al final, detrás de todos los folletos, había una hoja de renuncia.

Datos personales del artífice, alguna información general sobre los motivos de la dimisión y un espacio para la firma. La opción de abandonar en cualquier momento.

Normalmente, ni siquiera sacaba esta hoja del sobre. Nadie lo hacía. Artífice del azar, lo que ella es, su esencia actual, no es una profesión a la que se renuncie. El hecho de que nadie supiera lo que ocurre tras firmar esta hoja también contaba. Solo dos artífices del azar la habían firmado en algún momento para retirarse voluntariamente del servicio. Emily no tenía ni idea de lo que había sido de ellos. Para ella, nunca había sido una opción.

Hasta ahora, comprendió de pronto. Volvió a echar una mirada al papel que estaba al borde de la cama y se dio cuenta de que hacía ya tiempo que la idea de dimitir le rondaba por la cabeza. Pero ahora, hoy, se había hecho lo suficientemente grande como para perturbarla.

Empujó con el pie la hoja de renuncia para sacarla de la cama.

Tenía que organizar un infarto.

Unas calles más allá, caminaba un hombre común y corriente.

Ser común y corriente era uno de sus muchos talentos.

Hacía ya tiempo que había comprendido el poder oculto de ese talento. En un mundo en el que tantas personas pierden el tiempo en inútiles esfuerzos por ser diferentes y excepcionales, hace falta un talento verdaderamente inusual para pasar desapercibido y ser uno del montón. Sobre todo, hace falta una enorme fuerza de voluntad, puesto que él de común y corriente no tiene nada.

Por otro lado, eso no le gustaba tanto. Lo que le agradaba era estar en el ajo de todo, en el vértice de la pirámide, ser el alma de la fiesta.

Era un tipo pintoresco en el día a día, al menos así lo creía.

A las personas como él les cuesta más hacerse pasar por comunes y corrientes. Y él tiene tantas cosas extraordinarias que hacer en este mundo...

Pero en ese momento era como cualquiera y caminaba por la calle sin que nadie se fijara en él.

Si después alguien preguntara a la gente que había pasado por allí: «¿Se ha fijado en un tipo alto que caminaba por la zona entre tal y tal hora?», probablemente se encogerían de hombros y dirían: «No, no. No tengo ni idea de quién me habla».

Si la misma persona les preguntara: «¿Es posible que hubiera por ahí un tipo apoyado en un poste durante una hora, como si esperara algo?», responderían: «No presto atención a la gente apoyada en los postes». Si insistiera diciendo: «Es que no estaba ahí sin más, se quedó casi una hora mirando hacia arriba, hacia aquella ventana», seguirían diciendo algo así como: «Hágame el favor y déjeme en paz, ¿vale? No me fijé en nada especial».

Aparentemente, mostrarse común y corriente es lo que más se aproxima a la invisibilidad.

Seguía en la esquina de la calle. Con la paciencia de un témpano vetusto, se apoyó en el poste y echó otro vistazo a la ventana de Emily. No tendría que esperar mucho más.

Sincronización, otro de sus talentos importantes.

El cuadrilátero de luz había llegado casi a la pared de enfrente.

Emily no conseguía estar cinco minutos sin volver a mirar la esquina brillante del papel que asomaba más allá del borde de la cama. Un triangulito mucho más tentador de lo que creía. Debería haberlo tirado a la papelera en lugar de limitarse a empujarlo al suelo. El papel seguía mirándola.

«En realidad, ¿por qué no?», se preguntó. Se sacudió, intentando volver a concentrarse en la siguiente construcción. No es que le sirviera de mucho. Como una alumna recién llegada a un curso de meditación, descubrió que no conseguía controlar el rumbo de sus pensamientos. Repetidamente caía en la tentación de pensar en la hoja de renuncia que estaba a los pies de la cama, una y otra vez volvía la sensación de que no era eso lo que cabía esperar, y que se le había dado la oportunidad de dar un cambio decisivo a su vida.

Una y otra vez le pasaba por la cabeza la idea de que ya no tenía ningún motivo para quedarse allí.

«¿Qué quieres realmente? —se preguntó—. ¿Seguir arrastrando tu vida entre casualidades de extraños mientras el hombre al que amas corretea por ahí buscando algo que nunca estará dispuesto a encontrar en ti? ¿Cuánto tiempo es posible permanecer así, desgarrada? ¿Saberlo todo y no decir nada? ¿Bailar descalza sobre el filo de un cuchillo y sonreír como si no doliera?

»Esta, esta es tu oportunidad.»

Se incorporó un poco en la cama y miró afuera. Podía hacer mucho más. Podía volver a barajar. Si aquí ya no puede ganar nada, ¿por qué no ir donde no tenga nada que perder?

De repente notó que lloraba.

¿Y eso? Se pasó rápidamente la mano por la cara, como una niñita antes de un recital de piano.

Ya no quiere eso. Ya no quiere esos cálculos interminables, ni esa persecución, ni esa emoción ardiente del corazón, como una toalla demasiado caliente, abrasadora.

Basta, basta, basta.

Puede confesarse que no le quedan fuerzas, ¿no? Y también que ya no cree en los finales felices, ni en aquello de «todo irá bien», ¿no?

¿No?

Quiere algo nuevo, limpio. Y suave. Hasta estaría dispuesta a volver atrás, a lo que había sido. Tal vez eso es lo que pasa cuando uno firma la hoja de renuncia, vete a saber.

Quizá olvidamos.

Quizá empezamos de nuevo.

Vete a saber.

Se suponía que era fuerte y optimista, es evidente. Pero ahora solo quiere ser otra. Otra completamente distinta.

Y ante la opción de ser *otra completamente distinta* trabajando duro, autoconvenciéndose y trepando larga y fatigosamente por las paredes llenas de cicatrices de un pozo, o la posibilidad de lograrlo con una firma instantánea... En su interior puede confesar que prefiere coger el camino más corto ya, ¿no?

Él dio un breve paseo de ida y vuelta hasta el final de la calle.

No podía estar debajo de su ventana tanto tiempo sin moverse. Parecería sospechoso.

Además, aún le quedaba tiempo, lo sabía.

Olió el aire, esperando el momento apropiado.

Le apetecía una hamburguesa.

Pero eso tendría que esperar.

Emily se sentó en la mesa de la cocina y escribió la carta de su vida.

Si renunciaba, debería dejar por lo menos una pequeña explicación.

Las lágrimas ya se habían secado y ella, sentada, iba llenando la página vacía línea a línea. Cuando terminó, la levantó con la mano temblorosa y leyó velozmente lo que había escrito. Ahora todo tenía que ir rápido. Antes de que se arrepintiera. Antes de que se sintiera de nuevo optimista. La gente medio desesperada siempre teme que la esperanza los coja desprevenidos y que el desaliento se desperdicie. Dobló las páginas de la carta y las metió en un sobre blanco alargado.

En cuanto lo cerró, notó que se le calentaba en la mano, y antes de comprender lo que sucedía, el sobre echó a arder. Emily lo dejó caer, sorprendida. Se convirtió en ceniza caliente aun antes de tocar el suelo.

Sabía que pasaría. Hay secretos que no deben revelarse, el mundo no permite hacerlo porque contradice las reglas. Nunca cerraría este círculo, he aquí otra buena razón para largarse de allí.

Más segura que nunca, corre a la habitación para coger la hoja de renuncia del suelo.

Regresa a la sala y empieza a rellenarla. Ahora es espontánea, ¿no?

En efecto, toma una decisión en un instante, impulsiva e irresponsable. ¡Magnífico! Es espontánea, lo que significa que es auténtica, ¿no? Que está viva.

Rápidamente llena el formulario. De pronto consigue dominar los pensamientos. Todo se centra en hacerlo rápidamente y sin mirar atrás. Tiene una fracción de segundo para arrepentirse antes de firmar en el lugar correspondiente al pie de la página, pero se la salta y estampa su nombre sin mirar.

Su momento había llegado.

Había sucedido.

Como el suave tintineo de un horno cuando el pastel ya está listo.

Tiene que ser exacto. Empieza a moverse hacia la casa, palpando el pequeño alambre que lleva en el bolsillo.

Forzar cerraduras, otro talento importante. Bueno, no. Quizá sea una habilidad adquirida, así que no cuenta.

En cuanto el bolígrafo se separó del papel, la urgencia se esfumó de la mente de Emily.

Se apoyó en el respaldo, abatida, permitiendo que la tensión acumulada en su interior se disolviera junto con la página que muy lentamente desapareció de su vista, desvaneciéndose en el aire. Respiró hondo, y otra vez, y abrió los ojos espantada.

Por todos los demonios, ¿qué he hecho?

Intentó levantarse del sofá, pero descubrió que no tenía fuerza en las piernas para hacerlo.

Justo en ese momento, cuando su instinto de autodestrucción había terminado su función y abandonado su cuerpo, cuando dejó de ser oficialmente artífice del azar, vio el contexto en su totalidad. «¿Ha sido la decisión de mi vida y así la he tomado?», pensó.

Su respiración se hizo más pesada. Como si el aire fuera más denso. «Esto no es lo que quiero de verdad —se dijo por dentro—, no era yo.» Un comandante desesperado gritaba a los pilotos que ya no podían oírle: «¡Abortar! ¡Abortar!». Ella quería apresurarse a borrar la firma, pero la página ya no estaba y no quedaba nada de ella como artífice del azar salvo la capacidad de mirar el contexto en su totalidad y ver súbitamente todas las líneas que la habían llevado a este punto, más allá del limen. No, no, no, no podía ser.

Un ligero ruido procedente de la puerta le llamó la atención, y cuando se abrió y vio la figura que estaba de pie en el umbral con una sonrisa de disculpa en el rostro, recordó la pregunta que le había martillado el cerebro durante los primeros días del curso y que nunca se había atrevido a hacer.

Antes de que su cuerpo sin vida se hundiera en el sofá, antes de cerrar los ojos, justo con el último suspiro, se preguntó si todo esto habría sucedido en caso de que entonces se hubiera atrevido a preguntar: «¿Los artífices del azar también tienen artífices del azar?».

Extracto de un texto del curso
LIBRE ALBEDRÍO, LÍMITES Y REGLAS
GENERALES, Parte III (Límites humanos)

En su libro *Ensamblar lo uno y lo otro también,* Muriel Fabrik describió seis errores básicos que comete la mayoría de la gente a la hora de elegir. Su método se consolidó como el estándar aceptado a lo largo de los años por los artífices del azar que querían esquematizar los posibles errores de sus clientes.

Abstención: Según Fabrik, el error más común es sencillamente el de no elegir. En este caso, el cliente no se permite correr riesgos ni aprovechar ninguna posibilidad, y prefiere que la *realidad* decida por él. Este error se deriva del hecho de que toda elección acarrea también la renuncia a otra cosa. *El cliente abstencionista* ve la renuncia, no la elección, y opta por la actitud pasiva. La opción de no hacer nada, decía Fabrik, también es una elección, solo que simplemente mala. (Para ahondar en el problema de la abstención, véase el libro de Cohen *¿Por qué complicarse la vida? Cómo construir casualidades para clientes pusilánimes).*

Miedo: Entre otras cosas, Fabrik argumentaba que la elección correcta suele ser también la que más asusta. No porque sea necesariamente la más peligrosa, sino porque para optar por ella se requiere un poco más de coraje. La mayoría de los clientes prefieren un largo y complejo proceso de vacilación al final del cual escogen lo que ya habrían elegido desde el principio, lo menos amenazante o lo conocido que no les exige cambiar su modo de pensar.

Autoengaño: Ciertos clientes entienden que la elección correcta es la que más asusta. Para evitarla, crean un complejo mecanismo de autoengaño que finalmente los lleva a tener miedo de la elección incorrecta, y escogerla. (Normalmente, es la decisión de no hacer nada. Véase el primer apartado). En el material de referencia, este error también se denomina *coraje fuera de lugar* o CFL.

Arrepentimiento: El cliente vuelve una y otra vez a la posición de elección y la examina de nuevo hasta que no hay ninguna opción que cumpla su cometido, y todas ellas se convierten en elecciones equivocadas. De ese error se deriva una de las primeras reglas del método de Michaelson, la llamada *construcciones de oro*, que dice: «No permitas que el cliente vuelva a vacilar, sobre todo si es un idiota de nivel B o superior».

Exceso de opciones: Muchos clientes intentan organizar tantas posibilidades de elección como sea posible para estar seguros de que realmente *eligen*. También hay artífices que cometen el mismo error, al suponer que las elecciones son de mejor calidad y más significativas cuanto mayor sea el número de posibilidades. De hecho, Fabrik sostiene que, a partir de cierto umbral, la multiplicidad de posibilidades perjudica nuestra capacidad de elegir bien en lugar de mejorarla, y aumenta en notables porcentajes la probabilidad de cometer uno de los cuatro errores descritos anteriormente.

Originalidad: Los clientes que padecen de falta de confianza en sí mismos y de temor a las influencias tienden a optar por una posibilidad determinada solo porque les parece original o inusual. Los datos recopilados por Fabrik indican que más del ochenta por ciento de las elecciones basadas en el deseo de ser excepcionales terminan en la categoría de *banales, estúpidas y desastrosas*.

Cuando vayas a construir casualidades, recuerda lo siguiente: Si bien el artífice del azar no debe influir en el libre albedrío del cliente, puede prevenir posibles errores o, alternativamente, utilizar errores de elección estándar para conducir la construcción en la dirección correcta.

17

Michael se hundió en su sillón de ejecutivo e intentó leer por tercera vez el mismo párrafo. Estaba en su oficina, en las alturas del piso trigésimo quinto, inhalando los aromas de roble del mobiliario, rodeado de pinturas al óleo de artistas holandeses de mediados del siglo XVII, pero seguía sin conseguir acomodar la mente al trabajo.

Hay días así.

Había tenido demasiadas jornadas parecidas desde aquel día de invierno. Arrojó sobre el escritorio el documento que estaba leyendo, se levantó, se fue hacia el ventanal que tenía detrás y se quedó contemplando la ciudad.

Al principio intentaba luchar contra esos días, comprender qué era exactamente lo que le hacía sentirse tan mal consigo mismo y provocaba que se distrajera tanto. ¿Aquel sueño recurrente de la noche? ¿Que su esposa continuara sin darse la vuelta en la cama en su dirección cuando se levantaba y se iba de casa? ¿El cochecito de bebé con el que se había cruzado de camino al trabajo?

Creyó que si lograba identificar lo que le había desequilibrado, conseguiría deshacerse de esa angustia cotidiana y volver a ser el hombre de negocios eficiente, lúcido y carismático que tenía que ser.

Con el tiempo, aprendió a hacer las paces con el hecho de que también había días así.

Días en los que por la mañana se levantaba sintiendo el agujero que se le había abierto en el corazón, un agujero negro que se tragaba la figura fantasmal que alguna vez había sido su esposa y el optimismo que en el pasado acompañaba las mañanas a las que despertaba.

Se oyó un golpecito sordo procedente de la puerta.

Esta se abrió un poco y apareció su secretaria.

—¿Michael?

Se dio la vuelta, adoptando el papel de jefe sonriente:

—¿Sí, Vicky? —Siempre había dicho a sus secretarias que le llamaran por su nombre. De hecho, así lo había ordenado a todos los empleados.

—Hay algunos papeles que deberías firmar.

—Ningún problema. —Cruzó el amplio despacho y se acercó a la secretaria, que cerró la puerta tras ella y le presentó unos documentos. Los miró distraídamente.

Cada vez el impulso era más fuerte. Y en esta ocasión le pareció estar más cerca de lo habitual.

Firmó una hoja y pasó a la siguiente, fingiendo entender realmente lo que estaba escrito. Ahora percibía claramente su fragancia. Era turbadoramente consciente de la distancia que había entre ellos, del ángulo que formaban el hombro derecho de él cercano al izquierdo de ella, del largo cabello rubio que hoy, qué maravilla, había decidido dejarse suelto, de sus ojos verdes, de sus labios, de la forma en que su blusa descansaba...

Siempre había sido una persona con autocontrol, pero ¿cuánta soledad puede uno soportar?

Pasó a la hoja siguiente, la última. Ella también respiraba un poco agitada. Lo notaba. No solo él tenía esta sensación.

Podría moverse un poco para que sus brazos se tocaran, o rozar con la mano la parte inferior de su espalda. No habría nada vulgar en ello. Sería maravilloso, lo sabía.

Esa mujer.

Estaba tan solo...

Sabía que, a la menor iniciativa, ella sería suya: estaba convencido de ello. Hacía tiempo que lo había notado por la manera en la que ella se movía a su lado, por la forma en que lo miraba. Qué no daría para...

Le devolvió los papeles. Cuando se los cogió, sus dedos casi se tocaron.

—¿Eso es todo? —preguntó él.

—Sí.

Estaban de pie uno frente al otro.

Cerca. Demasiado cerca. Demasiado para que fuera casual. Él la miró a los ojos y vio que ella hacía lo mismo. Pero era él quien tenía que tomar la iniciativa. Solo tenía que inclinarse un poco hacia delante...

Pasaron cuatro segundos. Cuatro segundos de miradas recíprocas entre un hombre y una mujer nunca son solo cuatro segundos. Se dio la vuelta y se dirigió a su escritorio.

—Excelente —dijo, como si nada hubiera pasado.

—Muy bien, gracias —añadió ella, siguiéndole el juego—. *Bye*.

Ella salió del despacho.

Respiró hondo sintiendo cómo, en esta ocasión, el esfuerzo de hacer lo correcto casi lo había vencido. Se hundió en el sillón, lo giró hacia la ventana y se frotó los ojos ardientes. Al parecer, hoy era realmente uno de esos días.

* * *

Dan vio que la secretaria salía ligeramente ruborizada del despacho de su cliente.

Saber que ella no podía verlo era un poco embarazoso. Se sentía como un mirón de la peor calaña. Desde que había dejado de ser amigo imaginario, la sensación de que alguien te mira y no te ve se le había vuelto extraña. Le sorprendió su intensidad.

Pierre le había aclarado inequívocamente lo que debía hacer. Casi como la misión de un grupo de fuerzas especiales. Entrar, ejecutar, salir.

Dan no era más que un pequeño engranaje en el complejo mundo de las construcciones que Pierre había creado para hacer que Michael muriera a la hora señalada, cosa que debía suceder ese mismo día, en el plazo de unas horas.

—¿Estarás aquí cuando regrese? —le había preguntado a Pierre.

—No, tengo algunos asuntos urgentes. Nos veremos más tarde.

De manera que estaba solo, al otro lado de la puerta del despacho donde se encontraba el que había sido el niño Michael. De todos los niños del mundo, tenía que ser él.

Pero a veces, simplemente hay que hacerlo.

Intentó recordar qué imagen encarnaba exactamente cuando estaba con Michael. El color del traje, la tonalidad de los ojos.

Respiró hondo y, como antaño, entró a través de la puerta cerrada.

* * *

Michael sabía por qué llegaban aquellos días.

Porque ahora Mika y él no convivían como matrimonio, sino como compañeros de piso. Pero no solo eso. Seguían compartiendo piso únicamente porque el contrato de alquiler aún estaba en vigor.

La mujer de su vida apenas intercambiaba una palabra con él. Desde el accidente vivía como un fantasma. Iba a clases de pilates durante el día, veía la televisión por la tarde y de noche se acostaba de espaldas a él y lloraba calladamente.

El duelo, evidentemente, podía ser un asunto bastante repetitivo.

La conoció cuando todavía era un joven empresario lleno de ambiciones, cuando todavía asistía a los congresos para escuchar las presentaciones, no solo para hacerse ver, cuando eran sus ideas lo que le motivaban, no esa inercia de lograr éxitos sin escrúpulos.

Un amigo común (entonces aún podía estar seguro de que eran realmente amigos por los motivos correctos) le había presentado a la mujer con los ojos más sonrientes que jamás hubiera visto, y pensó que sería agradable salir con ella.

Dos semanas después del primer encuentro, ya sabía que aquella era la mujer con la que pasaría la vida. Siempre se había reído de los que decían cosas así. Solo después comprendió que no había otra manera de explicar ese sentimiento.

Estaban en casa de ella. Intentaban hacer planes de adónde ir por la tarde, cuando descubrieron que, en el fondo, ambos estaban hartos de los mismos lugares, personas y posibilidades. Descubrieron que compartían un secreto: estaban hasta la coronilla de lo que el resto del mundo llamaba *divertimento*. Después de haber probado todas las posibles combinaciones de café, todos los restaurantes, clubes y teatros, de repente se dieron cuenta de que solo querían estar juntos, sin que a su alrededor toda clase de prestadores de servicios o parroquianos bulliciosos les molestaran.

Michael estaba seguro de que la relación entre ellos moriría esa misma noche. No estaba acostumbrado a un contacto sin una serie ininterrumpida y regular de contenidos ingeniosos que pasara de lado a lado en el contexto de un pasatiempo social. Si no pensaban salir o ir a divertirse a algún lugar, ¿en qué se basaría su relación? Así es como actuaba en lo concerniente a las chicas: las conquistaba con su ingenio, compartiendo con ellas experiencias emocionantes y toda clase de distracciones fantásticas, pero no con sinceridad. Como en la película *El club de la lucha:* la primera regla en una relación es no hablar de la relación, pensó. Lo importante es alejarla de lo más terrible, que es la banalidad. Que siempre haya alguna emoción, o sorpresa. Apartarse de los momentos de silencio, de la charla sobre el tiempo y de la rutina.

Puesto que habían decidido que no tenían dónde ir, que no les apetecía salir, Michael temía que estuvieran permitiendo que un silencio corrosivo se introdujera en su relación y que la monocromía de la vida cotidiana destruyera lo placentero y emocionante que se había creado entre ellos.

Y entonces, juntos en el salón de ella, rodeados de una enorme colección de libros viejos y discos de vinilo que él percibía por primera vez, oyendo farfullar al vecino al otro lado de la pared, sincronizando inconscientemente sus respiraciones, sin hablar, descubrió de pronto otro tipo de relación. Ya no era divertida. Era otra cosa. Más lenta, menos exigente, densa y envolvente. Resulta que uno no sabe realmente que ama a una mujer hasta que no ha callado con ella como es debido.

Dentro de esa densidad, Mika se dirigió a su biblioteca. Luego se sentó en el sofá y lo invitó a venir a su lado.

—Escucha algo bonito —le dijo, abriendo el libro raído.

Permanecieron sentados toda la noche, ella leyendo con su voz suave y melodiosa, y él atento al silencio entre sus palabras, y, cuando amaneció, supo que era la mujer de su vida.

Desde entonces, una o dos veces por semana, cuando el nivel de su amor era lo suficientemente alto y el de su fatiga suficientemente bajo, se leían el uno al otro por la noche.

Él le leía a Gaiman y a Safran Foer, ella le interpretaba a Hugo y a Camus, él la divertía con Pratchett, ella lo mecía con Hemingway, él la acariciaba con Coben, ella lo sorprendía con Twain.

Todos eran sus invitados. Los misteriosos, los dramáticos, los claros y los nebulosos. Incluso el Dr. Seuss. Todos eran parte del diálogo amoroso que habían creado entre ellos, lejos de los ojos del mundo en las largas noches de lectura recíproca.

La mañana del tres de diciembre todo cambió.

Michael consideraba ese día el punto que supuestamente era el centro de su vida, el punto culminante de la campana de Gauss de los acontecimientos con los cuales su alma se había construido, como si hasta ese punto todo se hubiera ido elevando y, a partir de él, desmoronando.

Hacía casi dos años que Mika era su esposa.

Su musa entró en el coche aquella mañana, perfumada y preparada para otro día de trabajo como profesora de matemáticas. Arrancó el motor de su cochecito y, con un leve giro de la muñeca, puso en marcha el reloj de la cuenta atrás hacia el final de su amor.

La única mujer que le había hecho reír a carcajada limpia sin sentirse cohibido se había marchado mientras él escuchaba un disco de Ella Fitzgerald. El aire acondicionado estaba en modo ventilación. La mujer con la que ya había decidido que intentarían traer niños al mundo tarareaba para sí misma, como siempre, porque era del tipo de personas que canturrean, y de vez en cuando echaba una ojeada al espejo.

Cuando aquella mañana él recibió la llamada telefónica, no comprendió cuán honda sería la grieta que se había abierto en sus vidas después de que ella, la única *ella* que había tenido, mirara al espejo una vez de más y atropellara a un niño de tres años.

Nunca entendió lo que había pasado.

¿Cómo llega a la calle un niño de tres años sin que nadie se dé cuenta? ¿Por qué? ¿Dónde estaban sus malditos y desafortunados padres?

Como una vela encendida frente a la cual alguien pone un ventilador, aquel día Mika se apagó.

Cuando volvió a casa, antes de que empezaran el juicio lento, las noches de insomnio, el llanto interminable, un odio hacía sí misma que Michael no conseguía quebrar, los gritos con los que ella intentaba explicarle que no quería no quería no quería nada más de la vida porque no merecía no merecía no merecía nada, el primer terapeuta, el segundo y el tercero, la terapia de pareja, los medicamentos, los vómitos cada vez que subía al coche, el diario lleno de pequeñas letras que escribía frenética y que luego quemó llorando desconsolada detrás la casa una noche helada y mordaz, la espalda fría, las peleas breves y llenas de sarcasmo con las que intentaban hacerse daño mutuamente, allí donde les dolía, la repugnancia de ella por todo lo que había hecho alguna vez y por el optimismo que alguna vez había tenido... Aun antes de todo eso, ya entonces, cuando aquella tarde volvió a casa, él sintió que una tela negra y gruesa le envolvía el corazón y lo ahogaba.

Intentó toda clase de remedios.

Llevarla a pasar unas cortas vacaciones e imaginar que se abrían y hablaban un poco de lo que había pasado, que ella lloraba y él la consolaba, que se abrazaban, hablaban otro poco y luego conseguían cambiar de tema, que por la mañana salían a dar un corto paseo, que él decía una tontería y por fin la hacía sonreír, y que cuando volvían a casa empezaba un lento y muy hermoso proceso de convalecencia interior.

Pelearse con ella, intencionadamente, con ímpetu, e imaginar que él volvía a casa, se ponía de rodillas teatralmente y le pedía perdón, que ella conseguía volver a otorgarle aquella mirada sabia, que se apoyaba en él y le decía lo mucho que lo necesitaba, que él le daba fuerzas, la levantaba y la curaba únicamente con besos, nada más que con besos.

Evitar cualquier contacto durante días, e imaginar que ella acababa llamándolo por teléfono para pedirle que le hablara, que él finalmente cedía y ambos acababan llorando, que él le recordaba los silencios ya olvidados y le demostraba que era posible volver atrás, que ella era digna de que la quisieran como él la quería.

Y sin embargo, todo lo que imaginaba carecía de sentido.

Pasaban tres densos y silenciosos días en una cabaña, las pequeñas peleas se convertían en monstruos, le hacían pronunciar un cuarto de frase que, sin proponérselo, le arrancaba a ella otro pedazo del alma. Y ella nunca lo llamó por teléfono para que pudiera decirle que era digna.

Pero la resignación que se había ido adueñando de él no la había imaginado. Nunca habría pensado que llegaría a terminar la jornada de trabajo y se quedaría en la oficina una hora más, solo por no querer volver a casa, a la zanja que ella cavaba alrededor de él.

Nunca había creído que se metería en situaciones comerciales tan estúpidas, tan en el límite de lo ético, solo para sentir que todavía estaba vivo, para experimentar en carne propia el instinto de autodestrucción. ¿Por qué tenía que ser la única? ¿Por qué él no podía perder un poco el juicio? Si alguien le hubiera dicho, aquel tres de diciembre, que en el futuro estaría tan solo, frustrado, insatisfecho y enojado como para estar a un paso de tener una aventura con su secretaria, el tópico más grande de todo el manual, lo habría despedido en el acto, por insolente y por imbécil, y porque probablemente había estado bebiendo en el trabajo.

Pero aquí está, sabiendo que la próxima vez sucederá.

—*Shit!* —se oyó decir al presionarse con los dedos los ojos enrojecidos, y volvió a contemplar la ciudad.

—Sí, sé a lo que te refieres —oyó decir detrás de él, y rápidamente se dio la vuelta.

Cuando vio la figura juguetona sentada en su escritorio, tardó unos segundos en comprender quién era. Y cuando lo hizo, tuvo claro que ese era un día particularmente malo.

Una vez, antes de estar enmarcado por los límites de su tarjeta de visita, de tener suficiente dinero suelto para comprar la confianza en sí mismo, Michael era un niño demasiado bajito que no conseguía comprender realmente la dinámica de las relaciones humanas entre las personas menores de diez años.

En los recreos, solía dar vueltas solo por el patio de la escuela, asombrado por cómo los otros niños podían comunicarse con tanta naturalidad, quedándose mudo cada vez que tenía que mantener una conversación, jugar en un equipo o hablar frente a un aula de personas pequeñas, de cuya actitud hacia él no estaba seguro, pero de quienes sí tenía la certeza de que lo juzgarían y examinarían por cada sílaba que dijera.

Era la personificación en joven de los que prefieren no hacer nada para no fracasar, y consideraba que cualquier actividad interpersonal estaba dentro del rango de riesgo inaceptable.

Solo más tarde, cuando diera ante toda la clase una conferencia desastrosa sobre la vida de las ballenas que había preparado en casa, sentiría la extraordinaria emoción de presentarse en público: algo dentro de él se rompería y reconstruiría y, al cabo de una semana, jugaría un partido de fútbol en el patio de la escuela, metería un gol y se mostraría al mundo. Así de fácil.

Pero hasta entonces había tenido sus soldaditos, el parque del barrio donde observaba el estilo de vida de los insectos y llevaba a cabo pequeños y sucios experimentos científicos en la paciente naturaleza que lo rodeaba, y a John el Mediano.

John el Mediano era su amigo imaginario.

No era alto como el tío de Michael, así que no era John el Grande, ni era bajo como Sasha, el niño más pequeño de la clase, así que tampoco era John el Pequeño. Era John el Mediano. Al principio, John el Mediano hablaba con él principalmente en invierno, cuando no se podía ir al parque. Se sentaban en su habitación y pasaban el tiempo juntos. A veces, Michael le contaba cosas de la escuela y de lo que no había hecho durante el día, y John le decía muchas cosas terriblemente inteligentes, o que al menos lo parecían, que reforzaban las decisiones de Michael y al mismo tiempo le ofrecían la posibilidad de cambiar y de hacer justo lo contrario. Michael se tendía en la cama y trataba de comprender qué pretendía él exactamente. A veces volvía a imaginar a John y le preguntaba a qué se refería, y John volvía a darle una explicación que podía ser interpretada de cualquier forma.

Pero la mayor parte del tiempo jugaban con los soldaditos, o Michael le contaba a John cosas del mundo, o él jugaba solo con los soldaditos y John se quedaba allí sentado ayudándole a sentir que no estaba solo.

Después, cuando el tiempo ya lo permitía, iban al parque. Michael corría de un lado a otro, ocupado en hacer un examen meticuloso de la vida que se ocultaba en el parque. De vez en cuando llamaba a John y le mostraba con la mano un nuevo descubrimiento. John asentía sonriendo y a veces se acercaba a mirar, pero por lo general se quedaba en el banco, mirando a Michael y vigilándolo desde lejos. Tenía que hacerlo, porque llevaba un bonito traje y no debía ensuciarlo.

A veces, decía cosas como: «No siempre estás obligado a decidir, simplemente puedes sentir, dejarte llevar y la decisión surgirá sola. Vivir es algo que hacemos ahora, no después». No era muy comprensible, por decirlo delicadamente. Michael se sentía un poco más cómodo con otras frases, como: «En el mundo, la mayoría de las cosas grandes no han sucedido porque alguien fuera especialmente inteligente, valiente o talentoso, sino simplemente porque había alguien que no se dio por vencido».

Y hubo aquel momento extraño, cuando no pudieron ir a jugar al parque porque la madre de Michael no le dio permiso, vete a saber por qué. Jugó solo con los soldaditos mientras John el Mediano, de pie, miraba por la ventana. En cierto momento, Michael levantó la mirada intentando comprender qué demonios hacía John junto a la ventana. Estaba casi inmóvil y Michael se sintió obligado a preguntar: «¿Todo bien?».

John el Mediano respondió: «Algún día alguien te contará todo tipo de historias sobre lo que es el amor. No creas lo que te digan. El amor no es un bum, no son explosiones ni efectos especiales. No son fuegos artificiales ni un avión que pasa con una gran pancarta. Es algo que va penetrando muy lentamente por debajo de tu piel, en silencio, sin que lo notes, como el aceite de unción. Solamente notas una cierta tibieza, y un buen día te despiertas para descubrir que, debajo de tu piel, estás envuelto por otra persona».

—¿Eso significa que todo va bien, o no? —preguntó Michael, un poco desconcertado.

Pues sí. Así era John el Mediano. Pero normalmente hablaba más claro. De hecho, era el adulto responsable que desapareció después del primer gol de Michael.

Y ahora, John el Mediano, con el mismo traje que ya no parecía tan impresionante como entonces, estaba sentado en el escritorio con las piernas cruzadas y sonriéndole con aquella sonrisa suya que lo revela todo y no revela nada.

Michael se giró de nuevo hacia la ventana, convenciéndose de que eso no estaba sucediendo.

—No estoy aquí porque sí, ya sabes —dijo John el Mediano—. Parece que vuelves a necesitarme.

«No pienso responderte —pensó Michael—. ¿Será esto una crisis nerviosa? ¿Los personajes que imaginaste a los ocho o nueve años vuelven cuando eres mayor? ¿Habrá llegado el momento de tomar cierto tipo de pastillas?»

—No estás loco, simplemente te hace falta alguien con quien hablar. Eso es lo que te pasaba siempre cuando me llamabas.

—No necesito hablar contigo.

—Oh, me contestas, ya es algo —dijo John. Se levantó del escritorio y se quedó de pie al lado de Michael, mirando también el paisaje—. ¿Qué pasa, Michael? Veo que hemos progresado un poco.

—No pasa nada.

—Pareces algo preocupado.

—Estoy hablando con un amigo imaginario de mi infancia, alguien con el pelo cortado al rape y un traje de baja calidad. No es muy natural.

—Es completamente natural. La gente lo hace constantemente.

—No, no lo hace.

—Está bien, quizá no conmigo en concreto, pero la gente mantiene cortas charlas consigo misma muy a menudo. Te sorprendería saber hasta qué punto. A veces solo lo hacen en su mente, a veces en voz alta. Pasa a todas las edades. Muchas veces, cuando una persona necesita ayuda, acude a sí misma.

—Yo no necesito ayuda.

—¿Estás seguro?

Michael no respondió. Abajo, en la calle, el patrón de arranque y parada de los vehículos seguía repitiéndose.

—No estás enfadado ni desanimado, ni siquiera estás realmente solo. Lo que sientas es nostalgia —dijo John.

Se detuvo, esperando que sus palabras calaran.

—Añoras a la mujer que conociste y que ya no está cuando vuelves a casa. Por un lado, tienes miedo de que se haya ido para siempre, y por el otro, no eres capaz de seguir adelante y abandonarla porque algo en ti todavía espera que regrese.

—Tonterías —dijo Michael.

—Pero... —siguió hablando John sin hacerle caso— siempre vez tratas de hacerla volver de un tirón y ya está. Piensas que debes recuperar el amor de antes, la comprensión de antes, a tu Mika de antes. Eso no va así. Será una nueva Mika. Maravillosa y amada, pero nueva, con más estratos. Un nuevo amor nunca se crea de golpe. Pero esto tú ya lo sabes. Sucede poco a poco, paso a paso, gota a gota.

—Tengo una edad en la que no puedo emprender cosas desde cero.

—Por supuesto que puedes. Y debes. Construyes de nuevo algo ya conocido. Te hacen falta paciencia y largo aliento.

—Estoy cansado. Es demasiado tarde para nosotros, John.

—No, en absoluto. No.

—Sí lo es, y no sabes hasta qué punto.

Permanecieron allí unos segundos más, en silencio. Luego habló John:

—El amor, creo, es un sentimiento muy difícil de cuantificar. De medir. Lo sentimos en muy raras ocasiones y nos vemos arrastrados hacia él de una forma tan total que realmente nunca conseguimos definir cuánto queremos, necesitamos y amamos algo. Y está bien. En el mundo hay cosas que no se miden. La nostalgia, por otra parte, es un sentimiento mucho más claro. Según lo que mide podemos saber cuánto amábamos a quien se nos ha ido. Tú tienes suerte, Michael. Añoras cuando todavía tienes la posibilidad de recuperar el amor. La mayoría de la gente llega demasiado tarde. Y tú, desde el fondo del pozo en el que estás, puedes mirar y comprender cuán alto podrías llegar si solo te dieras la oportunidad. Mientras no esté muerta, Michael, puedes volver a descubrir cómo amarla y ser amado por ella. *Demasiado tarde* es una expresión que tiene que ver con acontecimientos de otro tipo. Para la mayoría de la gente, la añoranza es solo una prueba, aunque demasiado tardía, de haber amado de verdad. Tú puedes recuperar ese amor. No es demasiado tarde para vosotros, Michael.

Cuando Michael se dio la vuelta para mirarlo, John el Mediano ya no estaba.

18

Alberto Brown decidió eliminar al objetivo después de ir al cine.

Pasaban una película cómica de acción, de las que le gustaban. Ya la había visto dos veces. Era disparatada en la medida justa para no dejar de ser divertida. Le quedaban unas tres horas para que su hombre saliera del edificio. Cuando lo hiciera, giraría a la izquierda y caminaría exactamente veinticinco metros hasta la entrada del aparcamiento. Alberto disponía de veinticinco metros para eliminarlo. Se preguntó cómo sucedería.

Por lo que podía ver, en el edificio no había obras, de manera que la idea de que un martillo se cayera desde el vigésimo piso no parecía plausible. Otra hipótesis descartada era que un automóvil perdiera el control y se subiera a la acera, porque a lo largo de los veinticinco metros había postes para evitar estos accidentes. Además, su objetivo parecía estar en forma, por lo que un ataque cardíaco repentino no parecía lógico. ¿Tal vez un atraco que se complicara?

Tenía un pequeño bloc de notas amarillo en el que documentaba todas las maneras en las que sus objetivos habían pasado a mejor vida. Accidentes extraños, ataques fulminantes, parecía haberlo visto todo. Había tratado de hallar un patrón. No podía ser que todo le pasara por pura casualidad.

Por otra parte, cabría la posibilidad de que fuera un tipo con suerte, o justo lo contrario. O tal vez ambas cosas.

Bueno, ya descubriría cómo iba a suceder. Faltaba poco. La película había empezado ya. Si se iba a su elevado punto de observación por encima de la calle justo después del final, llegaría una hora antes de la eliminación propiamente dicha. El plazo de seguridad le parecía razonable.

Compró una entrada.

* * *

John el Mediano estaba mirándose al espejo en los servicios que había al final del rellano. Poco a poco, la cara que tenía frente a él se iba transformando, del rostro alargado y de facciones duras de alguien a quien una sola persona en el mundo podía ver a los rasgos más suaves de un artífice del azar común y corriente.

Este artífice tenía los ojos húmedos. Unos parpadeos más de la cuenta y el riesgo de una lágrima sería real.

¿Se lo habría tragado? ¿Alguien cree a pie juntillas todo lo que su amigo imaginario le dice, solo porque es él?

En su momento, Casandra así lo afirmaba. La fe y el amor van juntos, era su frase de siempre con respecto a esta cuestión.

Ella cerró los ojos y preguntó: «¿Estás listo?».

—Sí.

—¿Estás seguro? —Casandra le daba la espalda, pero él todavía podía oírla sonreír.

—Sí —repitió—. No entiendo cómo lo haces. Creo que yo no soy capaz. Ni siquiera contigo.

—La fe y el amor van juntos. *Ámame* y *cree en mí* unen fuerzas y caminan juntos, cogidos de la mano, a lo largo de la historia.

Él tendió los brazos hacia delante, un poco inquieto.

—Es una sensación interesante, la del segundo antes. Nunca he tenido que confiar en nadie —dijo ella.

—Simplemente déjate caer hacia atrás, te cogeré.

—Nunca había tenido ningún motivo para confiar en nadie. Los demás confiaban en mí. Son ellos los que me necesitan, no yo. Y de pronto comprendo que hay alguien en quien tengo que confiar, alguien que no va a lastimarme.

—Mmm… Creo que te lo estás tomando de forma equivocada. Estamos hablando de confiar, no de lastimar. Yo jamás te lastimaría. Pensamientos positivos, ¿de acuerdo?

—Sí, sí, lo sé. Pero ¿en el fondo esto es lo que le da su fuerza a la confianza, el hecho de que podrías lastimarme?

—Sí… Sí… Puede ser.

—Es maravilloso —dijo ella riendo.

—¿Maravilloso?

—No me asombra que la gente haga este juego. No puedes unirte a alguien incapaz de lastimarte. Ahí está el encanto. Nunca le he permitido a nadie ponerse en esa posición. Me hace sentir… realmente…

—¿Realmente qué?

—Humana —respondió ella, abriendo los brazos y cayendo hacia atrás.

Dan se lavó la cara, permitiendo que la implícita frescura del agua lo devolviera a la realidad, como después de despertarse. En el espejo lo miraba un tipo desorientado con gotitas en la barbilla.

Trató de explicarse lo que sentía. Era como querer atrapar a un pez asustado con las manos resbaladizas.

Tal vez así se siente uno después de una traición.

Después de haber traicionado a alguien que confiaba en que, en un momento difícil, vendrías a decirle algo para darle ánimos cuando, de hecho, lo único que has hecho ha sido envolver tus nefastas intenciones con frases bonitas. A alguien que siempre había pensado que estabas a su lado, y tal vez era lo que solías hacer, pero acabas de utilizar toda esa confianza ciega que recibiste como punto de apoyo de Arquímedes para mover el mundo en la dirección que tú quieres. Y él nunca lo sabrá.

Durante una fracción de segundo, le pareció identificar también una sensación de alivio.

Alivio de que no fuera peor. Alivio por haber conseguido llevar a cabo esa misión abominable sin decir nada en lo que no creyera, sin palabras huecas sobre *la fuerza del cambio*. Porque realmente creía en la añoranza como medida de amor. Creía que no era demasiado tarde para usar la dádiva como terapia. No es que eso importara mucho. Ese niño, es decir, el que había sido un niño, ya no estaría vivo al final del día y no podría aprovechar aquellas cosas. Pero no había mentido del todo. No había traicionado del todo. Había sido capaz de ser amigo también esta última vez.

Y tal vez, muy dentro de sí, también hubiera un poco de alegría. Quizá hasta una sorpresa agradable.

Porque había sido capaz de darle a alguien algo de sí mismo. Realmente de sí mismo.

Había estado mucho tiempo ocupado en servir a otros. En verbalizar los pensamientos de los que lo imaginaban, sin dar a conocer su verdadera opinión. En construir casualidades sin adoptar una posición sobre lo que para él era correcto o no.

Y resulta que puede estar al lado de alguien y, aunque parezca increíble, ayudarle, con ideas completamente suyas, enfoques que ha formulado él mismo, pensamientos que a su interlocutor nunca se le habían ocurrido.

Miró la imagen del espejo y por primera vez no se sintió el reflejo de otro. Ojalá fuera tan fácil darse consejos a uno mismo como lo era darlos a los demás.

No tiene por qué ser un reflejo obediente.

De nadie. Ni siquiera de Pierre.

Había aceptado que demasiadas cosas se dieran por sentadas, como imperativos sin explicaciones. Iría a ver a Pierre para convencerle de que Michael no tenía que morir hoy.

Algo nuevo palpita en él. Tal vez sea responsabilidad. Tal vez eso era lo que le había faltado durante todo este tiempo.

Se siente con vida, como antes, en la época de Casandra.

19

—Volar —dijo ella.

—¿Eso es todo? ¿Solo volar?

—Para empezar —dijo Casandra, encogiéndose de hombros a modo de disculpa—. Dentro de poco tal vez entienda por mí misma qué más quiero.

—¿En serio? Si pudieras imaginarte a ti misma, crearte como quisieras, ¿solo elegirías volar?

—¿Crearme como me viniera en gana? —se rio Casandra—. Me ha bastado con crearme. ¿Sabes cuántos personajes he encarnado ya en este trabajo? Y todos han sido bonitos y asombrosos, créeme. Nadie me imagina fea, ni necia. Natalie, por ejemplo, hace un excelente trabajo conmigo. Me encanta este pelo. Pero es el pelo que ella ha imaginado para mí, no el mío. Es evidente que me gusta mucho ser distinguida, segura de mí misma, como ella quiere que sea. Pero ahora te tengo a ti, y básicamente quiero ser yo. Así que, si pudiera crearme a mi gusto, es exactamente lo que haría. Me imaginaría a mí misma, no a alguien distinto. Pero volar, eso todavía quiero hacerlo. Llegar allí arriba, a un lugar donde pueda huir de los que me juzgan, moverme con el viento.

—De acuerdo, reconozco que podría ser bastante agradable.

—¿Y tú? —preguntó ella—. ¿Qué harías, si pudieras imaginarte a ti mismo?

—Mmm… Para ser sincero, no creo tener nada específico que quiera imaginar de verdad.

—Hace un minuto me reñías por…

—Lo sé, lo sé. Pero es que…

—Y no dejas de decir lo harto que estás de hacer cosas que otros imaginan que haces, y que quisieras hacerlas por y para ti mismo.

—Tienes razón. —Se rascó la cabeza, turbado.

—Así pues, ¿qué quieres hacer?

—Yo… No lo sé…

De repente, miró a su alrededor y despertó de su ensueño.

—¿Dónde está Michael?

—¿Qué? —dijo Casandra.

—Michael, ¿dónde está Michael? —Se levantó, mirando a su alrededor ansiosamente.

—Se ha ido —le dijo Casandra en voz baja.

—No, no. No puede ser. Tiene que estar por aquí. Porque yo sigo aquí.

—No. —Casandra evitaba mirarle a los ojos—. Lo he visto. Ha cogido sus soldaditos y ha vuelto a casa.

—Pues seguro que me mira desde la ventana, o algo parecido.

—Creo que no.

John el Mediano miraba hacia arriba, al edificio. La ventana de la habitación de Michael estaba cerrada.

—¿Está en casa y me imagina aquí? —se preguntó en voz alta.

—Me cuesta creerlo.

—Entonces, ¿cómo es que todavía estoy aquí? Si no me imagina, ¿cómo es que todavía estoy aquí?

Casandra se abrazó y miró hacia otro lado.

—Podría ser…, es decir, parece ser, que yo te imagino.

Se dio la vuelta hacia ella, sorprendido.

—¿Tú?

—Sí.

—No sabía que fuera posible…

—Yo tampoco —dijo Casandra—. Pero he visto que se iba y no quería que desaparecieras, así que he imaginado que seguías sentado a mi lado.

Le costaba encontrar las palabras, y Casandra interpretó su silencio como que se había enfadado.

—¡No te he obligado a hacer nada! Nada de nada. De verdad. Solo imaginaba una presencia, no un comportamiento. De verdad.

Él volvió al banco y se sentó a su lado.

—Vale. Gracias.

Permanecieron sentados unos momentos sin decirse nada.

—Va todo bien, ¿no? —preguntó Casandra, inquieta.

—No podría ir mejor —respondió él.

El sol ya empezaba a ponerse lentamente.

Por delante de ellos pasaba un perro solitario, persiguiendo tranquilo un rastro oloroso desconocido.

—No sabía que podíamos imaginarnos el uno al otro —dijo él.

—¿Y por qué no? —preguntó ella.

Ella jugaba un poco con el lazo del cuello, parecía estar dudando si decir algo.

—¿Qué? —preguntó él.

Casandra se inclinó hacia Natalie, la niña que la imaginaba, que había estado todo el rato jugando junto a ellos.

—¿Natalie? ¿Querida?

Natalie levantó la cabeza.

—Está empezando a hacerse tarde. Me parece que es hora de subir a casa.

—Vale. ¿Vienes conmigo?

—No. Me quedaré a descansar un poco, ¿de acuerdo? Nos volveremos a ver aquí mañana —le sonrió.

—De acuerdo. —La niña se levantó y se limpió las rodillas distraídamente—. *Bye*, Casy.

—*Bye*, preciosa.

La niña se alejó y Casandra se volvió hacia él.

—Imagíname —le dijo.

—Yo no…

—Imagíname. Haz que me quede aquí.

—Pero ¿cómo?

—¡Por favor! —Empezaba a desaparecer, casi titilando—. No quiero que nos veamos limitados por el tiempo. ¡Imagíname!

Él sintió que su corazón galopaba.

Pero ¿qué significa imaginarla?

¿Quién es ella? ¿Qué es ella?

—Pero no quiero ser quien decida lo que serás —susurró, cerrando los ojos.

—Haz que me quede —oyó que ella decía desde muy lejos—. ¿No quieres que me quede?

—Sí quiero.

No es la forma, ni el olor, ni el tacto. Esos son solo detalles. Algo distinto, debe ser algo distinto. Recordó la sensación que su presencia le inspiraba…

…Y la imaginó.

Se sentaron en el banco, solos.

Arriba, el cielo ya se había coloreado de rojo y morado.

Su Casandra junto a él, lágrimas en sus ojos sonrientes.

—Comportamiento, no —le dijo—. Solo presencia. Como dijiste antes. Solo te imagino aquí. Haz lo que se te antoje.

Ella asintió lentamente y sonrió.

Su largo cabello ondeaba con elegancia alrededor de la cabeza. Se rio.

—¿Qué ha pasado? —preguntó él.

—¿Estás imaginando que mi cabello vuela? Pero si no hace viento…

—¡Eh...! Es mi primera imaginación. Todavía no tengo experiencia.

—Ni yo. Pero no me ves mejorando tu afeitado ni cambiándote el color de los ojos.

—¿Qué tiene de malo el color de mis ojos?

—Nada. Están muy bien. Son unos ojos preciosos.

Él meneó la cabeza.

—No es lógico. Imagino que me imaginas que te imagino que me imaginas...

—Sí, sí, entiendo. Es un circuito cerrado. Acostúmbrate a la idea.

—Pero no es lógico —repitió.

—¿Desde cuándo la lógica tiene que ver con el amor? —preguntó ella en voz baja.

—¿Tiene que ver con qué? —Lo había cogido desprevenido.

—¿Qué pasa? ¿He dicho la palabra prohibida? —sonrió irónica—. Así es con todo el mundo, ¿no? Un circuito cerrado...

Se imaginaban mutuamente, teniendo cuidado de no exagerar.

«Realmente somos un pequeño circuito cerrado —se dijo—. El mundo puede desaparecer, las personas en conjunto pueden dejar de imaginar, y la realidad, incluso la realidad concreta y palpable, puede descomponerse, quebrarse, derretirse y ser absorbida por la nada, y nosotros nos quedaremos, aferrados el uno al otro así, cuando lo demás ya no exista.»

—¿Quieres volar? —preguntó él.

—Sí.

—¿Te imagino unas alas?

—No, flotar en el aire es suficiente.

Ella empieza a elevarse, y él detrás de ella.

—¡Eh...!

—Quédate cerca —le dice ella.

Ascendieron, flotando en el aire frente a frente, sin dejar de mirarse.

—Sobre todo, no dejes de imaginarme —dijo él en voz baja—. No me sueltes.

—No lo haré. No te preocupes —susurró Casandra.

Dejaron las copas de los árboles allá abajo y ascendieron hacia un lugar donde ninguna sombra obstruía los colores del crepúsculo.

—Tú tampoco —susurró Casandra, con los ojos muy abiertos—. Sigue. No me sueltes.

—Jamás —dijo él.

Extracto de
PERSONALIDADES PRINCIPALES EN EL DESARROLLO DE LA PROFESIÓN
Lectura obligatoria, H. J. Baum

———

Hubert Jerome Baum está considerado por muchos como el mejor artífice del azar de todos los tiempos.

Al comienzo de su carrera, Baum era un tejedor de sueños diplomado, y a lo largo de su servicio se hizo merecedor de tres distinciones por la originalidad y profesionalidad en la construcción de texturas oníricas. En aquel entonces, todavía era uno de los jóvenes en la especialidad, pero en el archivo de su departamento se pueden encontrar por lo menos cincuenta y cinco referencias de sueños con un nivel de complejidad y acabado particularmente importantes, y por lo menos ciento setenta menciones al mérito por sueños que influyeron positivamente en las vidas de sus soñadores.

Unos dos años antes de retirarse como tejedor de sueños, ganó el prestigioso Premio Dawson por el «uso de los sueños en la terapia de traumas», lo que lo convirtió en el galardonado más joven de la historia.

Después de este período, Baum se trasladó al Departamento Especial de Diseño de Asociaciones Libres, pero al cabo de unos años lo dejó. En una de sus biografías, titulada *Baum. Hacer caer la primera ficha de dominó,* se dice que sentía una fuerte necesidad de participar en actividades que no fueran de oficina.

Cuando empezó a trabajar como artífice del azar, se podría decir que esta disciplina todavía estaba en pañales. Los del momento se dedicaban principalmente a construcciones de tercer nivel como máximo, y aun estas eran exclusivamente MFH o casualidades *ruidosas,* del tipo que hasta los mismos involucrados podían clasificar como «pura coincidencia» dado su escaso nivel de probabilidad.

Aprovechando su amplia experiencia como tejedor de sueños, y gracias al conocimiento que había acumulado en el Departamento de Diseño de Asociaciones Libres, Baum creó una nueva forma, más compleja, de construir casualidades. Para él, una construcción es también un tipo de *tejido*, para lo cual promovió una serie de medidas organizativas que cambiaron la forma en que los artífices del azar trabajan desde entonces.

A lo largo de su servicio, que según muchas fuentes sigue llevando a cabo, Baum ha sido el responsable de algunas de las construcciones más complejas e impresionantes de la historia, como las placas de moho en el laboratorio de Alexander Fleming y el descubrimiento de la penicilina, o la organización del descubrimiento del electromagnetismo, de los rayos X y del lapso de tiempo en que amainaría una tormenta, gracias al cual sería posible la invasión de Normandía. Además, fue el responsable de grandes construcciones históricas, especialmente complejas y todavía confidenciales, parte de las cuales jamás serán reveladas.

Baum está considerado un gran maestro en dos áreas de conocimiento principales, que son los cambios vinculados con el estado del tiempo o que lo aprovechan (lo que exige profundos estudios y un alto grado de precisión) y el uso de múltiples identidades en el marco de las construcciones. Los disfraces y las identidades que más le gustan son la de revisor de trenes, alto y con un acento poco definido, la de jardinero viejo y la de peluquera robusta, generalmente llamada Clarice.

Baum se presenta muy raramente en público con su imagen real. Recientemente se lo vio en la ceremonia de graduación de uno de los cursos de artífices del azar en España. No se sabe nada de su localización actual ni de si todavía está en activo.

20

Pierre volvió a revisar mentalmente los pequeños detalles de ese día.

La mitad del plan ya se ha llevado a cabo. Tiene que llegar pronto a la parada del autobús, prepararse para una pequeña discusión y exasperarse como es debido.

Siempre le costaba perder los estribos. Ante todo, hay que coger ese latido del corazón y ponerlo en el lugar correcto, se recordaba.

Ahora no se parecía a Pierre, por supuesto. Era muy bajito y medio calvo, caminaba tambaleándose y tenía los pelos de la barba sudorosos.

Durante los últimos tres meses, cuando merodeaba por la emisora de radio, casi no hablaba con los demás, pero al cabo de cierto tiempo la gente dio por sentado que debía estar allí y lo ignoraba como si fuera una pequeña mancha en el parabrisas, no lo suficientemente importante como para hacer lavar el coche entero. Él ya los conocía bien, pero ellos no tenían ni idea de quién era.

Según parece, la atención que se le presta a la gente siempre es inversamente proporcional al número de los presentes; la emisora era bastante grande, y los pasillos, lo bastante largos para que el nivel de atención estuviera justo debajo de la línea roja que él había definido. Exactamente en la medida en la que ninguno querrá iniciar una conversación contigo, pero en la que todos se sentirán cercanos a ti.

Se marchó de la emisora con pasos lentos.

Nadie se fijó en él, como de costumbre. En la mesa, fuera del lugar que por alguna razón se seguía llamando la *discoteca,* había montones de discos, preparados según el orden de los programas del día.

Ni la recepcionista, ni el responsable de la discoteca, ni el locutor que se paseaba con un porro apagado solo para parecer guay, nadie estaba allí cuando él pasó rápidamente y cambió los estuches de dos discos.

Será muy sencillo. El locutor creerá que está transmitiendo una canción determinada y cuando se dé cuenta ya será demasiado tarde para buscar la que corresponde. Ya farfullará algo sobre un pequeño fallo técnico, se resignará y pondrá la otra canción. A veces, incluso con un porro apagado, uno tiende a pensar con demasiada lentitud.

Y entonces pondrá la canción que Pierre ha elegido.

Por cierto, una primera lección del curso de artífices del azar: «Manipulación de canciones».

De lo más elemental.

Sonrió.

21

Emily estaba sentada en el andén blanco esperando el tren.

Aparentemente.

Parecía un andén a pesar de ser completamente blanco, pero era imposible equivocarse por las vías que tenía enfrente, más abajo, cerca de ella. Al parecer, esperaba un tren. La maleta que estaba a sus pies es otra pista significativa. No la había hecho ella ni nada parecido.

Por otra parte, tampoco recordaba haber ido a ninguna estación. Un momento antes estaba en su apartamento, firmando la renuncia y completamente viva; y ahora estaba aquí, en una estación y, según parecía, muerta.

No se sentía muerta. Notaba en el pecho el aire frío que aspiraba por la nariz, su peso contra el asiento, e incluso tenía hambre. Pero estaba muerta, era bastante evidente. Una sensación inquietante. Por un lado, no tenía ni idea de lo que sucedería, y por el otro, sentía que lo peor había pasado ya, así que realmente no había por qué preocuparse. ¿Qué tipo raro de curiosidad era esta, que ni siquiera tenía una pizca de miedo de lo que la esperaba?

Miró a su alrededor, tratando de orientarse en el espacio. El andén se extendía a derecha y a izquierda hacia los dos infinitos. Blanco y liso, sin ningún asiento más que el suyo. Frente a ella, el andén terminaba en un escalón. Debajo, más abajo, sobre la tierra, había dos vías de tren negras, y más allá, un césped blanco que se movía un poco con la brisa y continuaba hasta el horizonte, donde árboles pequeños, también blancos, formaban una línea en zigzag.

Acababa de fijarse en que, a su derecha y un poco hacia atrás, había una columna, alta y cuadrada, que en su parte superior tenía un altavoz. Sí, parecía que enseguida llegaría un tren. Se dio un poco más la vuelta y detrás de la columna vio una casilla, también blanca, por supuesto, con una ventanilla sobre la cual había un cartel donde, con letras gris pálido, ponía «INFORMACIÓN».

¿Información?

¿Hay aquí información?

Se levantó, durante un segundo luchó contra el impulso de coger la maleta que le quedaba de la vida anterior. Aquí nadie intentaría robársela. Y si lo hicieran, ¿qué más daba?

Lentamente se acercó a la ventanilla de información, preparada para lo que pudiera suceder. Detrás de la ventanilla vio una mujercita llena de vida, vestida con una blusa de algodón azul, con arrugas de sonreír ramificándose tranquilas alrededor de su rostro, y el corto cabello negro haciéndole cosquillas en el hueco del lateral del cuello. Parecía una pequeña ilustración que podría ponerse junto a la palabra *amigable* en un diccionario.

La mujercita levantó los ojos y miró sonriendo a Emily.

—¿La sensación al ver este cartel? —dijo—. Ocho letras, la tercera es una R.

Emily la miró, un poco confundida:

—¿Disculpe?

La mujer levantó lo que tenía delante, sobre la mesa y debajo de la ventanilla. Era un crucigrama medio resuelto.

—Ocho letras —repitió—. No puede ser *hartazgo,* porque la primera letra no es una H.

—SORPRESA —dijo Emily.

—¡Correcto! ¡Correcto! —La mujer se puso contenta y garabateó rápidamente—. Eso también me resuelve el 2 horizontal, gracias a la O.

—¿Qué es el 2 horizontal? —preguntó Emily.

—Lo que debe apreciarse en su justa medida —dijo la mujer—. Nueve letras.

Emily pensó un poco.

—¿Cuál es la solución? —preguntó al final.

—TOTALIDAD —dijo la mujer.

—¿Totalidad?

—¿No es eso? —La mujer frunció las cejas—. Es lógico. Y además ya tengo la I de antes del 6 horizontal.

—¿Qué es?

La mujer sopesó un poco las definiciones que tenía delante.

—Eso es. «Nombre de la joven que está esperando en la estación.» EMILY, ¿no?

—Co-co-rrecto.

—Entonces, todo arreglado. —Dobló el crucigrama y lo dejó de lado—. ¿En qué puedo ayudarte?

—Mmm... —Emily tartamudeó un poco—. Quiero decir... No quería nada en concreto. Quiero decir... Siento la necesidad de informarme un poco, pero no tengo suficiente conocimiento como para saber qué preguntar.

—¿Quieres que yo te proporcione también las preguntas?

—No, yo solo...

—No, no, está bien. Ningún problema. Prueba con «¿Estoy muerta?», por ejemplo.

—¿Es… es… estoy muerta?

—¡Sí! —aplaudió la mujer—. Pero en realidad no. Algo así. Muy bien, haces preguntas excelentes. ¿Qué pasa con «¿Cuándo llegará el tren?».

—No pensaba preguntar eso, yo…

—Vamos, adelante: cuándo…

—Cuándo…

—Llegará el tren.

—¿Cuándo llegará el tren?

—Cuando quieras. —La mujer levantó las manos—. Ahora prueba con algo tuyo.

—Mmm… ¿A qué se refería antes cuando dijo: «Pero en realidad no»?

—¡Oh! Excelente pregunta.

—Gracias.

—Estás haciendo progresos.

—Gracias.

—…

—…

—…

—¿Y la respuesta?

—Ah, sí, claro —dijo la mujer—. Casi me había olvidado. No estás realmente muerta, porque, la verdad, solo los humanos mueren, y tú, cómo decirlo, en realidad no eras humana. Es decir, tal vez lo fueras, pero tenías un estatus un poco diferente.

—Era artífice del azar.

—Ajá. Y ahora simplemente vas hacia la siguiente ocupación. Como una sala de espera.

—¿Una sala de espera?

—Algo así.

—Entonces ¿por qué parece una estación de tren? —preguntó Emily.

—¡Qué sé yo! —La mujer del mostrador se encogió de hombros—. Así es como tú elegiste. Cada uno elige vivirlo de manera diferente.

—¿También usted...?

—Yo solo soy algo que experimentas en tu propia mente, sí.

—¿La estoy imaginando?

—No. Lo vives. No soy imaginaria, existo. Simplemente tú eliges verme así. Por cierto, gracias. Me gusta el peinado.

—De nada.

—A propósito, ¿por qué pusiste tanto blanco? —preguntó la mujercita—. ¿Qué es lo que tienes con el color blanco?

—No lo sé. Hasta hace unos segundos no era consciente de estar creando esto.

—No es que no sea bonito. Es muy limpio.

—Gracias.

—De nada.

Emily volvió a examinar la estación en busca de pistas sobre el futuro.

—¿Qué pasa ahora?

—Como cualquier artífice del azar —dijo la mujer de la información con una sonrisa—, esperas aquí un poco, y cuando estés preparada llegará el tren que te llevará a la próxima estación.

—¿Cuál es?

—Vida —dijo la mujer.

—¿Vida?

—Vida. Lo auténtico. La mejor ocupación. Una vida normal, plena, todo incluido. Libre albedrío, emociones contradictorias, memoria, olvido, éxitos, desilusiones, todo el paquete.

—Yo... ¿seré simplemente un ser humano?

—Serás humana, para ser precisos.

—¿Con padres?

—Padre y madre, en honor a la verdad.

—¿En el mundo real, común y corriente?

—Desde luego, querida.

Emily respiró profundamente y dejó que la información fuera calando.

—Entiéndelo —dijo la mujer—, tal vez hayas muerto como artífice del azar, pero como persona sencillamente todavía no has nacido. De manera que se puede decir que sí, estás muerta, pero no es del todo exacto. Y yo no puedo darte una información incorrecta o imprecisa.

—¿Esto es lo que les sucede a los que firman la renuncia? —preguntó Emily.

—Sería más correcto decir que es lo que les sucede a los artífices del azar que se retiran. Voluntaria o involuntariamente.

—¿Involuntariamente?

—Hay otras maneras de morir además de la de firmar un documento, ya lo sabes.

—Cuando sea humana, ¿recordaré que he sido artífice del azar?

—¡De ningún modo! Para eso está la maleta.

Emily se dio la vuelta para mirar la maleta roja que estaba junto a su asiento.

—¿La maleta?

—Sí. Esa maleta contiene todos tus recuerdos. Cuando subas al tren, se la llevarán al compartimento de equipajes.

—Y...

—Y se perderá, por supuesto. Es lo que les pasa a las maletas. No deben llegar al mismo destino que el pasajero. Cuando lo hacen, es que algo no funciona. Al menos, en lo que a nosotros concierne.

Emily se giró y volvió al asiento. De alguna forma, la distancia parecía mayor que a la ida. Se sentó, cogió la maleta y se la puso sobre las rodillas. Era más ligera de lo que esperaba. Presionó los cierres con las manos. Se oyó un doble chasquido y la tapa tembló. Miró un momento la línea de árboles blancos del horizonte y abrió la maleta.

Aquí está su primera construcción de casualidades.

Y aquí el beso que nunca había conseguido olvidar y que siempre había estado segura de que debía recordar con mayor claridad. Un beso con los bordes un poco deshilachados por el uso repetitivo en sus sueños. Y aquí aquella vez que empezó a llover a mitad de la clase sobre la historia de la construcción de casualidades en la era moderna y ella estaba impaciente por salir a oler la lluvia.

Y aquí aquel aroma de entonces, oculto bajo el sabor del helado de vainilla y limón. Y aquí todas las tazas de café que había bebido, puestas en orden, desde el café más flojo e insignificante hasta el que, por error, había preparado con dos cucharadas y la había mantenido despierta hasta las cuatro de la madrugada.

Y aquí estaban los sueños que había tenido. Doblados, un poco húmedos, como si todavía no estuviera realmente despierta, apilados, los más terribles abajo, devorados por la oscuridad del fondo de la maleta; los fantásticos y alocados burbujeando traviesos arriba.

¡Dios mío! ¿Cómo ha cabido todo esto en una maleta tan pequeña?

La sensación del césped en las plantas de los pies; el sabor amargo del fracaso; sus zapatos favoritos; el nombre de la camarera que siempre les servía —a Dan, a Eric y a ella— en su cafetería; sus angustias, espinosas e intermitentes; sus *casi*; sus éxitos; las pequeñas cosas que llegaba a comprender por la noche, muy tarde, antes de dormirse, y que por la mañana estaba segura de haber olvidado; las veinte reglas que el General insistía en que memorizasen; la hermosa mirada de responsabilidad de Dan cuando estaba pensativo; el zumbido de los fluorescentes; el miedo paralizante que se apoderó de ella inmediatamente después de firmar.

Y también estaba la carta, la que le había escrito a Dan un momento antes de marcharse, la que hubiera querido dejar atrás, pero descubrió que era imposible. Aquí estaba, entera, sin quemar, en un sobre blanco y alargado.

Respiró varias veces, cogió el sobre y cerró de golpe la maleta.

Corrió al puesto de información. La mujercita levantó la pluma; tenía la mirada concentrada en el crucigrama.

—¿Qué sientes ahora? —dijo—. Seis letras.

—ALIVIO —dijo Emily.

—Mmm… Es posible. Enseguida veré si encaja con el 14 horizontal. —Volvió a levantar la mirada—. ¿Sí? ¿En qué puedo ayudarte, querida?

—¿Los artífices que van más allá, es decir, a la vida, pasan todos por este lugar? —preguntó Emily con voz temblorosa.

—Sí, sí, creo que sí. No sucede a menudo. A fin de cuentas, no sois muchos y no tenéis muchas ganas de moriros, pero al final todos pasáis por aquí.

—¿Puede hacerme un favor?

—¿Para qué estoy aquí? —Sonrisita.

—¿Podría darle esto a alguien? —Emily le entregó el sobre.

La mujer se lo cogió y se quedó mirándolo. De alguna manera, Emily sabía que ella sabía exactamente lo que contenía.

—Encontraste la manera de soslayar las reglas, ¿no? —preguntó la mujer.

—Más o menos. Necesito que le dé esto a alguien cuando llegue aquí. Es como así de alto, y…

—Sé de qué hablas, es decir, de quién.

—¿Sí?

—Pues claro. Hablas del 14 horizontal. AQUEL CHICO. Encaja exactamente con tu ALIVIO de antes —dijo la mujercita sonriente.

A lo lejos se oía el silbido de un tren que se acercaba.

—Y eso —dijo la mujer ensanchando la sonrisa— es señal de que ya estás preparada.

22

En el vestíbulo del edificio había mucha gente. Dan estaba sentado en un pequeño sofá, a un lado, observando los trajes que cruzaban rápidamente la distancia entre la puerta de entrada y el ascensor y viceversa.

Todavía no había conseguido decidirse a salir para dirigirse al punto de encuentro con Pierre. Una rápida mirada al gran reloj colgado delante de él le dejó en claro que pronto debería levantarse e irse. Estaba tan cansado…

Sí, parece que cambiar de aspecto puede ser agotador, pero eso es solo parte del asunto. Su yo interior le advertía que se alejara de los actos de naturaleza contraria a lo que estaba acostumbrado.

¿Convencer a Pierre? ¿¡Qué se había creído!? ¿Con qué argumentos exactamente? ¿En base a qué datos le presentaría una teoría alternativa?

Ninguno de los ejecutivos que pasaban apresurados por el vestíbulo se fijó en el joven melancólico hundido en el sofá del rincón. En realidad, ¿por qué iban a hacerlo?

Si se acercara a las puertas automáticas de la entrada, ¿lo notarían, o era tan insignificante e insustancial que hasta los sensores entenderían que no había allí nada ante lo cual abrirse?

Podría simplemente quedarse allí sentado hasta que el sol se pusiera y Pierre viniera a comprobar qué diablos pasaba, por qué carajo había estropeado el plan. Al parecer, eso sería el fin de su carrera. ¿Y qué?

Cuán lleno de energía se había sentido en su primera misión. Incluso antes, en el examen final del curso. Se abre camino en la jungla, caminando rápido, con la mirada fija, los músculos de las piernas gritando de dolor, inequívocamente decidido a encontrar a su cliente antes de que salga la luna. Es fácil cuando no entiendes las repercusiones.

Fue una porquería de misión, aún no comprendía qué había estado haciendo allí exactamente, pero al menos, había logrado convencerse de algún modo de que valía la pena.

Ahora sí, esto es realmente importante, pero no consigue moverse. Nada.

Se dirigió a la salida de emergencia y empujó la puerta.

* * *

Dan entreabrió vacilante la puerta del despacho.

—Bueno, ¿qué parte del «¡Adelante!» no está clara? —oyó que decía el General, y se apresuró a abrirla de par en par.

El General, sentado detrás de su escritorio de madera, levantó las cejas, expectante. Delante de él, en la mesa, había una gran carpeta marrón, una hoja de papel abarrotadamente impresa y un perrito de juguete que movía la cabeza arriba y abajo. Dan se preguntaba si el General siempre le daba un golpecito a la cabeza del perro antes de permitirles la entrada al despacho.

—Pasa y siéntate —le ordenó el General con la mano.

El mobiliario era modesto.

La ventana cuadrada proyectaba siempre una luz cuadrangular sobre el escritorio vacío y liso, a cualquier hora del día. En un rincón había un gran globo terráqueo que, por supuesto, también servía para guardar bebidas alcohólicas, y en el opuesto, un perchero en el que jamás se había colgado nada. A la derecha había una estantería con puertas de cristal. Estaba vacía, a excepción de un libro que tenía una cubierta de color blanco amarillento, y de una macetita en la que brotaba una única hoja. Dan siempre se preguntaba si era real o de plástico.

Ninguna foto de familia. Por supuesto ningún ordenador, ni siquiera un pequeño calendario.

En una esquina del escritorio, lejos del perro que asentía con la cabeza, había uno de esos juguetes de ejecutivo. Dan creía que se llamaba *bolas cinéticas*. Cinco esferas plateadas y brillantes, cada una colgada de dos hilos, esperando que el jefe aburrido levantara una e iniciara un movimiento pendular sistemático.

Dan se sentó frente al General y esperó.

El General cogió la hoja de papel y murmuró algo entre dientes.

—¿Y? ¿Cómo ha ido? —dijo finalmente, dirigiéndose a Dan—. ¿Cuál es tu conclusión?

—Yo... Es decir, me parece que ha ido bien, ¿no?

—Dímelo tú.

—Sí, sí. Ha ido bien.

—¿Qué es lo que ha ido bien?

—El curso.

—¿El curso?

—Me ha preguntado por el curso, ¿no?

El General se echó hacia atrás y lo miró atentamente.

—¿Sabes lo que me gusta de ti?

—Sí. Es decir, no.

—El excelente equilibrio entre tu necesidad de recibir la aprobación de terceros y tu capacidad de invertir el mínimo esfuerzo para conseguirla.

—Creo que no le entiendo.

—Ah, no tienes que entender todo lo que digo. Por lo menos de momento.

—Mmm… De acuerdo.

El General siguió balanceándose en su silla y observándolo.

—¿Y mis calificaciones? —preguntó Dan.

El General no respondió. Parecía estar pensando en otra cosa. Dan esperó. «Ten cuidado —le habían dicho Eric y Emily antes de entrar—: hoy está de buen humor.»

—Sí, las calificaciones. —El General despertó de sus cavilaciones y miró la hoja de papel que tenía delante—. Muy mal en historia, regular en todo lo concerniente a la teoría de la manipulación humana, excelente en el análisis técnico de las construcciones, etcétera. No te preocupes. Desde luego, es ridículo que no conozcas los personajes clave de la historia de los artífices del azar, pero no te hicimos venir para que suspendieras el examen teórico. Sabemos seleccionar a los nuestros. Además, estoy bastante seguro de que aprobarás el práctico. De hecho, estoy seguro de que los tres lo haréis.

—Me alegra oírlo —dijo Dan.

El General se levantó y empezó a dar vueltas por el despacho, con las manos en los bolsillos.

—Hay dos tipos de artífices del azar particularmente buenos —dijo—. Serían comparables a dos tipos de personas. Las que dirigen sus propias vidas y las que dejan que la vida los dirija, es decir, las pasivas y las activas.

—¿Perdón? —Dan no le seguía del todo.

—El artífice activo puede que sea brillante, pero también es peligroso. Entiende que controla el mundo y sabe cómo usar ese control. Le gusta verse como creador o artista. Tu amigo Eric es uno de esos activos. A veces eso es bastante irritante. Durante el curso, ese mierdecilla se arregló por lo menos tres citas con la ayuda de construcciones no autorizadas, y también hubiera ganado la lotería si yo no le hubiera prohibido llevar a cabo los últimos pasos de su plan. ¡Qué diablos! Si no fuera un genio, ya lo habría expulsado. Pero ese es el riesgo que se corre con los artífices activos.

»Pero tú, en comparación, eres tan pasivo que es un auténtico placer observarte. No te ves como un artista, sino como un funcionario. Estás tan acostumbrado a que la vida te lleve de un lugar a otro que el concepto de construcción de casualidades te parece completamente natural. Eres el sueño dorado de cualquier operador. Recibes un sobre y construyes una casualidad, recibes otro sobre y construyes otra casualidad. Qué cómodo. Pero, por otro lado, es un poco triste observarte desde fuera.

Dan no estaba prestando atención. Emily le había advertido que el General tendía a ser mordaz y a tratar de socavar la confianza de una manera sofisticada y exagerada antes de asignarle a uno la misión de final de curso. «Me arengó durante un cuarto de hora sobre lo bueno que era que yo no tuviera confianza en mí misma y cómo esto mejoraría mi tendencia a ser perfeccionista —le había dicho Emily, nerviosa—. Dos minutos más y me hubiera levantado y marchado. O le habría dado una patada en la rodilla, muy fuerte.»

Pero ahora era difícil no hacerle caso al General.

Puso la cara muy cerca de la de Dan.

—Si quieres progresar en esta profesión —le dijo—, si quieres ser algo mejor que el repartidor de pizzas de los acontecimientos, tienes que tratar de abstenerte de las abstenciones. Tal vez no sea tan fácil como eso a lo que estás acostumbrado, pero es más gratificante. ¿Está claro?

—Clarísimo —dijo Dan, esforzándose por controlar el impulso de volver la cara.

Al final, el General le entregó la carpeta que contenía su misión de final de curso. Se acercó al globo terráqueo que estaba en un extremo del despacho y estudió atentamente los continentes, como si acabara de descubrirlos.

Dan abrió la carpeta y pasó las páginas.

Miró al General.

—Aquí dice que tengo que…

—Sí.

—Pero esto, en definitiva, es…

—Correcto.

—Solo es hacer que una mariposa bata las alas una vez.

El General soltó una corta carcajada.

—Eso es lo que sucede cuando uno no se dedica a estudiar la historia. No menosprecies esa misión. No es sencillo hacer que una mariposa bata las alas una vez.

—Entiendo que dar con ella puede ser un poco complejo, pero…

—Esas mariposas son unas pequeñas hijas de puta, y además, tercas. Antes no eran conscientes de su importancia, pero ahora saben exactamente lo que valen, y es muy difícil convencerlas de que muevan un ala si no quieren. Encontrar una es lo fácil, convencerla será lo difícil. Y eso por no hablar de la sincronización.

—¿Esta es mi misión de final de curso? ¿Ir a Brasil, dar vueltas por la selva, encontrar una mariposa y convencerla de que mueva las alas una vez? Es tan… tan… de los años ochenta…

—No las alas. Un ala. Lee con atención.

—¡Pero la misión que ha recibido Eric es organizar una reunión de tres individuos que están en vías de fundar una nueva población! ¡Y la de Emily es hacer que un tipo de la República Checa invente un juego de cartas…!

—Y esta es la tuya. Acéptala y ejecútala. No todo lo que haces tiene que ser espectacular como llegar a la Luna. Los actos pequeños y comunes también tienen su importancia.

—Creo que…

—Me parece que eso es todo —dijo el General.

Levantó una de las bolas plateadas y la hizo caer trazando un arco. Al otro lado de la fila, dos esferas saltaron hacia arriba.

—¿No es eso imposible? —preguntó Dan, señalando el rebelde juguete de oficina.

—Ese es el principio de todo lo que hacemos aquí, idiota. Vete a mover una mariposa —le dijo el General—. Me refiero a eso en el sentido más puro de la palabra.

Dan cogió la carpeta y se levantó dispuesto a marcharse, todavía turbado por la visión de las bolas saltarinas. Una en un extremo, dos en el otro.

—A veces funciona así —le dijo el General.

—Entiendo.

—No lo entiendes, pero llegará.

23

—Se diría que te ha atropellado un autobús.

Dan miró a Pierre y le dijo:

—No estoy de muy buen humor.

—Sé que no te sientes cómodo con todo esto, pero a veces hay que hacer cosas así, ya lo sabes.

—No es justo y no estoy seguro de poder hacerlo.

Se encontraban en una parada de autobús antigua y aislada. Dan estaba sentado en uno de los asientos rotos, con la espalda encorvada y los codos apoyados en las rodillas. Pierre, de pie frente a él y con los brazos cruzados.

—Escucha —dijo Pierre—. Es muy fácil. No pretendo venderte esas tonterías sobre la tortilla y los huevos o los árboles y las astillas. —Se alejó un poco de la parada para mirar hacia la curva de la carretera en el horizonte—. Los hechos son simples. Michael, tu ser querido, por lo que parece, tiene que morir para que no se rompa la secuencia de las eliminaciones exitosas de Alberto Brown. La serie debe mantenerse para que Alberto Brown acumule, durante los próximos cuatro años, el crédito suficiente para entrar en una de las familias más poderosas de la mafia de los Estados Unidos. Ese crédito ha de servir para promocionarlo y convertirlo en una figura tan legendaria que al cabo de cinco años lo elijan capo de la familia e inicie una fusión con otras tres grandes familias para hacer posible la creación del cártel del crimen más importante de los últimos doscientos cincuenta años. Esta fusión también le permitirá establecer contactos y negocios con cierto número de pequeñas organizaciones terroristas. Y entonces, al cabo de unos años, cuando todo esté preparado, mi último paso hará posible que él destruya el cártel y aseste un golpe mortal a las células terroristas a él asociadas, lo que llevará a como mínimo treinta años de tranquilidad en muchos lugares. —Volvió un poco la cabeza hacia Dan—. Matar a un hombre para dar la vuelta a una construcción que abarca casi sesenta años. Y ni siquiera es nada directo.

—Pierre...

—No empieces con el *Pierre* —le dijo en voz baja—. Tengo cosas que hacer. Que organizar. Ya te lo he preparado todo. El conductor está cansado y preocupado, y no se fija en nada. Subirás al autobús. Te sentarás delante, en el primer asiento. Esperarás como un niño obediente hasta que lleguéis al punto indicado, y entonces preguntarás algo justo en el momento preciso para que el conductor mire un segundo hacia atrás y atropelle a nuestro cliente.

—Él no es nuestro cliente.

—Para nosotros, esta construcción gira en torno a él, así que técnicamente...

—¡No es nuestro cliente! —gritó Dan.

Entre ellos se hizo un silencio de unos segundos.

—¿Me has gritado? —preguntó Pierre.

—Puestos a hablar, es mi cliente —dijo Dan en voz baja.

—¿Me has gritado?

—Yo era el que debía preocuparse de que no estuviera solo, quien jugaba con él y lo convenció de que podía realizar sus sueños, quien lo protegía cuando corría de acá para allá, quien intentaba explicarle que los amigos van y vienen, a pesar de no estar seguro de que alguna vez los fuera a tener. Y ahora tengo que matarlo.

Pierre se quedó en silencio un rato y luego volvió a preguntar, en un tono de voz helado:

—¿Me has gritado, mequetrefe?

—Tiene que haber otra manera —dijo Dan levantando la cabeza—. Y me parece que intentas evitarla de manera intencionada.

Pierre se volvió hacia él.

—Ahora, escúchame —dijo con los ojos enrojecidos de ira—, y escúchame bien. Mientras tú estás ocupado organizando que dos estudiantes idiotas choquen en la esquina de un pasillo, yo organizo nacimientos de presidentes. Mientras tú insertas una estúpida canción pop en un programa de radio con el fin de ponerle música de fondo a un romance de tres al cuarto, yo organizo los nacimientos de los que asesinarán a los presidentes de cuya gestación me ocupé anteriormente.

»No eres nada. Eres un don nadie. Eres un funcionario subalterno con tendencia a la cháchara. Crees que cambias y organizas cosas en el mundo, cuando lo único que haces es poner en acción chistes existenciales sin sentido. Y mientras haces todo esto, deambulas sin ningún objetivo, más allá de tu próximo sobre inmundo. ¿Qué pasa? ¿Has hecho que alguien decidiera volar a Australia para conocerse a sí mismo y piensas que eres capaz de ver el panorama en su totalidad? ¡Pero si ni siquiera eres capaz de dibujar en tu pared las tres cosas y media que constituyen tu vida!

»Mírate. Eres una pieza de dominó esperando que la hagan caer. Ese es tu impacto en el mundo. Eres un blanco inmóvil. Excepto aquella heroica operación de rescate tuya, ¿hay alguna cosa, una sola, que hayas hecho porque te ha salido de dentro, no porque alguien te mandara hacerla?

Dan intentaba mantener la compostura. Clavó la mirada en el suelo con furia contenida.

—He amado —dijo en voz baja.

Pierre se atragantó.

—¿Has amado? ¿Que has amado? ¿A esa amiga imaginaria tuya? ¿Desde cuándo imaginar es amar? —Dan movió la cabeza con incredulidad—. El amor exige cambio. El amor exige esfuerzo. El amor no es una golosina que te dan porque has sido un niño obediente y que ahora te hace sentir bien. Es un trabajo duro. El más duro del mundo. ¿Cuánto invertiste exactamente en tu amiga imaginaria? No hiciste más que adoptar la apariencia que quisiste y derramar sobre ella la suficiente dulzura hasta convencerte de que estabas *enamorado*. Los holgazanes no consiguen amor. —Pierre echaba chispas, era incapaz de parar.

»¡Dios! Sabía que debía renunciar a ti. Lo sabía. Desde mi punto de vista, no eras más que una misión piadosa. ¿Crees que no habría podido organizar un golpe en un parque abandonado? ¿Un accidente de ascensor? ¿De verdad crees que te necesito disfrazado de basura de amigo imaginario para hacer que salga del edificio y cruce la calle en el momento preciso? Para ser alguien que organiza remedos de accidentes y se califica como artífice del azar, estás demasiado consentido. Llevas ya mucho tiempo haciendo las mismas cosas, dudando durante horas si organizarle una pequeña indigestión a una niña de cinco años. Sí, sí, sé todo esto. He repasado tus misiones. Esta era una misión que supuestamente te serviría de impulso, que te forzaría a tomar una decisión con un par de cojones. ¿Crees que cambiamos el mundo con flores? No, no, cariño. Las flores aún no han cambiado nunca el mundo. Las lanzas, tal vez. Los fusiles, sin duda. Las bombas lo han cambiado y seguirán haciéndolo, confía en mí. Pero las flores, no. Y si quieres empezar a mover cosas en el mundo, cosas grandes, más vale que te olvides de esa gazmoñería sentimental tuya.

—Me gusta cambiar cosas pequeñas —dijo Dan en voz baja.

—Pues quédate ahí, en tu casilla pequeña y protegida. Arregla encuentros de parejas que se divorciarán al cabo de cinco años, haz que la gente entienda sus *sueños* solo para, diez años después, descubrir que no pueden cumplirlos y que por ellos han renunciado a todo. Sigue dibujando en las paredes hasta el fin de tus días. Hasta que firmes la renuncia, amargado y lleno de frustraciones. Como tu amiga.

—¿Cómo? —Dan levantó la mirada, atónito.

—Emily —dijo Pierre con una sonrisa de satisfacción—. Ella tampoco tenía lo que hay que tener, según parece.

Dan palideció.

Emily había firmado el formulario de renuncia. ¿Qué demonios se le había pasado por la cabeza?

Intentó concentrarse en sus pensamientos, pero descubrió que el tono ofensivo de Pierre seguía metiéndosele en la mente.

—¿Crees que comprendió que, en el fondo, hacía el trabajo de limpieza de otros artífices? ¿Organizando patrones en el serrín que cae al suelo cuando los artífices de verdad están serruchando? Tal vez. Tal vez simplemente estaba harta. Eso sucede cuando uno siente que su trabajo es insignificante.

Pierre volvió a mirar hacia la carretera. En el horizonte se veía un puntito.

—El autobús se acerca, querido. Todavía estás a tiempo de fortalecer tu carácter. Todavía estás a tiempo de subir a él y saborear por primera vez lo que es iniciar un cambio real en el mundo. O puedes quedarte aquí, decirte cuán decente eres y seguir siendo tan significativo como una piel de plátano en la acera. También ella puede hacer que alguien se caiga, ya sabes.

Ya se podía oír el ruido del motor del autobús.

El aire caliente en la parada se arremolinaba a su alrededor. Pierre seguía erguido, mirando la carretera, y Dan, encorvado en el asiento roto.

—¿Cómo te atreves? —dijo Dan finalmente.

—¿Perdón? —Pierre levantó una ceja.

—¿Cuándo os sucede exactamente, eh? —preguntó Dan, levantando la voz por encima del ruido del autobús que se acercaba—. ¿Cuándo alcanzaste justo el nivel de arrogancia que te ha hecho perder la chaveta y creerte tan especial que puedes decidir la muerte de alguien, sencillamente porque te conviene?

—Oye...

—No, ¡ahora me vas a oír tú a mí! —gritó Dan—. ¿Puedes hacer que nazcan presidentes y organizar revoluciones, pero no puedes planificar una salida a esta situación sin una muerte innecesaria? No, no. No me lo creo. Puedes, ¡y tanto! Eres capaz de planificar mucho más que esto. Pero no sería lo bastante dramático, ¿eh? No te proporcionaría ese cosquilleo que te hace sentir poderoso, ¡que eres alguien! Los fragmentos de la realidad que yo cambio, señor mío, son vidas de personas. ¿En qué momento exacto te olvidaste de eso? ¿En qué momento empezaste a considerarlo todo un gran juego en el que es preciso acumular puntos?

—Tranquilízate. No me refería a esto cuando dije «fortalecer tu carácter» —dijo Pierre fríamente.

—¡Cierra el pico! —chilló Dan—. ¡Prefiero seguir siendo *pequeño e insignificante* por toda la eternidad y no perder el alma para poder mirar las cosas como lo haces tú! ¡Tú eliges cómo construir tus casualidades! ¡Tú lo eliges! ¡No pasa porque sí! Y ahora yo decido cómo construir las mías, y eso no incluye la ejecución de nadie.

—Tranquilízate...

—¡A callar! A lo largo de toda mi existencia he cumplido órdenes. Todo este tiempo que he pasado yendo de acá para allá, organizando, preparando y construyendo casualidades como un loco, en realidad he sido pasivo. He sido un amigo imaginario pasivo porque estaba obligado a serlo. No podía dar mi opinión ni cambiar algo en contra de los sentimientos de quien me imaginaba. Una vez lo hice. Una vez me rebelé, me atreví a enfrentarme a quien me imaginaba y me castigaron con años de inexistencia.

»Y entonces me llegó la oportunidad de ser activo, de cambiar cosas, de llevarlas, a criterio mío, al lugar correcto. Pero en lugar de eso me convertí en esclavo de los sobres. Me permití formar parte del sistema sencillamente porque era cómodo y agradable, y, además, por el sentido de pertenencia. Desde mi primer sobre y hasta hoy, solo he visto misiones que debían realizarse. He avanzado por el camino seguro para ser como tú, alguien que, de tanto admirarse por una ejecución excelente, no ve las almas de los individuos que maneja. Pero hasta aquí hemos llegado.

El autobús estaba a unas decenas de metros. El olor llegaba ya a ellos.

—Yo no subo. Arréglatelas solo —dijo Dan.

—Subirás —le dijo Pierre—. No hay otra opción. Con el debido respeto por tu discurso incendiario, tenemos que llevar a cabo una misión.

—Y con el debido respeto por tu discurso incendiario —dijo Dan—, ¡vete al diablo!

El autobús se detuvo junto a ellos.

Se abrió la puerta.

—Dos cosas —dijo Pierre, poniendo el pie en el primer escalón—. Una, lo haré yo, pero tú, querido, no construirás más casualidades con personas. Me ocuparé personalmente de que te asignen misiones de formar parejas de reptiles e insectos hasta el fin de tus días.

»Y dos, con toda la mierda que vendes sobre eso de que estás harto de ser pasivo, tal vez valdría la pena que consideraras que también tu pequeña rebelión actual se basa en el hecho de que no haces nada. No eres tan activo, si quieres mi opinión. Como siempre, incluso cuando te rebelas, eliges el camino más fácil.

La puerta se cerró tras él con un soplo de aire comprimido. El autobús arrancó y empezó a alejarse hasta quedar fuera del alcance de la vista.

Dan se quedó sentado casi un minuto más; el sol abrasador creaba interferencias en las nubes de polvo a su alrededor.

Entonces se levantó y echó a correr.

24

«Vale, podría haberlo llevado a cabo mejor», pensó.

El paisaje le pasaba rápidamente por delante a través de las ventanillas del autobús.

No tendría que haberse dejado llevar representando su papel, sino atenerse al texto original, sin improvisar. Pero no se había apartado de los límites fijados de antemano por él. No había pasado nada. Seguimos avanzando de acuerdo al programa.

Se sentía incómodo con lo que había dicho. Dan no merecía escuchar aquello. Al fin y al cabo, en realidad era un buen tipo.

Sí, se había dejado llevar un poquito.

El autobús entra en la ciudad, ahí llega.

¿A qué había venido aquello de «organizo nacimientos de presidentes»? Había sido un error realmente garrafal. No se podía hacer tal cosa, organizar nacimientos de presidentes. Las personas eligen ser presidentes después de nacer, no antes. Es la cuarta regla del libre albedrío. Estaba incluida en los exámenes. Si Dan se percataba del error, esta frase podría estropearlo todo. Después de tantos años, todavía seguía cometiendo errores de novato. Nacimientos de presidentes, vamos, anda.

En cualquier caso, es preciso esperar que no haya más interferencias y que todos los cálculos hayan sido correctos.

En resumidas cuentas, se trata de un pequeño accidente, esa sensación desagradable es del todo innecesaria.

Ahí está el cruce.

Hay que virar a la derecha inmediatamente.

Y aquí está él, todavía no sospecha nada. Y ahora, exactamente en el segundo justo, debe inclinarse un poco hacia delante y...

—¡Eh! ¿No tenía que haberse detenido en aquella parada?

El conductor se gira hacia él.

—¿Cómo dice?

Pero no mira al conductor. Mira al tipo que acaba de aparecer delante del autobús, ve cómo agita las manos y, durante un segundo, sus miradas se cruzan antes del golpe.

No puede evitar pensar: «Misión cumplida».

Extracto de la
carta difundida entre los alumnos
del curso de artífices del azar con el
propósito de promover la actividad
conforme a las instrucciones

A todos los alumnos:

Como sabéis, en un mes aproximadamente terminaréis vuestros estudios y entraréis en el período de prácticas como artífices.

¡¡¡Prestad atención!!!

A lo largo de los años, ha arraigado una mala costumbre: los graduados suelen hacer lo que ellos llaman *construcciones de graduación* (CG).

¡¡¡Las consecuencias de una construcción *divertida, maravillosa* o *ingeniosa* realizada sin orientación profesional y sin ninguna aprobación previa pueden ser graves!!!*

---

* Válido también para las construcciones aparentemente inocuas, por ejemplo, que dos actrices de Hollywood lleguen a una ceremonia llevando el mismo vestido, que haya extraños contratiempos en un programa de televisión en directo o que se llene una cafetería con mucha gente que sufre de diarrea. Todas ellas pueden acarrear consecuencias de amplia repercusión. Cualquier construcción no

¡¡¡Están estrictamente prohibidas las construcciones no autorizadas, por divertidas que sean!!!

¡¡¡El estudiante que promueva una CG corre el riesgo de ser descalificado y expulsado del curso!!!

¡¡¡Estáis advertidos!!!

¡¡¡Terminemos el curso con seguridad y tranquilidad!!!

---

autorizada es susceptible de plantear dificultades a los artífices, que se verán obligados a trabajar mucho para mitigar el impacto acumulado.

25

Cuando Alberto entra, la habitación está un poco fría.

Siempre tiene cuidado de poner en marcha el aire acondicionado antes de salir. Es importante volver a una habitación agradable. Pero ahora no presta atención a nada de eso.

Tampoco se acuesta mirando afuera ni se sienta en la terraza con un whisky con hielo en la mano, sino que empieza a hacer el equipaje, preguntándose para sus adentros si está contento o si es presa del pánico. Se supone que un asesino a sueldo no debe ser presa del pánico. Así que, según parece, está contento.

Ya veía a su objetivo saliendo del edificio. Alto, con un traje azul oscuro, caminando a pasos rápidos y precisos, con las manos en un puño metidas en los bolsillos. Otro objetivo. Al fin y al cabo, un objetivo más. Pero entonces, súbitamente, se produjeron tres sorpresas.

La primera, que de pronto su objetivo se dio la vuelta, bajó a la calzada y cruzó con determinación.

Él esperaba que se dirigiera al aparcamiento, y ahora, por primera vez en su vida, por así decirlo, descubría que los objetivos tienen vida propia y pueden decidir cruzar la calle, como si al otro lado hubiera algo interesante.

Siguió a través de la mira al hombre del traje, intentando calcular el momento oportuno para dispararle antes de que llegara al otro lado de la calle y quedara fuera de su campo de visión.

La segunda sorpresa fue que su hombre se detuvo en medio de la calle.

Por un momento pareció que tenía la intención de retroceder. Alberto no tenía ni idea de qué podía desviar la atención de alguien hasta el punto de hacer que se detuviera en medio de la calle y se quedara vacilando. Al cabo de un segundo lo entendió.

Habrá un accidente. Excelente. Todo el asunto duró solo un segundo y medio. Su objetivo dudó un instante, miró hacia atrás y se detuvo un momento más, que a Alberto le bastó para apoyar la mira sobre el pecho, llegar al punto justo entre la inhalación y la exhalación, poner el fusil en modo disparo único, colocar el dedo en el gatillo y...

Y entonces llegó la tercera sorpresa.

Un breve chirrido de frenos, un taxi blanco deteniéndose delante de su objetivo, un conductor nervioso sacando la cabeza y gritando. El hombre del traje levantó las manos a modo de disculpa y siguió caminando despacio hacia el otro lado de la calle, fuera del punto de mira.

El dedo de Alberto seguía en el gatillo, y él notó una sensación de ahogo.

Nada. No pasó nada. Sabía que ese había sido el momento en que debía ocurrir. Notó el hormigueo, el fuerte deseo diluido en la sensación de confianza, la respiración algo pesada con la que esos instantes solían venir acompañados en el pasado.

El momento había llegado y se había ido, y nada había sucedido.

Si ahora no reaccionaba y liquidaba a su objetivo en los dos segundos y medio que quedaban, tampoco pasaría nada.

Todo sucedió a cámara lenta.

El objetivo allí abajo, que camina pensativo hacia el otro lado de la calle.

Su mira, que sigue al objetivo hasta centrarse en la figura.

La clara comprensión de que ahora, esta vez de verdad, tiene que matar a un hombre. No esperar a que muera por su cuenta. Matar.

Los ejes de la mira que se encuentran justo en el lugar correcto.

El dedo en el gatillo. La decisión de disparar. La orden que el cerebro manda al dedo, que pasa a lo largo de la nuca, gira a la derecha junto al omóplato, atraviesa el hombro, se desliza como aceite negro a lo largo del brazo y llega al dedo, y entonces, entonces...

Y entonces el dedo no ejecuta lo que se le ha mandado, el muy descarado.

El objetivo desapareció del campo visual.

Alberto Brown no era capaz de matar a un ser humano.

Cuando ya estaba sentado en el avión y la pista empezaba a correr en la ventanilla, comprendió que no estaba contento ni era presa del pánico. Simplemente tenía una gran sensación de alivio. Había superado una prueba real. Una elección simple, como resultado de la cual el asesino más silencioso y más eficiente del hemisferio norte se convirtió en un hombre que tenía un hámster. Un hombre cualquiera.

Un hombre que ahora pasaría a la clandestinidad, que se vería obligado a cambiar de identidad, que tal vez no pudiera residir en el mismo lugar durante un cierto tiempo, un hombre que, de pura frustración, había dejado un fusil cargado en el tejado de un edificio, por lo presa del miedo y de la felicidad que era, y había comprado un billete para volar al primer destino que vio en la pantalla de salidas.

Pero un hombre cualquiera.

* * *

La puerta se cerró detrás de Michael suavemente, como si tuviera cuidado de no despertar a nadie, a pesar de saber que ella, la única persona de la casa, probablemente no durmiera aunque estuviera acostada.

Era tarde. No había llegado directamente de la oficina.

Después de cruzar la calle para entrar en la tienda de enfrente y hacer su pequeña compra, tuvo una sensación distinta, nueva. Fuera, el aire era fresco, su primera inhalación tras salir de la tienda fue como la primera de un bebé, muy sorprendente. Como si justo acabara de recordar cómo respirar, como si hubiera muerto y resucitado. Entonces movió la cabeza, vio la bolsita que tenía en la mano y se preguntó, casi en voz alta, cómo había podido pensar que aquello pudiera cambiar algo.

Apoyó la cartera junto a la puerta, y dejó delicadamente las llaves en la mesita de la entrada. Automáticamente movió una mano hacia el cuello, dispuesta a aflojar el nudo de la corbata, pero recordó que ya lo había hecho cuando había permitido que las piernas y los pensamientos lo llevaran por las calles. Había vagado durante horas, preguntándose una y otra vez qué diantres estaba haciendo, y por qué este intento iba a ser exitoso cuando los demás habían terminado en fracaso.

En la cocina todavía había una lucecita encendida, entró y se sirvió un vaso de agua fría. Los pies se descalzaron rápida y decididamente, y aceptaron con amor el frescor del suelo a través de los calcetines. Bebió el agua a pequeños sorbos, deteniéndose cada uno o dos segundos para respirar un poco. Le sorprendió descubrir que, de hecho, estaba emocionado.

Menos de una hora antes, todo parecía acabado. Después de volver de su ronda al aparcamiento de la oficina, la bolsita que llevaba en la mano ya era insoportablemente pesada, estaba llena hasta los bordes de expectativas exageradas. Abrió el maletero del coche y la arrojó dentro, casi con desprecio, maldiciéndose por su ingenuidad, echando pestes contra John el Mediano por la ilusión que le había implantado, y maldiciendo al mundo entero.

Mientras iba en el coche hacia casa, sintió que se recuperaba lentamente. La sensación, opresiva y envolvente, a la que ya estaba tan acostumbrado, que se había convertido en una segunda naturaleza, había vuelto. Es tu vida, es lo que eres, y ahora tendrás que sobrellevarla. El libro que estaba en el maletero era, a fin de cuentas, otro acto desesperado de amor, pero esta vez lo cortó de raíz. Era una pérdida de tiempo. Del suyo. Del de ella.

Se vio metido en el habitual atasco del atardecer y respiró el olor familiar del aire acondicionado.

En la radio, el locutor farfullaba algo sobre «una pequeña confusión que aquí tenemos...» y empezó a sonar una canción.

Michael terminó de beber el agua y dejó el vaso en el fregadero.

«Seguro que pensaron que estaba loco», se dijo, permitiéndose sonreír. ¿Cómo no iban a pensarlo?

¿Qué otra cosa podían pensar al ver en medio del atasco a un hombre alto y trajeado que abre la puerta del coche, sale y se pone a bailar y a llorar al son de la música de la radio?

¿Qué saben ellos de aquellas canciones que se habían transformado en caballos de Troya de los sentimientos? ¿Cuál es la probabilidad de que alguno entienda o adivine la mirada de ella cuando puso entonces esa canción en su tocadiscos y le dijo: «Vas a bailarla conmigo ahora, y ya puede hundirse el mundo».

Porque solo habían visto a alguien de pie en medio de la calle, el coche casi temblando por la potencia de los altavoces, y él moviendo las rodillas y la cabeza como un idiota, simplemente porque, en aquella época, creía que así se debía bailar, porque la hacía reír. ¿Cómo podrían comprenderlo?

No tocaron la bocina ni abrieron la ventanilla ni gritaron. O sí, no lo sabe. En realidad, no estaba allí. Solo bailaba y bailaba, y las capas con las que se había envuelto durante los últimos años, todas, se agrietaron, se desintegraron y se le cayeron como un manto de barro de abatimiento que se había secado. Con los ojos cerrados y las manos aleteando, se desprendió de los pensamiento ordenados y, cuando la canción terminó y él dejó de dar saltos, volvió al coche, cerró la puerta, apagó la radio y cerró el lugar de su mente que permitía la entrada de cualquier idea que empezara con las palabras: «Pero es imposible...».

Hasta el final del viaje, también después de que el pulso y él se calmaran, el libro del maletero volvió a ser algo palpitante y real, y él tuvo cuidado de no enjugarse las lágrimas, dejó que se le secaran en la cara dejando su clara huella salada, como una cicatriz de guerra en la mejilla, para demostrar que había tomado parte en una lucha por su alma y que había salido victorioso, por lo menos de una batalla.

Subió despacio las escaleras y entró en el dormitorio sin hacer ruido.

Ella estaba acostada, dándole ya la espalda.

No quería llegar con expectativas.

No estaba allí para enmendarla, cambiarla ni redimirla.

Era él quien necesitaba un cambio. Debía dedicarse a producirlo.

Se había dado cuenta de esto justo cuando la canción había empezado a sonar.

Se sentó en la cama, con la espalda apoyada en la pared y el libro en las manos.

—¿De verdad que nunca lo has leído? —recordaba haberle preguntado a ella.

Entonces ella se había encogido de hombros.

—Admito y confieso —dijo— que siempre me he prometido leerlo, sabía que debía hacerlo, pero de alguna manera, por una especie de extraña casualidad, nunca tuve ni siquiera la ocasión de conseguirlo.

—Algún día tenemos que leerlo.

—Tenemos que hacerlo —había asentido ella en aquel entonces.

Tal vez ella dormía, o no.

Tal vez lo hubiera oído, o no.

Daba igual. No esperaba milagros ni cambios dramáticos. Se proponía dar pequeños pasos. Donde lleguemos, llegaremos. Abrió el libro.

—Aquí va el osito Pooh —se puso a leer en voz alta—, bajando las escaleras a cabezazos, cloc, cloc, cloc, detrás de Christopher Robin.

Seguiría leyendo hasta el final o hasta que se quedara dormido.

Percibió que ella respiraba de otra forma; sabía que lo escuchaba.

Cuando terminara de leer el libro, los primeros rayos de luz penetrarían en el aire de la habitación, transformando las motas de polvo en estrellas pequeñas y lentas. Dejaría el libro junto a la cama y se permitiría dormir un par de horas. Pero solo al cabo de unos meses recordaría ese momento: a pesar de que ella ya estaba profundamente dormida y de que su rostro aún era grisáceo, tenía la cara vuelta hacia él.

26

Durante los cien primeros metros todavía era indignación. Luego llegaron los cien metros de miedo y la sensación de urgencia. Ahora simplemente se apresura a hacer lo correcto.

Dan corre por las calles, el pecho le sube y baja con rapidez, sus pasos son largos y rápidos, su cerebro calcula las trayectorias posibles.

Ya conoce esta ciudad, y bien. No le hace falta dibujar nada en ninguna pared. Mentalmente ve toda la ciudad desde arriba: cómo el tráfico se mueve y se detiene según unos patrones complejos, cómo la gente camina rápido por las calles, cómo respira la ciudad. Como si alguien girara un poco la lente, y ¡hop!, todo quedara nítido y claro.

Hace mucho tiempo que la conoce así, solo que ahora descubre que, en realidad, puede hacer todos los cálculos mentalmente. No le hace falta la libreta, ni una pared, ni nada. Puede correr por la calle y saber exactamente cuándo se cruzará con él cada uno de los transeúntes y hacia dónde va. Puede ver el recorrido que va a hacer el autobús, calcular las probabilidades de que se detenga en las paradas, saber la velocidad exacta que llevará cuando atropelle el cuerpo vacilante de Michael. Ya no está en el nivel dos. Lo ve, ve la imagen completa de la ciudad.

Y él es parte de ella, está dentro de la ecuación.

Ha sido un observador durante demasiado tiempo.

Un observador que interviene y guía, examina y comprueba, mide y mueve tres centímetros a la derecha o dos a la izquierda, pero que únicamente observa, siempre. Un soldadito disciplinado que mueve montañas con la fuerza de un punto de apoyo que nunca había supuesto.

Como una taza de café que se cae de la mesa, él era solo un instrumento, no miraba a derecha ni a izquierda sencillamente porque tenía miedo de formarse una opinión, de ser alguien que de vez en cuando clava los frenos, se detiene al borde del camino y se pregunta: «¿Y si...?».

Hará que el autobús se detenga. Hará una construcción nueva, por su cuenta. Mejor, más correcta. No será carnicero, será cirujano. Porque todo ese tiempo, cuando creía ser artífice del azar, no era más que otro eslabón de la cadena.

Volvió a indignarse al recordar aquella mirada de desprecio de Pierre un instante antes de subir al autobús. Pero, a fin de cuentas, el muy canalla tenía razón. Él siempre había elegido ser pasivo. Y cuando era más activo, no lo era para sí mismo. Sus actos cargaban el entorno de energía, es cierto, pero él era pasivo.

Así que ahora estaba siendo activo.

Y esta vez tiene aún menos que perder.

Ya le había sucedido en una ocasión, una sola.

Lo recuerda. Era el amigo imaginario de un prisionero desesperado encerrado en un calabozo estrecho y asfixiante. Se sentaba a su lado en aquella celda oscura, la mayor parte del tiempo sin hablar, de vez en cuando tarareando juntos una canción. Lo vio ingiriendo en silencio la comida maloliente, acostándose en un rincón temblando de frío, arrodillándose sobre su propio vómito y tratando de recuperar el juicio. Pero no estaba autorizado a hacer nada que quien lo imaginaba no quisiera. De vez en cuando llegaba un ratón a la celda, husmeaba y desaparecía, y Dan se dio cuenta de que el prisionero dejaba de imaginarlo y dedicaba toda su atención y su amor al ratón. De vez en cuando se oía alguna sirena lejana o la llamada de un pájaro ronco. Bastaba con cualquiera de estas cosas para que quien lo imaginaba lo abandonara y se aferrara desesperadamente a lo que había en el exterior.

—Creo que se está perdiendo —le dijo a Casandra durante su última conversación—. Creo que se dará por vencido.

—¿Cómo lo sabes?

—Ya no me imagina tarareando. Me convoca solamente por costumbre. Realmente no quiere que esté allí. Es como si solo aceptara mi presencia.

La siguiente vez que lo imaginó el prisionero fue justo antes de su muerte.

Había cortado el tejido que cubría el colchón mugriento y se había hecho una soga resistente. Dan apareció frente a él y lo vio de pie sobre el inodoro de la esquina, con la soga ya alrededor del cuello.

—Se acabó —le dijo el prisionero—. No me quedan fuerzas. Voy hacia ella. Al menos allí, con ella, no estaré solo.

Dan debería haber dicho: «Vete en paz, ella te espera».

Debería haberlo dicho.

Es lo que el prisionero había imaginado que diría.

Pero dijo «no», y vio los ojos del prisionero dilatados por el asombro.

Solo tenía unos segundos para actuar antes que el prisionero decidiera que seguramente se había vuelto loco y el miedo borrara a Dan de su imaginación. Dio un brinco, cogió el lazo y lo pasó por encima de la cabeza del que lo imaginaba. Un momento antes de que, instintivamente, el cerebro del prisionero lo rechazara y él se desvaneciera, consiguió susurrarle:

«Queda mucho por lo cual vale la pena quedarse». Y entonces desapareció.

No recordaba ningún juicio ni ninguna amonestación, pero se lo privó de la existencia durante años. Ni siquiera sabía exactamente cuántos.

Cuando regresó a su ocupación de amigo imaginario, el niño que lo había imaginado sentado en un banco al lado de Casandra había crecido. Nunca más volvió a encontrarla. Ni siquiera tuvo tiempo de atormentarse por haberla dejado sin previo aviso. Casi no tuvo tiempo de pensar en ella, sentada allí con la niña que la imaginaba, una y otra vez, descubriendo que él ya no volvería. Tenía miedo de pensar en la posibilidad de que otro AI hubiera llegado en su lugar.

Fue la única vez en toda su existencia que se había atrevido. Que había sido activo. ¿Qué tenía de asombroso que como artífice del azar no hubiera osado nunca ser más que un instrumento?

Dan giró rápidamente a la derecha.

Mira, había vuelto.

Él. No su representación física, ni la descripción de su trabajo, ni sus actos irreflexivos. Él. Él volvía a estar allí.

Detendrá el autobús allí, justo después de la siguiente bocacalle, tres calles antes de donde el gran vehículo debía atropellar a Michael. Perturbará los cálculos de tiempo de Pierre y organizará una nueva construcción que devolverá a Alberto a su lugar sin matar a nadie innecesariamente. Es absolutamente capaz.

Mentalmente veía el lugar donde debía estar el autobús, que tenía que hacer un trayecto un poco más largo que el que Dan había hecho corriendo. Dan sabía de memoria los recorridos de todos los autobuses de la ciudad, y este daba un rodeo que no era pequeño.

He aquí que irrumpe en la calle, de pronto se da cuenta de hasta qué punto no está en buena condición física. De hasta qué punto no está preparado para esta carrera. Helo aquí poniéndose de un salto delante de las ruedas del autobús, que llega justo según lo planificado, agitando las manos y tratando de gritar «¡Alto!», para descubrir que le falta tanto el aliento que el grito casi no se oye.

Y he aquí que el autobús no aminora la velocidad; un vistazo al conductor le muestra que no mira para nada la carretera. El conductor se vuelve hacia alguien que está sentado y que hace un segundo le ha preguntado algo.

Y he aquí el pequeño y breve pavor que se revuelve en sus entrañas cuando Dan también reconoce a ese alguien. Alguien que no vuelve a mirar al conductor, que no espera ninguna respuesta a su pregunta, sino que mira adelante, a Dan, directamente a los ojos, mientras el autobús avanza y lo embiste con fuerza.

27

Los vuelos centelleaban en la pizarra electrónica.

Tres estaban por despegar en los próximos minutos, pero, por más que lo intentaba, no conseguía entender lo que allí decía, ni adónde se dirigían.

Dan estaba sentado en un asiento de metal de la sala de espera, en el centro del aeropuerto. Estaba seguro de que había más gente, puesto que oía mucho alboroto y veía figuras que pasaban a su derecha y a su izquierda. Sin embargo, algo en su interior le decía que ellos solo eran parte del decorado, y que, de hecho, estaba solo.

En todas las ocasiones en que había imaginado la muerte, nunca había visto una tienda libre de impuestos, pero parece que la realidad no es como uno se la imagina.

Frente a él, al otro extremo del vestíbulo de entrada, vio una hilera de mostradores de facturación. Estaban todos vacíos, excepto uno. Un empleado de compañía aérea, regordete y con una pronunciada calvicie en la que se reflejaban las luces de neón, estaba sentado mordisqueando un lápiz, aparentemente ocupado en resolver un crucigrama o un sudoku. De todas las figuras que circulaban alrededor, portando lo que uno se imagina cuando alguien dice *maleta,* ninguna se acercaba al mostrador. Solamente el empleado regordete seguía allí, absorto en hallar la solución.

Dan se examinó el cuerpo. No, no parecía particularmente aplastado. Se lo veía bastante entero. Parecía que su cuerpo destrozado había quedado atrás, en la calzada. ¿Era normal sentir tanta indiferencia al respecto?

¿Y por qué demonios estaba en un aeropuerto?

Era raro. Siempre había creído que cuando se acababa todo, se resolvían los enigmas existenciales, no que depositaban en tu puerta preguntas nuevas. Resultaba que la vida estaba llena de sorpresas. Y la muerte también. Al lado del pie tenía una maletita marrón. La levantó para ver cuánto pesaba y se sorprendió de que el peso no fuera constante, sino que era alternativamente pesada y liviana. Se la puso sobre las rodillas y la abrió.

Parecía que esa era su vida.

De alguna manera había en la maleta mucho más de lo que le había parecido que podía contener. En cierto momento descubrió que estaba hurgando en ella con la mano metida hasta el hombro. Aquí hay un problema de física, pensó, pero qué importa... Siguió escarbando y sacando de allí objetos, cartas y fotos, que examinaba rápidamente.

El rostro del primer niño que lo imaginó, el sabor de su tarta de queso favorita, la primera vez que se echó a dormir, cuando descubrió que esa opción existía, la risa breve e irritante de Eric, el sonido de las hojas crujiendo bajo los pies, el dolor agudo de un músculo distendido, las facciones de John el Mediano mirándole desde el espejo y cambiando, Casandra riéndose.

Rebuscó más hondo en la maleta. Si toda su vida estaba ordenada ahí, también debería estar ese momento. ¿Dónde estaba?

Finalmente lo encontró, en un rincón, debajo de su primera carrera matinal. Un recuerdo redondo y reluciente. Lo levantó hacia la luz y miró a través de él.

Invierno, nieve en torbellinos, un frío de perros, él de pie al borde de un acantilado desnudo y aterrador en algún lugar de un desierto de hielo. No se ve nada a más de cinco centímetros de distancia. Pierde toda sensación en las yemas de los dedos, los zapatos no aíslan como debieran. Desde atrás puede oír y ver la silueta negra de los lobos que les gruñen a ambos. Casandra está a medio metro de él, pero no puede verla con claridad. El acantilado empieza a perder estabilidad y oye que le dice: «Muy bien, estoy dispuesta a volver».

La imagina, y ella a él, y están otra vez en el parque, y ella pronuncia esta frase.

Hace girar un poco el recuerdo frente a la luz para sentirlo hasta el fin, nítidamente.

«Parece que lo que dices es cierto. Si tienes la persona adecuada a tu lado, sientes que encajas en cualquier lugar.»

Fue pasando revista a los recuerdos que habían dado forma a su vida, hasta que de pronto notó que algo raro sucedía. Al levantar la cabeza, descubrió el motivo. Estaba solo. Un silencio inequívoco llenaba el aeropuerto desierto. Lo único que se movía era la cabeza del empleado sentado al otro lado. Volvió a colocar en la maleta todo lo que había sacado y la cerró. Era hora de averiguar qué pasaba ahí.

—Un momento —dijo el empleado cuando Dan se colocó frente a él, con la maleta entre las piernas. Siguió mordisqueando el lápiz hasta que levantó la vista y lo miró—. Tal vez pueda usted ayudarme. ¿Qué es lo que tengo que darle? Cinco letras. Empieza con S.

—¿Perdón? —dijo Dan.

—Es que tengo que darle algo. —Se rascó la cabeza—. Pero no se me da bien recordar cosas como esta antes de que llegue su hora. Todo el asunto de planificar para el futuro no funciona cuando uno no es más que una idea. Es muy difícil pensar más allá de *ahora*.

—¿Usted es solo una idea?

—Claro —dijo el empleado—. No creerá usted de verdad que la muerte es un aeropuerto, ¿no? Yo soy parte de lo que usted está creando en este momento.

—¿De veras? —dijo Dan, mirándolo de reojo.

—Sí, de veras. Todos dicen eso. Y tengo que volver a explicarlo cada vez.

—Me temo que es la primera vez que estoy muerto, a mí todavía no me ha explicado nada.

—No, a usted no. A todos los que pasan por aquí. Y usted tampoco está realmente muerto.

—¿No?

—No. Al menos hasta que coja el vuelo. Oficialmente no está muerto.

—¿Para todo en el mundo existe un procedimiento?

—Dicho así, parece algo malo —dijo el empleado y añadió—: Sobre.

—¿Perdón? —inquirió Dan.

—Cinco letras. Empieza con S. SOBRE. Ya me acuerdo —anunció el empleado antes de sacar un sobre blanco y alargado—. Parece que ahora tengo que darle esto.

Dan le cogió el sobre.

—¿Estas son las instrucciones de uso de la muerte o algo así? —preguntó.

—No, no. Una que estuvo aquí hace un tiempo dejó esto para usted.

Dan inclinó la cabeza, sorprendido.

—¿Para mí?

—Sí —confirmó el empleado, con una ligera sonrisa, y el lápiz aún encajado en la boca—. Puede sentarse ahí y leerlo, si quiere. Después nos llevaremos la maleta y le haremos subir al avión.

—Esta maleta…

—Todos sus recuerdos.

—¿Me los llevo conmigo?

—No exactamente: tiene que depositarla aquí, por supuesto.

—¿Y entonces?

—Entonces nosotros la perdemos.

—¿La pierden?

—Sí.

—Quiere decir… ¿con premeditación?

—¡Cómo se le ocurre! La perdemos por equivocación. Pero sucede siempre. Es parte del asunto.

—¿Qué asunto?

—El asunto del comienzo de la vida.

Dan se sentía un poco confundido.

—Creí que había dicho que estaría muerto al subir al avión.

—Pero después bajará del avión —siguió explicando el empleado, como si fuera obvio.

—¿Y…?

—Cuando suba al avión habrá terminado su vida como artífice del azar, y al bajar empezará como ser humano.

—¿Humano?

—Humano.

—¿Lo que se dice humano humano? ¿*Homo sapiens,* mortal, cliente de los artífices del azar, todas esas definiciones?

—Sí, sí… —asintió el empleado, todavía con mucha paciencia.

—¿Todos los artífices del azar pasan por este aeropuerto y luego nacen como seres humanos?

—Usted está entrando ahora en los detalles técnicos del asunto —comentó el empleado, rascándose una ceja—. En términos generales, la respuesta es no y sí.

—¿Es decir?

—No todos los artífices del azar pasan por un aeropuerto. Solo usted, porque así lo ha elegido, pero sí, la próxima etapa después de ser artífice del azar es ser humano.

—¿Y después de humano?

—*Don't push it* —le advirtió el empleado, y siguió poniendo cara de personaje importante—, que en inglés significa «no tengo la menor idea», por si usted no lo sabe.

—Vale. —Algo llenaba a Dan de esperanzas renovadas—. Entonces iré a traer mi maleta y subiré al avión.

—El sobre... —le recordó el empleado—. Tal vez convendría que antes leyera lo que contiene.

—Puedo hacerlo en el avión.

—No, no, no. No puede llevarse nada consigo en el vuelo. Tiene que ponerlo en la maleta con el resto de sus recuerdos para que también se pierda.

—¡Pero si acabo de recibirlo! Además, no es exactamente un recuerdo de mi vida.

—Según el procedimiento, sí lo es —indicó el empleado, e hizo un gesto con la mano—. Puede sentarse ahí a leer. El vuelo no saldrá sin usted, no se preocupe.

—De acuerdo.

—Y si por casualidad se le ocurre qué es «el sabor en la boca», ocho letras, no deje de decírmelo.

Dan volvió a su asiento, al lado de la maleta.

Sintió, de una manera que aparentemente no cabía esperar, una gran serenidad. Ser humano. Seguro que sabrá arreglárselas con ello. Puede renunciar a su colección de recuerdos a cambio de algo así.

Leerá los nuevos procedimientos que están en el sobre, se organizará, tal vez vaya a beber algo (si es capaz de crear mentalmente un aeropuerto, podrá también crear una máquina de venta de refrescos) y subirá rumbo a su nueva vida. La número tres. En resumen, va mejorando, ¿no? Esta vez sus elecciones serán más acertadas.

El sobre blanco no tenía ni dirección ni sello. Solo su nombre, en letras pequeñas.

Cuando lo abrió y extrajo el paquete de hojas, le sorprendió descubrir que conocía la letra, pero cuando llegó a las palabras sintió que se le hundía el corazón.

28

Querido Dan:

¿Por dónde empezar?

Parece que hay en el mundo dos clases de personas.

Está la clase que se limita a vivir su vida, concentrada en el presente y en lo que en él hay que hacer. Cuando llega un amor, le sonríen y lo dejan entrar, pero sin perder la cabeza de verdad. Podrían arreglárselas también sin él, pero los alegra que haya llegado.

Y está la otra clase, la mía, la que pasa toda la vida echando de menos a alguien que aún no ha conocido. Que espera todo el tiempo el momento en que cese la añoranza y alguien entre por la puerta. Somos problemáticos, los de mi tipo, buscamos significados en cada pequeño gesto. El timbre de la puerta, un extraño con el que vamos a cruzarnos en el paso de peatones, un camarero que sonríe... Todo son señales, todo son opciones que es preciso examinar. Tal vez de pronto, vete a saber, llega alguien y cae justo dentro del hoyo que tenemos en el corazón, como un bebé que encaja el cubo triangular en el agujero triangular, y el cubo cuadrado en el cuadrado.

Así que ya en el parque, al principio del curso, pese a que solo hacía un momento que nos habíamos encontrado, fue suficiente que dijeras que habías sido amigo imaginario para que en mi cabeza empezaran a sonar las alarmas. Me llevó alrededor de dos semanas, pero con algunas preguntas y unas pesquisas todo se aclaró. Tus historias del pasado, las palabras que utilizabas, todo encajaba. Y cuando mencionaste por primera vez a Casandra, no quedó ninguna duda, el cubo de base circular encajó en el agujero circular.

Y yo… Tuve que callarme.

Muchas veces me he preguntado en qué punto del tiempo, en qué punto específico comprendí que me había enamorado de ti. Ese punto de equilibrio entre el momento precedente en el que alguien simplemente te gusta y el momento siguiente en el que se ha convertido en el centro de tu mundo.

Es como captar el punto en que te duermes. Estás en la cama, tratando de mantenerte despierto, pero no demasiado, y de ser consciente del momento en que pasas la línea y empiezas a soñar, pero descubres demasiado tarde que ya estás dentro del sueño.

No tengo idea de por qué sucedió ni cuándo ocurrió.

Pero al menos ahora sé que no funcionará. Ahora sé que tú estás cautivo fuera de mi puerta y que jamás vas a entrar, que una valla invisible de espinos se levanta entre nosotros, entre mi amor presente por ti y tu amor imaginario, que hay cosas que no suceden. Tendría que haberlo sabido.

Bueno, estoy divagando. Empecemos por el principio.

En mi primer recuerdo me veo sentada en un mullido sofá con una niña de ocho años y grandes ojos verdes reclinada sobre mi hombro y esperando que le acaricie el cabello. Yo tenía otro nombre, y otro aspecto, pero ya entonces era yo, entera. A partir de ese momento le acaricié el cabello cada día, durante muchos días.

Seguí acariciándolo también cuando se le empezó a caer. Cuando desapareció por completo le acariciaba la calva. Cuando ella sanó y el cabello volvió a crecer, le acariciaba los nuevos pelitos, punzantes como púas y maravillosos. Cuando ya no necesitó mis caricias, desaparecí de su vida.

Conoces esa sensación.

Sí, yo también fui AI.

Muy al principio, en los comienzos, gozaba de cada momento.

Lo que pasa es que hay diferencias entre los amigos imaginarios y las amigas imaginarias. De nosotras se exige mucha más ternura, generosidad y comprensión. Me gustaba la delicadeza de la acción de dar, la manera en que podía restañar las heridas que nadie más ve.

En el comienzo yo también, como tú, acompañaba sobre todo a niños y niñas, les daba fuerzas, apoyo, les decía la palabra justa. Más tarde, ¡oh, sorpresa!, empezó una época un poco distinta.

Con los años me encontré siendo cada vez más imaginada por chicos adolescentes. Y por hombres. Ya no solo querían que les acariciara la cabeza. Querían más. Algunos buscaban calor humano, otros ansiaban la sensación del poder, algunos deseaban cosas delicadas, otros pedían actos perversos y feos, pero ninguno había logrado lo que quería en la vida real y en su lugar me imaginaban a mí.

A medida que pasaba el tiempo me iba sintiendo cada vez más usada. Acogí en mi regazo a los niños que me querían de amiga, y me consolé con los adolescentes que practicaban conmigo el primer amor, pero deseaba que acabaran ya los momentos en que yo era la fantasía.

Tú lo entiendes: cuando empecé todo esto, tenía grandes planes. Mi idea era utilizar todas mis fuerzas para producir cambios, brindar apoyo y estar al lado de quien me necesitara. Pero con el tiempo descubrí que la mayoría no me quería a mí. Querían que fuera la muñeca de plástico con que me habían vestido, que no me quitara la máscara que me habían impuesto.

¿Producir cambios? ¿Brindar apoyo? Confórmate con ser bella y dejar que te imaginemos como queremos. Nadie quería imaginarme como soy, y no entendía por qué. ¿No les era suficiente?

Cuando te imaginan así, comprendes que el mundo funciona de otra manera. Lo hace según el sistema de *tengo que conseguir más*, no según el de *es justo lo que necesito*. Nadie quería lo que tengo que ofrecer.

Ni siquiera los hombres más gentiles y solitarios me imaginaron nunca como un ser humano, sino como algo que les ayudaba a realizarse. Casi ninguno me puso un nombre. Simplemente me vestían a imagen y semejanza de una modelo que habían visto en una revista. Algunos me pusieron nombres extravagantes de películas que habían visto. Solo los niños permitían a veces que me presentara y les dijera cómo me llamaba.

Cuando eso sucedía, yo me presentaba como Casandra.

Nunca me amaron, esos hombres.

Pasión, tal vez. Deseo, seguro. Necesidad, sin duda. Pero eso era todo. No se puede amar a alguien que hace y dice todo lo que quieres, que accede a toda idea inconfesable que tengas. Si no era nada más que una prolongación de ellos mismos, ¿qué clase de amor era ese? El amor proviene del roce entre dos personas, como la fricción de las cerillas, o la del zapato resbalando sobre el hielo, o la de las estrellas fugaces que se encienden al tocar el aire. Nosotros tenemos necesidad de ese roce para que ocurra algo en nuestras vidas.

Traté de encontrar grietas en las leyes, pequeños resquicios para que las cosas que hacía fueran menos vacías, para ser más AI y menos muñeca de mirada hueca. Me aprendí todas las leyes principales y secundarias relacionadas con el mundo de los amigos imaginarios. Descubrí, por ejemplo, que podemos decir o hacer cosas no directamente imaginadas si no contradicen completamente la voluntad del que nos imagina. Resulta que, en condiciones muy específicas, puedo terminar una cita cuando yo quiera y no según lo quiera el que me imagina. Bueno, ¿y qué? Casi nunca pude decir *no* y desaparecer.

Descubrí leyes pequeñas que parecían irrelevantes, como por ejemplo que todo AI puede presentar una solicitud para convertirse en amigo permanente y exclusivo de una sola persona que lo imagina. Pero no conocía a nadie que pudiera serlo.

Entonces te encontré a ti.

Un AI que brillaba como un diamante en una pila de andrajos.

¿Cuáles son las probabilidades? Dímelo tú.

Recuerdo que, después del primer encuentro, me quedé allí casi un cuarto de hora. Mi pequeña y encantadora Natalie se imaginaba, distraída, que yo seguía sentada a su lado, pero todo mi cuerpo temblaba.

Alguien con quien hablar, alguien que entienda lo que me pasa, alguien a quien pueda contarle y en quien apoyarme, pertenecer con él a ese pequeño grupo que comparte el mismo lenguaje. Ni en mis sueños más dorados hubiera pensado que encontraría otro AI, alguien que pudiera ser mi amigo.

Y finalmente resultó que fuiste no solo un amigo, sino mucho más. ¿Cómo sucedió? ¿Qué me cautivó? No tengo ni idea.

Ese gesto vulnerable con que levantas una ceja cuando vas a decir algo de lo que no estás seguro; el hecho de que fueras tan decidido por una parte y estuvieras tan deseoso de gustar por la otra; tu olor, evasivo y sin pretensiones; tu mirada cuando quieres ver si hay aprobación o rechazo en la mía; tu forma de hablarle al niño que te imagina; tu pasión por hallar el significado de cada cosa con la que te topas.

Tu sonrisa extraordinaria, un poco demasiado plana y aun así seductora.

Y tu risa.

La forma en que todo tu cuerpo se despertaba cuando empezabas a reírte de algo que yo había dicho, como si solo entonces empezaras a vivir, y hasta aquel momento todo hubiera sido un ensayo general. Un saltito involuntario, que se convierte en una tos reprimida, que pasa a ser un intento inútil de mantener la seriedad, que se torna en un dulce trueno interior que irrumpe hacia fuera y te convierte de pronto ante mis ojos en un niño. ¡Cómo me gusta esa risa!

Parece que así, con ella y gracias a ella, penetraste en mí, sin esforzarte para nada.

O tal vez fuera la forma en que vaciaste para mí un cajón en el corazón.

El hecho de que alguien diera un pasito atrás, confiando en mí y haciéndome ver que estaba de mi lado, y que sin palabras me dijera: «Ven, he dejado un poco de sitio aquí para ti, para quien tú eres, ven y pon aquí lo que quieras». Y entonces, ¡hop! Estoy fuera de terreno conocido, tratando de transmitir un aire de distinguida reserva, como siempre, pero sabiendo que me encuentro muy lejos de mi zona de seguridad, que ya no tengo ninguna cobertura de plástico, ninguna máscara reluciente.

Cada vez que nos encontrábamos estaba segura de que sería la última vez.

La niña que me imaginaba, Natalie, ya no hablaba tanto conmigo, y parecía que se acercaba el fin de nuestra época juntas. Si hubieras sabido cuánto me esforcé para convencerla de que fuéramos al parque también al día siguiente, y al siguiente...

Cada vez que bajábamos juntas a nuestro banco y veíamos que estabas allí, yo me sentía arder de timidez. Nunca había pensado que se podrían unir esos dos contrarios, ardor y timidez, pero ahí estaban. Tonta de mí.

Cuando empezamos a imaginarnos mutuamente, ya estaba claro. Había calado muy hondo detrás de las líneas amigas.

Nunca he estado tan segura de una decisión como en el momento en que entregué la solicitud para convertirte en el único que me imaginara. ¿Es ese el punto en que uno se enamora? ¿Cuando elige a alguien en lugar de recibirlo ya hecho? ¿Cuando cambia algo dentro de sí mismo para el otro? Tal vez.

Había sido tan simple. Un momento estábamos sentados en el banco conversando, y un instante después, cuando desapareciste, ahogándote de la risa, respondiendo a la llamada de otro que te imaginaba, supe que no quería a nadie más que a ti en mi vida, y que ese era el único camino para conseguirlo.

Presenté la solicitud, la aceptaron, y desde entonces Natalie no volvió a imaginarme. Solo tú.

Renacimiento. Un período breve y feliz. Estallidos de felicidad pasajeros en que escogiste imaginarme sentada a tu lado, sin usarme, sin poner palabras en mi boca, sin obligarme a hacer nada excepto ser yo misma, simplemente esperando para ver cómo me hacía realidad ante ti. ¿Cuántos AI pueden decir que los han imaginado con tanta libertad?

Cuán breve fue ese período. Cuando infringiste las reglas y le dijiste a quien te imaginaba algo que tenías prohibido decirle, desapareciste de mi vida. Los dos seguíamos esperándonos, cada uno desde su propia inexistencia. Nadie te imaginaba a ti, nadie me imaginaba a mí. El tiempo se detuvo. Pero, cuando regresaste, pensaste que no te había esperado. No volviste a imaginarme. Renunciaste. Muy rápidamente. Pequeño holgazán mío.

Eso lo sé ahora, después de haber recopilado fragmentos de historias sobre lo que te había ocurrido. Pero entonces solo sabía que me había encontrado de pronto en un banco, tras haber dejado de ser AI, y en el umbral de una nueva profesión.

Puedes imaginarte lo que se siente. Pensar que lo has perdido todo y que tienes que abrirte un nuevo camino para encontrarte al minuto siguiente con alguien que te cuenta que ha sido AI.

En el instante en que lo dijiste traté de gritar que yo también, pero no pude. Las palabras se me atascaron en la garganta, finas como polvo, y no entendí por qué.

Solo más tarde las cosas empezaron a ordenarse en mi cabeza. El rayo había golpeado dos veces en el mismo lugar. Eras el mismo en cuya red ya había caído. El primer día de mi curso tuvo lugar la mayor casualidad de mi vida, pero no pude hacer nada con ella.

¿Entiendes? Puesto que eras quien oficialmente me imaginaba, yo no podía revelarte mi identidad. Era tan frustrante, ir comprendiendo paso a paso quién eras, escucharte contando historias del pasado que yo de hecho ya conocía, oírte hablar de tu Casandra a la vez que eludía tus preguntas sobre mi pasado.

Volver a enamorarme de ti, a desilusionarme de ti.

Indagué. Mandé una solicitud oficial. Pedí un permiso especial para revelarte mi identidad.

Tres veces presenté la solicitud; llenaba de noche largos formularios, traté de explicar la falta de lógica de todo el asunto. El General me entregaba las respuestas en sobrecitos blancos. Esas fueron las únicas ocasiones en que lo vi expresar algún sentimiento.

«Lo lamento», me decía.

No lo autorizaron, por supuesto. Oficialmente me consideraban tu imaginada, pero tú no eras considerado mi imaginado. Eso es todo.

Pero lo intenté también sin eso. De veras creía que todo se arreglaría. Ya nos habíamos hecho amigos una vez. Ya me habías amado. Podrías volver a amarme, ¿no?

Ya una vez habíamos construido esta relación, poniendo un pedacito de confianza detrás de otro. Cabía suponer que nos volvería a ocurrir, era tan natural...

Resulta que no es así. Es lo que entiendo ahora. Cuando dejé que me imaginaras, nos arrebaté toda posibilidad de estar juntos de verdad. Porque tú ya no me buscas. Ni siquiera buscas amor: estás sumido solo en el recuerdo, en la construcción de castillos en el aire con esa parte mía que ya no existe.

Porque si un día te dijera «Soy Casandra» —no podría hacerlo, pero supongámoslo—, ¿cambiaría eso en algo lo que sientes por mí? Y si así fuera, ¿no significaría que ese sentimiento no es más que el querer convencerte de que me amas por el recuerdo de lo que fui una vez?

¿Dónde quedo yo en todo esto?

Ya me has amado una vez, a mí, a mí, a mí. ¿Por qué ahora ya no soy suficiente? ¿Porque no soy imaginada? ¿Por qué te has convertido en alguien que quiere *más* y no *lo justo*, como todo aquello de lo que yo había huido? ¿Por ser verdadera? ¿Por estar aquí todo el tiempo y no apareciendo esporádicamente en tu vida en los momentos oportunos?

¿Cómo sucedió?

Tú eras la puerta a la que había huido. Un AI como yo, alguien que entiende el vacío y la tentación de ser constantemente otro.

Y entonces, cuando me hago realidad, ¿tú ya no me quieres?

¿Qué debía sentir?

Te lo diré. Que todo era mentira. Y que también hoy, como entonces, no soy digna de que alguien me ame como soy.

Ayer lo entendí todo. Finalmente.

No estás aquí. No estás conmigo.

Estás enamorado de una chica imaginaria, y nunca te permitirás renunciar a ella para amar a otra que existe, aunque las dos sean la misma.

Hasta hoy, he soñado contigo casi todas las noches.

Me encontraba en un lugar desconocido, de pie e inmóvil, y te sentía detrás de mí, en medio de un desierto o sobre una nube, en un largo túnel, en miles de otros lugares; siempre sentía y sabía que estabas detrás de mí. Y siempre me daba la vuelta, muy lentamente, con enorme dificultad, como si una manada de caballos tratara de detenerme, para descubrir finalmente que todavía estabas dándome la espalda.

Y cuando trataba de llamarte, desaparecías.

Así era en el sueño y, seamos francos, así fue también en la vida.

Anoche ya no soñé contigo. Te dejo libre.

Sigo adelante, a mi próximo trabajo, cualquiera que sea.

Y te deseo mucha felicidad con tus recuerdos y tu imaginación, esperando que alguien logre alguna vez romper el hechizo en el que te has aprisionado. Por tu bien.

Todavía siento lo mismo,
tuya,
para siempre,
o tal vez ya no,

Emily

29

Eric estaba sentado junto a la cama en que yacía Dan, con el oído atento.

La espera no debería prolongarse mucho. Se preguntó cuál sería la estación de paso que elegiría Dan. ¿Una estación de trenes, de autobuses? Ya había oído de algunos que lo habían hecho a través de un cine. Es muy difícil predecir esta clase de cosas.

El monitor instalado al lado de la cama mostraba los latidos del corazón, y Eric los seguía con mucha atención, concentrándose en la línea que se movía en la pantalla, y para sus adentros iba contando hacia atrás, hasta el latido que sería el último. Un aparato simpático, casi poético. Una sola línea de claro significado: si no hay altibajos es señal de que ya no estás vivo.

Parece ser mucho más cómodo cuando hay dispositivos en los alrededores. Con Emily le había sido mucho más difícil detectar el punto justo en que el corazón había dejado de latir, pero aquí, aquí el suave pitido ya le hace la mitad del trabajo. Pobrecita Emily, cómo se había asustado cuando lo vio allí, en la puerta, un segundo antes de caer al suelo, un segundo antes de que saltara sobre ella y tendiera la mano hacia el corazón.

—Los médicos no saben que te vas a morir —le susurró a Dan—. Todavía no han identificado la lesión interna. Eso es lo que sucede cuando el médico te recibe al cabo de treinta y seis horas sin dormir, o eso parece.

Dan no se mueve.

—Ya sabes que siempre me sorprende descubrir lo fácil que es. Todo es cuestión de cuánto tiempo estás dispuesto a invertir, de cuánta paciencia tienes. La gente está muy acostumbrada a ver la causa y el efecto como algo inmediato. En el momento en que das el salto mental a un mundo en el que causa y efecto pueden estar separados por largo tiempo, es mucho más fácil entenderlos.

Los aparatos seguían haciendo bip-bip, como si dieran su consentimiento o algo así.

—Ha sido un placer conocerte, quiero que lo sepas. Eres un tipo muy gracioso cuando quieres.

Se quedó callado y reflexionó.

—Cuando querías —se corrigió.

Se inclinó un poco hacia delante para corregir su postura. Los codos sobre las rodillas, las yemas de los dedos unidas.

—Espero que no te enfades cuando lo descubras, si es que sucede. —Inclinó la cabeza y pensó un poco—. Francamente, dudo mucho que ocurra. Y si te sirve de algo, te he cobrado afecto. Fuiste uno de mis más queridos. Me gustan los inseguros que no son conscientes de serlo, en cierta forma es como una mujer hermosa que no sabe que lo es. Tu punto ciego con respecto a ti mismo hace que seas más interesante.

Un poco más, tiene que estar atento para tender la mano en el momento preciso.

—Le he dicho a la enfermera que soy tu hermano, espero que no te importe. No tengo ni idea de cómo se lo pudo creer, porque no nos parecemos. La gente ve en ti lo que quiere ver. Si tu cara refleja preocupación, cualquiera estará seguro de que eres de la familia, aunque no te parezcas en nada.

»Por otra parte, para ti tuve que cambiar bastante de aspecto. Ya sabes que no soporto los bigotes. Pican y afean las facciones. Siempre he creído que el bigote lo inventó alguien que había olvidado afeitarse esa zona porque no tenía un espejo. Pero cuando te eliges un nombre como Pierre, un fino bigote es casi una obligación moral, ¿no?

Dan no respondió.

—Buen viaje, amigo mío —dijo Eric con ternura—, en lo que sea que viajes.

Sobre la pantalla del monitor aparecieron los últimos latidos del corazón de Dan, y Eric tendió la mano...

* * *

Exactamente en el mismo lugar, y a una distancia infinita de allí, Dan dobló la carta que había leído y se quedó sentado, con el cuerpo flojo y los brazos caídos en el regazo.

Levantó la vista y volvió a descubrir que el aeropuerto estaba totalmente vacío. Solo el empleado calvo de la aerolínea continuaba sentado en el otro extremo del vestíbulo, observándolo con curiosidad.

Miró hacia abajo, vio que la pequeña maleta seguía aguardándole y le pareció que lo miraba llena de esperanza.

Si todavía tenía energías cuando había empezado a leer, ya no le quedaba ninguna. ¡Al demonio todo!

Se levantó despacio. El sobre y la carta doblada en una mano, la maleta en la otra. Se dirigió al mostrador de facturación. El empleado seguía mirándolo fijamente.

El camino que había sido tan corto al alejarse de allí era ahora largo y lento. No le importaba. Finalmente llegó y depositó la maleta.

—Quiero un billete, por favor —dijo con una voz apagada.

El empleado pareció salir del congelador.

—Encantado, no hay ningún problema.

Bajó la vista hacia la pantalla que tenía delante y tecleó con rapidez.

—¿Ha podido pensar en mi pregunta? —inquirió esperanzado.

—¿Disculpe?

—El sabor en la boca —el empleado seguía tecleando—, ocho letras.

—Lo siento, ni idea.

—Bueno, no importa.

Siguió tecleando muy rápidamente.

Dan pensó un momento y dijo:

—AMARGURA.

El empleado lo miró desconcertado y entonces levantó las cejas muy contento:

—¡Pues claro! ¡Eso es! Me va bien con la G del 12 vertical, un gran acierto, amigo.

—Un placer —respondió Dan con sarcasmo.

El empleado no se dio cuenta.

—Ponga la maleta aquí, por favor, en la cinta transportadora.

Dan obedeció.

—Y también el sobre con la carta.

—Yo... yo quisiera quedarme con ella, si es posible...

El empleado negó tristemente con la cabeza.

—Es imposible, lo lamento.

—Es todo lo que me queda de...

—No se pueden acarrear recuerdos de vidas anteriores, es la regla número dos. La número uno es no orinar en lugares públicos, la número dos es no llevarse recuerdos de vidas anteriores.

Dan lo miró, frustrado.

—Parece que no soy muy bueno haciendo chistes. Lo siento —dijo el empleado, señalando la maleta—. Póngalo aquí dentro.

Dan abrió la maleta y miró el contenido por última vez.

Parte de los recuerdos estaban ahora más cerca. Recuerdos de Casandra y de Emily se acomodaban unos al lado de los otros, como parientes lejanos que vuelven a encontrarse...

—Tengo que comprobar algo —anunció Dan.

Estuvo escarbando entre los recuerdos que se amontonaban hasta encontrar lo que buscaba. Lentamente se irguió, con dos recuerdos en las manos: la risa de Casandra y la de Emily.

Las miró a contraluz y las examinó, una en cada mano, y las dos risas rodaron, centellearon y se mezclaron en las palmas de sus manos; la luz las atravesaba y caía sobre su rostro. Eran idénticas. Cómo podía ser, cómo no se había dado cuenta, cómo...

Volvió a colocarlas en la maleta, y ellas volvieron a acercarse y abrazarse, bullangueras.

Se quedó unos segundos mirando el sobre sin decir palabra. Levantó la vista hacia el empleado, que volvió a indicarle que pusiera la carta dentro. Se inclinó para meter el sobre en la maleta, cubriendo con él los recuerdos de Emily y de Casandra, y la cerró con llave otra vez.

—No era tan difícil, ¿no? —le sonrió el empleado mientras le tendía el billete.

La cinta empezó a moverse, llevándose la maleta cada vez más lejos hasta que desapareció por la pequeña abertura de atrás.

—Y con esto —se dijo Dan— concluye mi vida como artífice del azar y empieza mi vida como ser humano.

El empleado, moviendo distraído los dedos sobre el teclado, le dijo:

—Bueno, tampoco eso es exactamente así.

—¿Disculpe?

—Tal vez no todo artífice del azar sea humano, pero todo ser humano es también artífice del azar. ¿No se lo enseñaron en el curso?

—Según parece, hay muchas cosas que no nos enseñaron —dijo Dan, sonriendo.

—¡Oh, una sonrisa! Ya creía que no llegaría nunca —y le sonrió él también—. Sale de la puerta número uno —le señaló la dirección—. Buen viaje.

—Gracias.

Se dio la vuelta y se alejó de allí, todavía con la sonrisa en la boca, pero no por el motivo que creía el empleado.

En algún lugar estaba su maleta, camino a perderse, y dentro de ella todo lo que había sido hasta entonces, incluido un sobre blanco y alargado que llevaba su nombre.

Pero la carta, la carta propiamente dicha, estaba debajo de su camisa, muy cerca del corazón.

Es como un truco de magia: haces que miren en una dirección mientras actúas en otro lugar.

Al agacharse a meter el sobre en la maleta, moviéndolo ante los ojos del empleado, había metido cuidadosamente las hojas bien dobladas debajo de su ropa. Aparentemente se trataba del movimiento más preciso, claro y nítido que había ejecutado a lo largo de su vida poco diáfana, y sintió como si todo el resto hubiera sido únicamente una preparación. Al erguirse y mirar al empleado, entendió que lo había logrado. El tipo no se había dado cuenta.

Y así, con las hojas de la carta de Emily pegadas al cuerpo, y en los labios una sonrisita cuyo significado todavía no entendía del todo, se puso en marcha con la espalda erguida y el billete en la mano, y entró por la puerta número uno, muy emocionado por su rebelión, la última de su vida.

—Si alguna vez se os cae encima un piano de cola blanco mientras andáis por la calle y perdéis la memoria —les había dicho el General—, hay una cosa que, sea como sea, tenéis que recordar. Podréis olvidaros de cómo os llamáis, de los nombres de los planetas del sistema solar y de los ingredientes del cóctel margarita, pero hacedme el favor de recordar esto: hay dos clases de personas en el mundo, las que en cada elección ven la posibilidad de ganar algo, y las que ven aquello a lo que tienen que renunciar. Las personas son libres, pero todo el tiempo se olvidan de ello. La gente abriga esperanzas de distintas formas, tiene miedo de distintas maneras. Algunos se preocupan por decirse que si hacen X les ocurrirá Y, y los hay que se explican por qué Y es una buena razón para abstenerse de hacer X. Parece ser la misma cosa, aparentemente es la misma decisión, pero siempre hay una diferencia entre examinar las posibilidades y trazar un mapa de los obstáculos. El coraje es importante, sin duda alguna, pero la gente no entiende de qué está hecho en realidad. Toda elección es también una renuncia, y el coraje de renunciar depende solo del valor que atribuyes a lo que quieres. Porque, a fin de cuentas, no podréis acertar siempre en vuestras elecciones. A veces cometeréis errores, y no solo a veces. La diferencia es simple. La gente feliz mira su vida y ve una serie de elecciones; los infelices ven solo una serie de renuncias. Antes de hacer cualquier cosa en una construcción de casualidades, tenéis que averiguar con quién estáis trabajando. Con los esperanzados o con los temerosos. Parecen semejantes. Pero no lo son.

* * *

Eric salió del hospital y caminó tranquilo por la calle.

Arriba, en la habitación, uno de los médicos había certificado la muerte de Dan, pero Eric se había largado unos minutos antes.

Ya tenía lo que había ido a buscar.

En el bolsillo, calentito y titilante, estaba el último latido del corazón de Dan, y él había decidido que tenía tiempo para un café antes de llegar al paso de peatones.

Y tal vez también para un bollo.

Lo decidirá cuando llegue allí.

¡Un poco de espontaneidad, por favor!

30

Todo comienzo tiene otro que lo precede.

Esa es la primera regla.

De ahí que también esta regla tenga otra que la precede, por supuesto. Pero eso es ya otra historia.

¿Cuándo empieza la vida?

¿En el momento en que la cabeza del bebé sale a la luz? ¿O es cuando sale el cuerpo entero?

¿O tal vez más tarde, cuando dice la primera palabra y es consciente de ser humano?

¿O mucho antes, cuando el espermatozoide y el óvulo se encuentran y traban conocimiento?

A decir verdad, a cada uno de estos comienzos lo precede otro. La vida es una secuencia, no un acontecimiento puntual.

Pero hay un punto que siempre ha sido problemático en este contexto.

El primer latido del corazón.

El segundo latido lo crea el primero, y el segundo crea el tercero, pero ¿qué da origen al primero?

Esto ocurre en algún momento de la quinta semana, dicen los facultativos. Hay distintas explicaciones originales para la forma en que esto ocurre, pero a los latidos estas les importan muy poco. Ellos siguen necesitando algo que los ponga en marcha.

Así es que, motivada por la regla precedente a la primera, andan por el mundo otra clase de personas. No son transparentes como los amigos imaginarios, pero tampoco existen como artífices del azar. Son visibles e invisibles, existen y no existen, son imaginarios y reales exactamente en la misma medida, y se encuentran entre nosotros.

A veces se colocan al lado de una mujer embarazada, tienden la mano hacia dentro, discreta y silenciosamente, y en el momento justo sujetan con dos dedos el pequeño corazón nuevo y le dan un leve apretón.

Y ya está.

Se llaman *pulsadores*.

Son silenciosos, sigilosos y muy delicados (no hay en el mundo muchas cosas tan frágiles como el corazón de un bebé a las cinco semanas de la gestación), y cuando deciden hacer la prueba de convertirse en artífices del azar, por lo general son los mejores.

Eric se detuvo en el paso de peatones. La luz roja aguantó cinco segundos antes de rendirse al correr del tiempo y ponerse verde. La gente de ambos lados empezó a fluir a través de la calle.

Será rápido, así que prestad atención.

Allí está la mujer de los ojos verdes, aquí está Eric.

Él camina despacio y muy concentrado, ella cruza la calle frente a él, erguida y absorta en sus pensamientos.

Se acercan.

Reduzcamos un poco la velocidad del mundo. Prestad atención.

Ahora Eric se mete la mano en el bolsillo y saca el último latido del corazón de Dan.

Se acercan un poco más, y otro poco.

Ahora justo se cruzan.

Y entonces él estira el brazo y, sin que ni siquiera los pajarillos se den cuenta, introduce el latido en el pequeño corazón que está esperando dentro de la mujer de los ojos verdes. No hace falta ningún apretón. El último latido penetra suavemente y se convierte en el primero.

Se alejan el uno de la otra.

Eric sonríe. Piensa que ha sido más fácil que el último latido de Emily, que ya ha implantado en un corazón pequeñito y ansioso de ponerse en marcha. Muy fácil. Como ir en bicicleta. Uno no se olvida.

«Si has sido pulsador, siempre lo serás», piensa.

Al otro lado de la calle empieza la vida.

Extracto de
INTRODUCCIÓN A LA CONSTRUCCIÓN DE CASUALIDADES, Parte I

Mirad la línea del tiempo.

Por supuesto, solo es una ilusión. El tiempo es espacio, no una línea.

Pero para nuestros propósitos, mirad la línea del tiempo.

Observadla. Fijaos que, en ella, cada acontecimiento es tanto causa como efecto. Tratad de localizar su punto de partida.

No lo habréis conseguido, por supuesto.

Cada ahora tiene un antes.

Este parece ser el problema primordial, a pesar de no ser el más evidente, con el que nos toparemos como artífices del azar.

Por lo tanto, antes de estudiar la teoría y la práctica, antes de las fórmulas y estadísticas, antes de empezar a construir casualidades, comencemos con el ejercicio más simple.

Volved a mirar la línea del tiempo.

Encontrad el punto justo, poned encima el dedo y simplemente decidid que *este es el comienzo*.

1

Tres horas antes de marcar otra pequeña V en su libreta, aquel que una vez se había llamado Eric, y que hacía mucho tiempo había dejado de llamarse Pierre, estaba sentado en la cafetería y bebía de su taza con muy calculada lentitud.

También ahora, como siempre, la sincronización lo era todo, pero todavía le quedaba tiempo y, de hecho, hasta podría permitirse dejar que los acontecimientos se desarrollaran por sí solos. Ese es el poder de una meticulosa preparación. Ya le había dado de comer a la paloma, obstruido la alcantarilla e incluso organizado que el pescado del plato del profesor de estadística estuviera en mal estado, para más seguridad.

Sentado a la mesa, el largo cuerpo echado un poco hacia atrás, volvía a repasar en su mente los acontecimientos, sosteniendo con delicadeza la tacita de café entre los dedos. Con el rabillo del ojo seguía el avance del segundero en el gran reloj colgado por encima de la caja registradora. Como siempre, en los últimos minutos de la ejecución, le gustaba hacer girar en la cabeza la imagen completa de lo sucedido, aunque solo fuera para comprobar que no había ninguna grieta.

—Creí que sería más sencillo —le había dicho a Baum en su momento, cuando habían estado justo aquí, en esta misma cafetería.

—Te lo dije —había respondido Baum—, hay un motivo por el cual cinco artífices devolvieron esta misión inconclusa. La cuestión no es hacer que se encuentren, sino hacerlo de tal manera que la relación aguante.

Estaban tomando una cerveza, en recuerdo de la época en que él había sido el asistente personal de Baum. Los años de trabajo junto a quien, probablemente, fuera el más grande de los artífices del azar le habían ayudado a ver las cosas de un modo mucho más claro cuando emprendió su camino independiente. Pero esta misión parecía compleja hasta el límite de lo imposible.

—Las reglas de los AI son extremadamente rígidas en lo que concierne a esta cuestión —le había dicho Baum—. Desde el comienzo no entendí por qué te habías hecho cargo de esta misión. Todos sabemos que no hay que construir casualidades con AI. Eso lo complica todo mucho. Siempre.

—Pensé que no habría problema en seguir siendo AI de alguien por mucho tiempo.

—Así es —señaló Baum—, pero para eso es preciso que uno imagine al otro. Eso no significa *hacer que se encuentren*. La primera regla del amor es que no puede existir únicamente en la imaginación de una de las partes.

—Lo sé. —Recuerda suspirar—. Tengo que hacer que renuncien.

—No se puede renunciar a ser AI —sentenció Baum—. Es preciso que los despidan, o que llegue una solicitud oficial de transferencia. Y eso tiene que ocurrir al unísono, de otro modo se producirán diferencias de edad demasiado grandes en el próximo puesto. Y aun si lograras que los despidieran, vete a saber a qué puestos serán destinados. Es mejor que lo dejes, devuelve la misión.

—Pero es que ya he empezado a mover cosas.

—Presenta una solicitud de cancelación retroactiva.

—No soy de los que devuelven misiones. Cuando empiezo algo, lo termino.

Baum asintió con la cabeza.

—Lo que tú digas. Los principios siempre merecen mi respeto.

—Entonces, ¿qué se supone que debo hacer?

Baum reflexionó un momento.

—Buena pregunta. —Sorbió un poco más de cerveza y añadió—: Francamente, no tengo ni idea.

En el instante en que Baum dijo eso, él vio claramente que tenía que hallar un camino.

Resolvería el problema que Baum consideraba irresoluble. Debía encontrar la solución.

Algo que no ocurra solo en la imaginación, que sea real y natural, y que no infrinja las reglas. ¡Uf, la regla número tres era realmente insoportable!

Entonces llamó a Baum para decirle que necesitaba su ayuda en algo.

Y Baum le dijo, por supuesto: «Ya lo sé».

—Tengo que organizar un curso de artífices del azar. Presentaremos una solicitud de transferencia para mis dos clientes.

—Sí, sí.

—El curso será bastante limitado. Solo para tres personas.

—Te he dicho que ya lo sé, ¿no?

—Se diría que te gusta saber de antemano lo que va a decir la gente.

—No tienes idea de hasta qué punto.

Y he aquí el acorde final.

O la obertura. Depende de cómo se mire.

Se levantó y le hizo una seña a la camarera de que había dejado un billete debajo de la taza vacía. Cuando salió al cálido sol, respiró hondo. Era hora de irse al parque.

1

———

Ya al salir de la casa sintió que hoy iba a ser un buen día. Tal vez por la forma en que la luz se derramaba sobre la acera, o quizá por el aroma nuevo y extraño que llegaba del balcón de la anciana del primer piso, o podría ser porque otra vez le habían cancelado el turno y ahora disponía como mínimo de un día entero para dedicarlo a sí misma. Pero hoy iba a ser un buen día.

Algo blanco, semilíquido e indescriptiblemente repugnante aterrizó en su hombro derecho y, al mirar hacia arriba, alcanzó a divisar el aleteo de una paloma rauda, insolente y evidentemente aliviada. Sin decir una palabra, volvió a entrar para cambiarse.

Cuando salió de nuevo, esta vez con el vestido rojo con rayas blancas, decidió que el buen día empezaba ahora.

—Tu libro todavía no ha llegado —le dijo el dependiente de la librería.

Era un jovencito con marcas de acné y de mirada indiferente que estaba jugando a algo en su móvil, mientras a su alrededor los tesoros del mundo esperaban con paciencia que dejara lo que estaba haciendo y pensara en leerlos.

—¿Tienes idea de cuándo llegará? Lo pregunto porque estos cupones solo son válidos hasta mañana.

—No llegará mañana. Será mejor que busques otra cosa. En aquel rincón hay unos libros recién llegados que aún no he puesto en orden.

Señaló con la cabeza en dirección al rincón de la pequeña librería y volvió a sumergirse en su teléfono. Cuestión de prioridades.

No es la primera vez que le pasa, ya tiene un procedimiento para estos casos.

Quien mirara desde fuera vería tal vez a una estudiante soñadora recorriendo los estantes con la vista mientras tararea una melodía desconocida. Para ella se trata de un simple sorteo en el que saldrá premiado el libro que ella mire cuando termine la canción.

Se acercó al dependiente y le puso delante el libro ganador.

Nunca había oído nombrar a ese poeta y, de hecho, era más bien lectora de prosa, pero no se llega a lugares nuevos haciendo todos los días el mismo trayecto.

En el camino de regreso, casi se cae en una boca de desagüe abierta. Por supuesto. Eso es lo que pasa en los días buenos, la alcantarilla abierta en medio de la calle.

Levantó la vista del libro un momento antes de que el operario del casco amarillo corriera hacia ella y le cortara el paso.

—Obras. Peligro. No pasa. Da toda la vuelta —dijo casi sin aliento y señalando hacia el parque.

—¿Por qué no han puesto una barrera o algo así?

El operario se encogió de hombros. Parece que su vocabulario era ya una barrera. «Peligro. Da vuelta.»

Algo en este libro de poemas la atrapa. Casi sin pensarlo se sienta en un banco del parque, frente al lago, a la sombra de un árbol frondoso y paternal. Lee y siente que la curiosidad se transmite a ella desde las páginas. Algo infantil y lleno de secretos que le ordena dejar de exigir respuestas del mundo y permitirse sentirlo en un deslumbramiento sin palabras.

Levanta la vista del libro, cierra los ojos y siente cómo el viento vuelve a regalarle el aroma de los días buenos. El árbol que la acoge emite un leve susurro. Abre los ojos y deja que el mundo entre en ella.

También el verdor del parque, el centelleo del agua, los colores cambiantes de las esferas que un joven lanza al aire en la otra orilla del lago.

Hoy será un buen día.

1

El parque estaba bastante vacío a estas horas de la mañana.

Solía venir a este lugar cuando ya no aguantaba más estar sentado en el aula, con la cháchara incesante. Con el debido respeto a la definición de *estudiante,* el espíritu humano no está hecho para estar encerrado en un aula durante tanto tiempo. Necesita espacio.

Así que venía de vez en cuando, en especial cuando tenía clases de estadística y similares, para correr un poco alrededor del lago, echar una ojeada al césped que crecía o al jardinero que andaba siempre por allí y lo miraba divertido, para meditar y practicar un poco sus juegos malabares. Hoy, cuando vinieron a avisarles de que el profesor estaba indispuesto, él ya estaba fuera antes de que terminaran de decirlo.

También ahora está allí el jardinero, en un montículo situado en el lado alejado del parque, las rodillas clavadas en un arriate de rosas. No lejos de allí había un tipo de piernas largas absorto en sus pensamientos, con una libreta abierta en la mano.

Ya ha llegado a cuatro bolas.

Es muy fácil de aprender. La regla principal, se recordaba cada vez, es no mirarse las manos. Hay que seguir las bolas en el aire con la mirada y no tratar de ver cómo atraparlas.

Es extraño, pero nunca había practicado seriamente. Los movimientos habían fluido casi naturalmente desde el comienzo.

Se puso de pie frente al lago, que estaba en el centro del parque, y empezó a lanzarlas al aire, tratando de mantener un ritmo uniforme para poder seguir haciendo malabarismos con las manos a la vez que volaba con el pensamiento a otros lugares.

Cuando vio que ella lo miraba desde la otra orilla del lago, algo sucedió.

Fue como si sus manos se hubieran detenido, dejando caer las bolas a su alrededor, y como si la mirada entre curiosa y tal vez divertida de ella le hubiera perforado el alma.

Estaba allí, las manos sobre un libro, el vestido rojo y blanco meciéndose ligeramente al viento, en armonía con su cabellera cobriza.

Estaba acostumbrado a estar rodeado de chicas, a intentar cautivarlas, hacer que lo miraran o que quedaran encantadas con sus agudezas, pero ninguna de ellas le había hecho sentir verdadero interés, por así decirlo. Era una especie de juego. No entendía por qué, pero siempre le parecía que algo le susurraba que todavía no había llegado el momento.

Y ahora aparece esta chica en la otra orilla del lago, y él siente que algo se enciende al lado de su corazón.

Como una llamarada pequeña pero intensa, como otro corazón palpitando, como una antigua carta de amor escondida y grabada bajo la piel que ahora vuelve a la vida gracias a los ojos de ella, ardiendo, línea tras línea.

Con las manos a los lados de la boca, la chica exclamó:

—¿Por qué has dejado de hacer malabares? Era hermoso.

Trató de recuperarse y recogió rápidamente las bolas.

—¿Qué estás leyendo? —gritó él.

Ella levantó el libro para que lo viera.

—Se titula *Humanidadismo,* de un tal Eddie Levy.

—¿De qué trata?

—No lo sé. Son poemas. He estado ocupada en mirarte haciendo malabarismos. Todavía no me he metido en el libro.

—Espera un momento —le dijo, y empezó a dar la vuelta al lago corriendo.

* * *

En algún lugar, en una pequeña maleta, se movieron unos recuerdos, como niños que se dan la vuelta mientras duermen.

Jamás lo recordará, pero encontrar aquella mariposa había sido realmente difícil.

Se sentía un poco idiota por haber tenido que volar hasta allí y dar vueltas por la selva durante una semana para encontrar la colonia justa de mariposas, sufrir las picaduras de los mosquitos, estar a punto de ser devorado por un leopardo, y luego mantener un toma y daca agotador con una mariposa durante tres días.

Es verdad que había terminado el curso *cum laude* gracias a este examen, pero siempre se había preguntado para qué había sido necesario todo aquello. Un simple movimiento del ala, que sucede precisamente en el segundo exacto, ¿de qué puede servir?

Conocía la teoría que estaba detrás de los pequeños actos y las grandes repercusiones, pero seamos sinceros por un momento, el ala de esta mariposa no iba a dar comienzo a la paz mundial ni a una revolución tecnológica. Un poco de aire que se mueve como máximo hará que se mueva mucho más aire. Esa es la proporción de las cosas ¿no?

Por más talento que tenga esta mariposa, no saldrá de eso más que…

Una ráfaga perdida hizo volar un poco su cabellera cuando él, por fin, llegó hasta ella y pensó que aquella podía ser la imagen más hermosa que había visto en toda su vida.

Ella seguía sentada, esperándolo, con las manos todavía sobre el libro cerrado, y la misma ráfaga le trajo ese aroma casi conocido que le hizo levantar sorprendida las cejas.

Demasiadas palabras pasaron por la cabeza de él, y las páginas grabadas al lado de su corazón, debajo de la piel, ya casi refulgían.

—Hola —dijo finalmente el que ya no era Dan.

—Hola —dijo la que ya no era Emily.

El hombre alto en la otra orilla del lago hizo una marca pequeña y decisiva en su libreta.

El jardinero que estaba en el montículo acarició con el dedo un delicado pétalo.

Y los cuatro sonrieron, cada uno por un motivo un poco diferente.

Nota de la traductora

Es de ley destacar que la traducción del hebreo al castellano de esta obra es el fruto de la cooperación, por partes iguales, con mi colega Ayeleth Nirpaz. Quiero dejar constancia de lo mucho que valoro su trabajo, su tiempo y su completa dedicación para que esta obra haya culminado en lo que es, y agradecerle los momentos compartidos, los esfuerzos que ha invertido conmigo en superar las dificultades y, sobre todo, su amistad.

Roser Lluch i Oms